Scrittori i

Giuseppe Catozzella

Italiana

ROMANZO

MONDADORI

⚛ librimondadori.it

Italiana
di Giuseppe Catozzella
Collezione Scrittori italiani e stranieri

ISBN 978-88-04-73523-6

© 2021 Mondadori Libri S.p.A., Milano
Pubblicato in accordo con MalaTesta Lit. Ag. Milano
I edizione febbraio 2021

Italiana

A Chiara, sempre.
A Giulia.

Quanto coraggio ci vuole per recitare nei secoli,
come recita il burrone, come recita il fiume.

BORIS PASTERNAK

Bisogna pur concedere qualche cosa a quelli che sono
in basso, ai presenti, a quelli che sudano il loro pane,
ai miserabili. Perciò diamogli da bere le leggende, le
chimere, l'anima, l'immortalità, il paradiso, le stelle.

VICTOR HUGO, *I miserabili*

La storia narrata in questo romanzo basato su documenti è realmente accaduta. Eventi e personaggi narrati sono da considerarsi reali e non frutto della fantasia dell'autore.

Ogni accadimento e snodo storico è documentato da più fonti. I documenti riportati (telegrammi, sentenze, affissioni, discorsi, lettere) sono reali.

Gli accadimenti storici e privati della vita di Maria Oliverio e di Pietro Monaco sono documentati negli atti dei processi depositati presso l'Archivio Centrale dello Stato di Roma, l'Archivio dello Stato Maggiore dell'Esercito di Roma e l'Archivio di Stato di Cosenza.

Tribunale Speciale Militare di Catanzaro

16 febbraio 1864

"Si fa noto che si è qui presentata vestita da uomo indossando gilè di panno a colore, giacca e pantaloni di panno nero e il capo avvolto in un fazzoletto."

"Sono Maria Oliverio, fu Biaggio, di anni ventidue. Nata e domiciliata a Casole, Cosenza, senza prole, di Pietro Monaco. Tessitrice, cattolica, illetterata."

In verità illetterata non sono, a leggere e a scrivere mi hanno insegnato quattro anni di scuola e i libri che di nascosto rubavo a mio marito Pietro, ma con la legge, se sei soltanto una tessitrice, è meglio fingersi idioti.

Sono finita davanti al giudice militare come a carnevale, i capelli corti da uomo, la faccia lorda e segnata da due anni sulle montagne, le unghie spezzate. Mi hanno trovata nascosta in una grotta, nel bosco di Caccuri, dentro la Sila; sotto di me la valle assolata e profonda, e di fronte, a darmi respiro, il Monte Carlomagno e il Monte Scuro. Ero chiusa da settimane, come un orso.

La cavità era profonda e umida, casa di lombrichi e toporagni, l'apertura era poco più di un buco ma all'interno si al-

11

largava e, a parte la luce che non c'era, quando accendevo il fuoco non stavo male. Era rimasta una scatola di fiammiferi buoni, di giorno sistemavo la legna ad asciugare al sole e di notte facevo una bella fiamma. Avevo messo insieme un giaciglio di rametti e aghi di pino, e un piccolo altare di pietra con una croce fatta alla bell'e meglio che mi teneva compagnia. Dio ho iniziato a cercarlo nel bosco, prima per lui avevo solo le preghierine di convenienza che mi aiutavano a tenere lontana la paura, quando arrivava. Fuori, i fusti dei larici attutivano i gridi dei nibbi, le strida dei falchi pellegrini, i voli a picco dei bianconi. Per giorni e notti interminabili i pensieri tornavano a mamma e a papà, ai miei fratelli Vincenza, Salvo, Angelo e Raffaele, e a quel diavolo di mio marito Pietro, che avevamo lasciato lassù, morto, bruciato, in quel disperato nido d'aquila.

Prima del tramonto uscivo a battere i monti in cerca di cibo. Il fucile a due botte, per il rimbombo non lo potevo usare, ma avevo imparato a cacciare animaletti a mani nude o con una fionda – piccoli uccelli, quercini –, qualche carpa di fiume con una lenza. Li arrostivo su una praca di pietra nera e piatta, insieme a castagne, spugnole e colombine, aspettavo il buio per mascherare il fumo e mangiavo come una bestia che non vede preda da giorni. Raccoglievo acqua piovana e lasciavo che il tempo facesse il suo corso.

Il pomeriggio, o la notte, con la luna, scendevo al torrente, immergevo la testa fino alle spalle nella corrente gelida e mi dissetavo, accucciata, come Bacca, la lupa che è rimasta con noi finché non ha fiutato il tradimento. Di giorno mi spogliavo nuda ed entravo in acqua, galleggiavo sul dorso lasciandomi trasportare dalla corrente, mi perdevo a seguire le nuvole nel cielo e tutto in quei momenti si sospendeva, il passato e il futuro tornavano pieni di vita; poi restavo nascosta sotto le fronde a prendere qualche raggio di sole. Tornavo al rifugio bagnata e felice. Era febbraio, l'acqua del Neto era ghiacciata, niente mi faceva paura.

Al rientro richiudevo bene l'apertura, accatastando delle pietre, ma lasciavo un buco e spiavo le cose fuori: sognavo di raggiungere le cime, gli abeti bianchi e i castagni del cielo, di fare come l'astore che su quei rami si posava prima di spiccare il volo, per portare un cucciolo di lepre ai suoi piccoli.

Ma era soltanto questione di tempo. Ci avevano già traditi una volta, sicuramente mi stavano cercando per tutta la Sila. Fosse stato solo per quei soldati del Nord potevo stare tranquilla, anche se tra di loro c'erano dei Cacciatori delle Alpi, montanari che avevano liberato le loro terre e adesso venivano a dare la caccia a chi cercava la libertà per il Sud; in certi posti, dentro i nostri boschi e sulle nostre montagne, non ci sarebbero arrivati, non potevano conoscere i sentieri battezzati dai nostri nonni, le vie aperte dai nostri avi. Ma avevano cominciato a farsi condurre da vaccari, carbonai e taglialegna, e questo mi toglieva il sonno. Mi sentivo braccata.

Con la primavera, avevo deciso, sarei scappata a valle, verso il mare. Avrei rubato una barca e navigato a nord. Prima di Scalea avrei risalito il fiume Argentino, toccato terra a Orsomarso, e da lì mi sarei arrampicata di nuovo dentro la Sila; in molti, lungo il tragitto, si sarebbero uniti, avrei messo insieme un folto gruppo, avremmo scalato il Monte Curcio e li avremmo presi da dietro: e sarebbe stata la battaglia finale.

Ma poi è arrivato il giorno.

Mi hanno circondata, e prima che potessi guardarlo negli occhi hanno portato via il giuda che gli aveva aperto la strada. Hanno preso a sparare, fitto, di notte, e ho risposto al fuoco come impazzita. Ho resistito un giorno intero, ma poi? Non potevo uscire a cacciare, avevo finito le scorte d'acqua, erano tantissimi. Scelta non ce n'era.

Chi mi ha catturata, il sottotenente Giacomo Ferraris, nei capelli tagliati e nei vestiti scuri ha visto un uomo. Ci hanno messo un po', quegli idioti dei bersaglieri, a capire che ero una donna, l'unica capobrigantessa di questa nostra Italia appena fatta col sangue; ero già legata, la faccia schiacciata nella terra bruna. Uno mi ha strattonata per farmi voltare, e con la canna del fucile ha squarciato la cammisa.

«Ha le tette!» rideva insieme con gli altri, con quel ridicolo accento piemontese. «Ha le tette!»

I compagni non smettevano di guardarmi, piegavano la testa e mi squadravano, chissà che si credevano di trovarmi nella faccia, o forse non avevano mai visto un paio di minne. Poi hanno capito, e hanno preso a saltare dalla gioia; si congratulavano, si abbracciavano, ballavano come tanti cretini: avevano preso Ciccilla, la famosa Ciccilla, la terribile Ciccilla. L'unico che guardava senza parlare era il sottotenente, sembrava si spaventasse anche solo ad avvicinarsi; gli altri mi colpivano con le punte degli stivali, e con i calci dei fucili. Finché Ferraris non ha ordinato di smettere.

Certo che ero io, e che non ero un uomo, per niente al mondo avrei voluto esserlo. Da due anni ero più simile a Bacca che a un uomo, e non c'è niente di più lontano da un uomo di una lupa.

Ma una cosa dev'essere chiara: se ho usato un coltello per tagliarmi i capelli e mi sono vestita da uomo non è stato per essere come uno di loro. Se l'ho fatto è stato perché, senza, non mi sarei mai liberata. Senza, sarei rimasta Maria.

Prima parte

IN PAESE

1

Da bambina mi ero messa in testa di andare in cerca della sorella maggiore che a casa con noi non c'era mai stata. Eravamo sei fratelli, ma l'unica traccia di nostra sorella Teresa erano i cinque trattini bassi di fianco a una T tracciata col lapis sul muro del camino, dove papà, ogni anno, al compleanno di ognuno, misurava quanto eravamo cresciuti. Di lei a casa era vietato parlare, mamma e papà la nominavano raramente, la domenica o alle feste comandate, quando sulla tavola c'era un po' di vino o quando qualcuno in paese distillava l'acquavite e gliene portava un quarto. Raffaele, mio fratello grande, non ci credeva che esistesse; Salvo, il mediano, sì. Papà ne accennava brillo e sognante, la sera, alla luce fioca del lume a petrolio, e poi negava, e mamma diceva: «Zitto, citu, statti zitto». Le si bagnavano gli occhi, cosa che non succedeva mai, iniziava a guardare il soffitto e poi senza accorgersene cercava i contorni delle montagne fuori dalla finestra, e sorrideva, da sola. «Citu, non dire niente, ca poi li picciuliddri parlano, e nel paese sembriamo sbafanti. Che ci diamo le arie» zittiva papà.

Che quella sorella esisteva davvero lo sapevo soltanto io, era stata mamma a dirmelo, una domenica sera di pioggia battente, prendendomi da parte e baciandomi in testa, e facendomi giurare di non dirlo a nessuno, nemmeno ai fratelli. «Mari', presto te ne andrai» aveva detto con occhi lucidi. «Pure tu avrai tutto quello che ha lei.»

Quella frase mi aveva sconvolta. Da allora avevo vissuto come in due mondi separati. Da un lato c'era una vita nuova, misteriosa e spaventosa, che mi immaginavo piena di ricchezze, insieme alla sorella sconosciuta; dall'altro la mia famiglia, il paese e la casa in cui ero vissuta fino a quel momento. Ma io facevo finta che niente fosse vero, che le parole di mamma fossero un'invenzione, che tutto sarebbe rimasto per sempre com'era.

Vincenzina, che aveva tre anni meno di me, dopo ogni festa veniva a coricarsi nel mio letto, di fianco al suo, nella stessa stanza dove mangiavamo e cucinavamo. L'odore della minestra era dentro i vestiti, nei cuscini, tra i capelli. L'acqua che evaporava dalla pentola sulla stufa aveva macchiato il soffitto, cadevano gocce, Raffaele e Salvo giocavano a chi le prendeva al volo. Dall'altra parte, vicini al camino, accostati al muro c'erano i materassi dei fratelli; Angelino, che aveva solo un anno, invece dormiva nella camera da letto insieme a mamma e papà.

Vivevamo nella casa di Vico I dei Bruzi a Casole, sulla collina della Presila, ai piedi dei monti, una casa costruita attorno a un camino, con grandi pietre angolari a proteggerci. Era la casa del padre di nostro nonno, la porta aveva la forma di un arco, e a me sembrava la casa più bella del mondo. All'inizio la stanza era una sola, quella che si apriva dietro era ancora la stalla per gli animali, poi nonno Biaggio, da cui papà aveva preso il nome, aveva eliminato le poche vacche e le capre dopo che si erano ammalate tutte, e lui e i figli maschi avevano trasformato la stalla in una camera da letto. Da allora la famiglia si era data alla terra, e aveva cominciato a lavorare per i Morelli.

È stato così che siamo diventati braccianti, dipendenti dai capricci dei "cappelli"; non avere spazio era l'ultimo dei problemi. Era quando alla fine del mese non c'era da mangiare che la fame faceva sentire le sue ragioni, soprattutto quelle di Raffaele, il grande. Ma non ci pensavamo, nessuno di noi ci pensava, per evitare di diventare matti.

Non pensavamo che faticavamo giorno e notte, non pensavamo che i "cappelli" recintavano tutto col filo spinato – terre, boschi e pascoli pubblici – e mettevano a guardia cani ferocissimi, vietando a noi braccianti di fare un po' di legna, spigolare dopo il raccolto, acciuffare una manciata di funghi rositi e di castagne, cacciare una quagliarella in un bosco, o pescare uno spinarello al fiume. Noi non ci pensavamo. Digerivamo la nostra stessa fame e la mattina ci svegliavamo ricordandoci che la dignità – «La dignità!» ripeteva papà –, quella non dovevamo farcela strappare mai da nessuno.

Vincenza saltava sul mio materasso di lana caprina, si coricava su un fianco e si metteva testa a testa con me, le piaceva fare il gioco delle ciglia che si toccavano.

«Mari', ma secondo te a tenimo sta sorella grande?»

«Sì» rispondevo.

«Pure io u penzu. E tiene tanta ricchizza?»

«È straricca.»

«E pecchì se n'è andata?»

«Ca è troppo ricca e sta casa la faci schifu.»

«E pecchì la faci schifu?»

Ogni volta inventavo qualcosa di diverso. «Ca quella tiene u bagnu e noi qua tenimo ancora u cantaturu.» Indicavo la secchia di metallo accanto alla porta della camera da letto. A Vincenza la notte non serviva, aveva quattro anni ma ogni tanto se la faceva ancora addosso, e se non metteva il pannetto di teli di lino con le spille da balia bagnava il letto. «A iddra le piace appoggiarsi le cosce quannu faci a pisciazza, così non si faci vidiri da lu maritu suo!» le sussurravo nell'orecchio. Avevamo sentito mamma dire che un giovane ricchissimo l'aveva chiesta in sposa, e da quel giorno avevamo preso a fantasticarci su. Vincenzina allora rideva forte, si tappava la bocca con le mani e smettevamo di parlarne, io mi addormentavo col suo fiato dentro il mio.

Una mattina di marzo è arrivato un telegramma. Poche parole che anche mamma, da sola, è riuscita a leggere. Il pomeriggio, dopo la scuola, mi ha presa da parte, e mentre le indicava col dito tremante me le sussurrava all'orecchio:

«*Preparate bambina. Telegraferemo per concordare vostro invio a Napoli per corriera. Noi partiamo ora, pronti per adozione. Conte Tommaso e moglie.*»

Mamma mi ha guardata con una luce incantata negli occhi. «Avrai dei genitori nuovi. Ricchi» ha detto. «E starai co' tua sorella.»

Vincenzina si era accorta che stava succedendo qualcosa di strano e, nascosta in un angolo buio, ci fissava. Nel suo sguardo c'era il terrore di rimanere sola. D'improvviso ha starnutito, per il freddo delle pareti. Allora mi sono strappata da mamma e sono corsa ad abbracciarla. Vibrava. Non l'avrei lasciata, mai, per niente al mondo. «Starò sempre con te» le ho promesso, stringendola. «Io e te, sempre.»

Lei da sotto mi guardava con occhi enormi e gonfi. «Va bene» diceva, mentre faceva sì con la testa e tirava su col naso.

Ma nei giorni successivi le parole di quel telegramma continuavano a rimbombarmi nelle orecchie. Adozione. Nuovi genitori. Sarei stata ricca. Avrei conosciuto la sorella misteriosa. Avrei visto Napoli, la capitale. Erano tutte cose che volevo, ma allo stesso tempo mi atterrivano.

Ma era l'inizio del 1848, quell'anno, incredibilmente, di neve non ne era caduto nemmeno un fiocco, e così, come per lo stesso prodigio, sembrava che ogni cosa dovesse cambiare: che da Milano a Napoli, a Palermo stessero arrivando rivolte che ci avrebbero liberati tutti, cominciando proprio da me.

Anche papà, che ogni sera tornava con la schiena spezzata e davanti alla minestra di cavolo e cicorie scrollava la

miracolo

testa – «La fatiga è a rarici i morta», la fatica è la radice della morte, diceva –, anche lui aveva cambiato umore, e per la prima volta era ottimista. Guardava l'edicola con l'incenso e santa Marina di Bitinia, e sembrava credere a una vita senza il trotto del mulo, il soffiare delle bestie, gli scarti, gli stronfi e il battere ritmico delle catene contro le bardelle; o almeno a una vita in cui tutto questo potesse essere, finalmente, suo.

Io ho guardato fuori dalla finestra.

In lontananza c'era la montagna, più in là c'era il bosco di Colla della Vacca. Sarei scappata lì, solo lì c'era la salvezza. Se non mi fossi fatta trovare per un po', non avrebbero potuto darmi ad altri genitori.

Così, trasportata dall'azzìu, sono uscita di casa e mi sono avventurata per il tratturo che si arrampicava su per la montagna. Mi attiravano i ruderi che rimanevano in piedi nei boschi, mi sembrava che, con i muri di pietra ancora dritti e le finestre e il tetto sfondati, mostrassero meglio l'idea di protezione da cui erano nati. Dopo qualche ora di cammino ho raggiunto una casa diroccata. Avevo visto quel rudere tre volte in tutto, ci passavamo quando mamma, nelle camminate infinite per le mulattiere e i sentieri che diventavano sempre più ripidi, mi portava a trovare nonna Tinuzza nel villaggio di taglialegna e cacciatori in cui era nata, sopra Lorica, sul Monte Botte Donato. Lì la miseria era ancora più nera che in paese.

«Ma non ci sono i padruni!» gracchiava nonna, piccola e raggrinzita come una larva di falena. Aveva ragione: in montagna i padroni non ci arrivavano, e nonostante la povertà si viveva col cuore più leggero.

Iniziava a imbrunire. Poco dopo ha preso a gocciolare, poi a piovere forte, i lampi squarciavano il cielo, le tenebre avanzavano.

Allora sono stata afferrata da un terrore sconosciuto. Mi ero cacciata in qualcosa di più grande di me, il bosco adesso era un mostro gigantesco che mi avvolgeva da ogni lato

21

col suo manto nero, avevo sbagliato a partire e non sapevo che fare. Quanto tempo avrei resistito da sola, senza mamma e papà? Dove credevo di andare? La paura mi bloccava le gambe.

«Aiuto!» ho gridato alla radura. Solo qualche nibbio ha scrollato le ali e si è spostato su un ramo un poco più in là.

«Papà... Aiuto!»

Ma papà non poteva sentirmi.

Fuori della vecchia casa c'era un forno di pietra intatto. Mi sono fatta coraggio, mi sono arrampicata, mi sono infilata, e poco dopo ho preso sonno.

La mattina, all'alba, il bosco brillava di una luce argentata e viva, come un grande serpente di metallo. Avevo fame, e avevo sete. Mi sono guardata attorno, sono andata in cerca di qualcosa da mangiare, ma non c'era niente. Non sapevo come fare, il cielo era nero e minacciava pioggia. Se fossi rimasta nel bosco sarei morta. Potevo solo incamminarmi sulla via da cui ero venuta, e ammettere di avere sbagliato.

Quando sono arrivata a casa, prima dell'ora di pranzo, papà ha cominciato a gridare.

«Che fine avevi fatto, eh? Ho perso una mattina di lavoro, ti abbiamo cercata per tutta la valle. Se il padrone mi caccia la colpa è tua.»

«Ero nel bosco.»

«Nel bosco?» Mi ha guardata come si guarda un matto. «Questa è nata libera» ha detto a nessuno in particolare. «Tiene la testa storta.» Poi si è rivolto a mamma. «È da te che ha preso, chissà figghia strana.»

Quando diceva queste cose guardava sempre l'edicola votiva, che dentro aveva la statuetta della patrona di Casole, santa Marina Vergine di Bitinia, una monaca che si era tagliata i capelli e aveva vissuto tutta la vita in un convento maschile, fingendosi uomo, finché non era morta, accusata di un crimine che non aveva commesso. Per i casolesi, santa Marina era l'immagine del sacrificio che le donne dovevano compiere di fronte ai loro uomini. Per lui santa Marina doveva essere mamma. Dovevo essere io. Ma io non avevo intenzione di sacrificarmi per niente e per nessuno, e la verità era che finché stavo in quella casa non ero libera neppure di decidere del mio destino, perché ero povera. Proprio come loro.

«Non ho preso da mamma» ho risposto. «Ho preso da nonna Tinuzza.»

Papà mi ha picchiata. La libertà a casa nostra non esisteva, era una cosa da signori, o da pazzi. Io però ho indurito il sedere, ho starnutito apposta per fargli capire che l'umidità mi faceva più male delle sue botte e ho fatto come se niente fosse. Allora mamma mi ha chiamata con un mezzo sorriso, poi ha guardato il vestito sporco di terra.

«Vieni qua che lo laviamo» ha detto.

Ma mamma e papà, per queste cose, erano l'opposto.

Papà era nato per prendersi cura della terra, aveva mani grosse e callose e polpacci magri da pianura, il viso bruciato da trent'anni di sole feroce e grinzoso come l'argilla del bosco. «Spàgnati du riccu impovirutu e du povero arriccutu», non ti fidare né del ricco impoverito né del povero arricchito, diceva sempre: per lui tutto doveva continuare com'era, anche se com'era faciva schifu. Era un grande lavoratore, aveva sopportato trent'anni di mesate non pagate, di botte e di minacce, trent'anni di chiamate "a mese" e, alla fine ⸮ di ogni mese, le stesse preghiere, le stesse febbri, gli stessi litigi con mamma, le stesse tragedie; ma superava tutto, e tornava a lavorare più di prima, due, tre giorni di fila senza mai fermarsi. Il suo padrone, il "cappello" Donato Morelli, lo chiamava il Mulo.

Mamma era il contrario, era fatta per il bosco e per la Sila, dove aveva vissuto fino al matrimonio. «Cu pecura si faci, u lupu s'a mangia», chi si fa pecora il lupo se lo mangia, diceva, anche se è proprio guardando i suoi occhi rassegnati

23

di fronte alle crinoline e alle gonne di mussola d'India della contessa Gullo, la sua padrona, che ho imparato a scappare. Per lei, l'ordine e il mondo erano solo cose che il bosco lasciava fuori: tutto aveva un cuore misterioso che al sole appassiva come l'uva spina, a Dio credeva come vendetta per i buoni, dopo la morte, ed era silenziosa. Quando facevamo il gioco degli alberi preferiti sceglieva sempre l'abete bianco, un albero che in tutta la vita non vedeva mai la luce, con la corteccia morbida e umida che non era buona per scaldare, in inverno.

Papà invece preferiva i larici duri con cui si fabbricano le case, le cose che il tempo fa fatica a distruggere, come la masseria dei Morelli. Per lui le parole dovevano essere tante, era l'unica cosa che gli restava di una vita di ricchezza che invidiava ai signori. «L'acciaio» diceva papà, gustando in bocca il suono. Lo guardavo di nascosto, e cercavo di capire il segreto di quella parola che gli faceva socchiudere gli occhi di piacere. Sognava di vedere la strada ferrata tra Napoli e Portici, che chiamavano "ferrovia" e che un giorno, giurava, sarebbe arrivata fino a Reggio Calabria, le fabbriche di Napoli, le industrie della seta, le metallurgie di Mongiana e Ferdinandea. Tutte cose che mascheravano la decadenza del Regno. «L'acciaio.» Così, ogni sera, papà si addormentava sognando ricchezze che non avrebbe mai avuto.

2

Mamma stava sempre chiusa in casa a filare, e io passavo le giornate di quella primavera a sperare che non arrivassero telegrammi da Napoli per l'adozione e a osservare le sue dita affusolate che si rattrappivano mentre tessevano i ricami per la filanda dei Gullo. Le braccia rimanevano ferme, quelli che si muovevano, velocissimi, erano le mani e i polsi che roteavano.

I tessuti dei Gullo erano famosi nel Regno, non solo in Calabria ma anche nelle case dei ricchi napoletani, e si diceva che Maria Teresa in persona – Tetella, come chiamavamo quella buona regina austriaca, mentre la prima moglie savoiarda del re l'avevamo odiata – nella reggia di Caserta custodisse i più belli, senza forse nemmeno immaginare le schiene che si incurvavano, le dita che si bloccavano, gli occhi che si accecavano. Mentre mamma lavorava, immaginavo la mia futura madre – alta e bionda, bellissima – vestita con le stoffe lucide su cui lei stava piegata.

«Vieni qua, impara» diceva, «invece di startene lì impalata.»

Ma io scappavo. Mi piaceva quando mi portava a camminare in montagna, mi piaceva come si trasformava, nel villaggio dove era nata, dove rideva con i taglialegna e i pastori; ma non mi piaceva quando stava chiusa in casa, silenziosa, curva. I suoi occhi si incupivano, e per colpa della poca luce diventavano cattivi, mi fissavano come senza vita e mi mettevano paura.

I disegni che tesseva arrivavano tracciati e ripiegati in basse scatole di cartone beige con la scritta *Gullo* dorata e in rilievo, e io e Vincenza dopo le usavamo per infilarci i nostri tesori – bottoni spaiati, i sassolini arrotondati con cui giocavamo agli astragali, fettucce colorate – o i nostri segreti. E nostro fratello Raffaele, quando mamma completava un lavoro, con tutte quelle veline faceva mongolfiere. Tagliava il grande foglio aperto seguendo le pieghe, finché non ne uscivano tanti quadrati, e poi fischiava con le dita in bocca.

«Mo i facimu volari» gridava, e ci raggruppava tutti.

«Provo io» diceva ogni volta Salvo, ma non c'era niente da fare, era una cosa di Raffaele.

Con quelle carte leggerissime formava dei coni, la punta in alto, prendeva un tizzone dal camino e bruciacchiava la base. Mentre il fuoco consumava la carta, quei disegni si alzavano insieme verso il soffitto, e noi ci imbambolavamo, e sognavamo di farci minuscoli e di volare insieme a loro, di essere presi e portati da un'altra parte, da qualunque altra parte che non fosse Casole.

Mamma stava zitta e ci guardava.

Poi apriva la finestra, e con la testa alzata cercava l'odore della neve che arrivava dal Botte Donato, come un segugio, o una ghiandaia con l'acqua. L'odore c'era solo d'inverno, quando le cime erano innevate, e allora anch'io inspiravo forte quell'aria fredda che bruciava il naso e riempiva i polmoni. Ma mamma restava lì, e lo stesso guardava fuori. Non era nostalgia, anche se questo l'ho capito tanti anni dopo, quando sulla montagna ci sono andata anch'io: era il richiamo di un'altra vita.

A marzo si uccideva il maiale, e noi eravamo una delle poche famiglie di braccianti che ne avevano uno, era il signore per cui lavorava papà che ce lo regalava. Verso la fine delle gelate, dalle campagne arrivavano i terribili strilli di terrore di quelle povere bestie, io mi tappavo le orecchie per non sentirli. Il giorno in cui si uccideva il nostro anche mamma andava nella masseria del conte Donato Morelli per decidere i tagli, e papà le raccomandava di mettersi i vestiti nuovi. Lei sbuffava, faceva finta che non le interessava ma si vedeva che almeno quel giorno le piaceva agghindarsi come una signora.

«Voglio venire anch'io» frignavo. Quei gridi mi mettevano terrore, eppure volevo sentirli.

«Fa senso» rispondeva lei. «È meglio che te ne stai a casa. L'anno prossimo vieni, che sarai più grande» diceva ogni anno.

Come sempre era stata una grande festa, avevamo mangiato il cervello fritto con le patate e i peperoni secchi. La gente del paese passava davanti alla porta e si lamentava: «Amaru cu u porcu no 'mmazza, a li travi soi non picca sarzizza», sfortunato chi non ammazza il maiale e non ha salsicce, così mamma staccava dalle travi del soffitto una gamba di salame appeso a stagionare o prendeva una spianata di 'nduja e gliela regalava. Ma un pomeriggio della fine di maggio del 1848, mamma ha detto che avrebbe approfittato del giro che la contessa Gullo, la sua padrona, faceva ogni mese per le case delle sue tessitrici, e le avrebbe parlato. Era da un po' di giorni che era strana, agitata, si capiva che doveva esserci sotto qualcosa di importante, perché quando stava così non mangiava neanche più.

Di solito la contessa Gullo arrivava con aria da gran signora, seguita da un codazzo di aiutanti, quel giorno invece era sola, col capo coperto, pallida come cera, il volto scavato dalla preoccupazione. La contessa, anche se aveva quella faccia antipatica, in verità era buona: infatti era una liberale, e per questo era l'unica padrona che aveva il coraggio di andare nelle case delle sue tessitrici, e si rivolgeva a noi con gentilezza. Per i "cappelli" borbonici, invece, noi eravamo degli stupidi; ci chiamavano cafoni, e si davano tante arie, per qualche anno in più di scuola che avevano. Ma la testa per pensare ce l'avevamo eccome, era il fatto che dovevamo tenere la bocca chiusa che faceva credere a quelli di essere più intelligenti. Così i "cappelli" passavano, non ci guardavano neanche e se ne tornavano a casa contenti. I liberali, invece, li riconoscevi subito: erano i ricchi che accennavano un gesto, che sorridevano e ti facevano sentire quasi come loro.

Ma la contessa Gullo, quel giorno, aveva l'aria spaventata. È entrata tutta tremante, mamma l'ha fatta sedere nella poltrona e le ha portato una tazza di latte caldo e miele, come se fosse una parente. Il fatto era che da qualche settimana erano cominciate le fucilazioni. Ce n'erano state tre, in piazza, a Rogliano, un paese vicino a Casole, e tutti eravamo scioccati; i ricchi liberali poi erano terrorizzati: per la prima volta, pure loro avevano paura di morire. La Guardia nazionale era arrivata, aveva prelevato tre liberali sospettati di tramare contro il re e li aveva fucilati, senza questioni, senza processo, davanti a tutti. Quelli si erano accasciati, con le tube che rotolavano sul selciato, nell'orrore e nelle grida generali. Ma le guardie oltre a uccidere rastrellavano casa per casa in cerca di rivoluzionari, per iscriverli nel registro degli "attendibili", i sorvegliati che perdevano i diritti civili e quelli politici. Un galantuomo che veniva iscritto era rovinato, isolato, come morto. Se provava a ribellarsi, o faceva qualcosa di male, le guardie tornavano e lo sbattevano in prigione. Oppure lo fucilavano. Giravano storie sulla Fossa, il carcere del Forte di Santa Caterina, sull'isola di Favignana, in Sicilia. Era un luogo malefico, si diceva che «nel carcere di Santa Caterina chi entra con la parola esce muto», o esce morto. Così molti "cappelli" avevano, in quei giorni e di nascosto, cominciato a fare i bagagli e a lasciare il Regno. Per emigrare, magari addirittura nel Paese nemico: in Piemonte.

Mamma ha fissato la contessa, atterrita. «E... anche voi...» aveva detto esitante. Se anche i Gullo fossero scappati lei avrebbe perso il lavoro. Ma la contessa ha scosso la testa. «No, no» ha detto, facendo un cenno con la mano tremante. «Noi non ce ne andiamo. Non mandiamo all'aria cent'anni di attività. Però bisogna tenere gli occhi aperti. Oggi come non mai.» Poi si è guardata attorno, come se in casa qualcun altro a parte noi potesse sentirla. «È qui che dobbiamo fare la rivoluzione» ha continuato, a voce bassa, indicando noi, le pareti umide e i pochi mobili. «Voi braccianti e noi signori. Insieme. Dobbiamo cacciare re Ferdinando e fare un Paese nuovo, un'Italia unita e giusta senza i soprusi dei Borbone, con un nuovo re.» Intendeva il re che parlava francese ma era italiano, il re del Nord, Carlo Alberto di Savoia. Ma a noi quel re piaceva ancora meno di quello che avevamo, perché oltre a infischiarsene dei braccianti era un nemico . del Regno, e quindi pure nostro. *non interessarse*

Mamma ha sorriso, rassicurata. Poi, dopo che la contessa Gullo si è calmata un po', si è alzata e ci ha cacciati.

«Andate a farvi un giro in piazza» ha ordinato. Voleva approfittare della presenza della contessa e così avrebbe fatto, fucilazioni o non fucilazioni, vento di cambiamento o meno.

Subito ho capito che c'era qualcosa che non andava, la mia testa è tornata al telegramma che non arrivava, così ho incrociato le braccia. Salvo mi ha guardata e ha fatto lo stesso. Non gliel'avremmo data vinta tanto facilmente, da quella situazione potevamo almeno ricavare la nostra parte.

«Disgraziati!» ha gridato mamma. Allora è andata dietro la tenda, ha aperto uno dei cassetti proibiti ed è uscita con due tornesi. Monetine non ne vedevamo mai, così non ci è parso vero.

«To', andate da Tonio a comprarvi due dolcetti» ha detto.

Tonio era un vicino di casa e anche il proprietario della bottega. Aveva una figlia che si chiamava Carmelina, che aveva l'età di Salvo ed era poliomielitica da quando aveva due anni, era «offesa a una gamba», come diceva lei con occhi lucidi; una notte, di punto in bianco, le si era stortato un piede all'infuori, ma lei, passato il dolore e nonostante tutto, non aveva mai smesso di venire da noi a giocare a carta e forbice e a dipingere i sassi di torrente insieme a suo fratello Giovanni. Io, all'inizio, avevo cercato di non guardare quel piede tanto strano, poi non ci avevo fatto più caso. Ma quando, qualche anno dopo, suo padre aveva trovato i soldi per farla operare a Napoli, lei era tornata con una gamba più corta dell'altra, e non era più venuta a casa, si vergognava di quella gamba che non le sembrava più la sua.

Prima di uscire con i tornesi in tasca ho dato un'occhiata alla finestra. Per fortuna era mezza aperta.

Abbiamo fatto il giro attorno alla casa.

Da Tonio a prendere i dolci ci saremmo andati un'altra volta. Non ci saremmo persi quella conversazione per niente al mondo.

Mi sono arrampicata fino al davanzale con l'orecchio teso, mentre Salvo mi aiutava ad appoggiare i piedi su due mattoni sporgenti, santa Marina di Bitinia mi guardava severa. Mamma era andata al cassettone e aveva preso dei fogli chiusi dentro una busta. Era una lettera. Subito ho pensato con terrore al conte Tommaso, a Napoli, alla mia adozione, a tutta quella storia che cercavo sempre di dimenticare.

Salvo e Vincenza, da sotto, mi tiravano per la gonna.

Mamma sapeva leggere qualche parola, a fatica, ma una lettera intera era al di sopra delle sue possibilità. In più, gli occhi a furia di cucire «si stavano fregando» come diceva lei, e faceva ancora più fatica.

«Di cosa parlano?» continuava a chiedere Vincenza.

«Sssh.»

«Mari'? Di che parlano?» mi tirava Salvo.

«Silenzio!»

Ero tutta tesa ad ascoltare la voce della padrona che leggeva quei fogli.

«Maria.»

Sono rimasta ferma a lungo, mentre la faccia della contessa Gullo diventava sempre più seria. Dopo un po' mi si è gelato il sangue.

«Maria!»

Solo allora mi sono voltata piano.

«Parlano di T-Teresa» ho balbettato. Ma oltre che di Teresa avevano parlato anche di me, e quello non potevo dirglielo.

«Teresa chi?» ha chiesto Salvo, anche se conosceva già la risposta.

«Teresa la sorella» ho detto.

Invece che da Tonio, ci siamo rifugiati nella villa comunale. Fuori erano in attesa carrozze eleganti tirate da enormi cavalli calabresi con i paraocchi come i loro padroni, che passeggiavano in sciasse e panciotti per mostrare le tube nuove. Ma c'erano due grandi siepi di lauroceraso e di alloro che noi conoscevamo, dove chissà quando qualcuno aveva scavato un'apertura. Potevamo strisciare lì dentro, la cavità era ampia e faceva da riparo.

Tredici anni prima, a sei anni non ancora compiuti, la sorella era stata adottata dai cugini campani dei padroni delle terre che papà lavorava, un ramo della famiglia Morelli, nobili latifondisti che avevano tutto ma non potevano figliare. Non era stata una scelta, ma un ricatto. Se papà voleva continuare a lavorare per don Donato doveva dare la figlia al cugino Tommaso, altrimenti avrebbe perso il lavoro, e senza lavoro non si sarebbe potuto fare una famiglia. Di figli ne sarebbero arrivati altri, di lavori no.

Così mamma e papà gliel'avevano data, quella figlia. In cambio, i genitori adottivi l'avrebbero fatta studiare e l'avrebbero mantenuta fino al matrimonio. E una volta l'anno, in segno di riconoscenza, ci mandavano il maiale.

«Meno male» ha detto Salvo, «se no finiva che ci morivamo di fame.»

Ma questo conte Tommaso Morelli, aveva continuato la contessa Gullo leggendo la lettera scritta da un nobile amico dei Morelli, era un borbonico convinto, «un conservatore, uno che vuole che le cose non cambino, che i poveri muoiano di lavoro e rimangano senza diritti, esposti ai soprusi, agli orari e alle paghe stabilite da loro» aveva aggiunto di suo la padrona di mamma. Bel posto, quello in cui mi volevano mandare i miei genitori, avevo pensato io.

I Gullo invece, da liberali, sapevano che stava arrivando un vento che tirava da nord a sud, il vento della libertà, sapevano che nel Regno erano state annunciate la Costituzione e l'apertura del parlamento, che il re stava perdendo potere e il popolo ne stava guadagnando, ed era per questo che erano cominciati i rastrellamenti, le fucilazioni e le incarcerazioni. La contessa Gullo sapeva che la Sicilia si era dichiarata indipendente, che a Milano c'erano state cinque grandiose giornate in cui anche le donne avevano preso le armi per cacciare gli austriaci e poter gridare, come in Francia, «Libertà al popolo!», e in cui gli uomini indossavano copricapi a punta, come i nostri, per dimostrare agli invasori austriaci che tutta l'Italia era con loro. Ma anche a Napoli, aveva detto la contessa con l'espressione esaltata e preoccupata, i giovani avevano imbracciato i fucili contro il re Borbone.

«Comunque è vero» ha detto Salvo. «Pure io l'ho letto, dal barbiere Tosca.»

«Che cosa è vero?» ho chiesto.

«Giovannino Tosca dentro un armadio ha attaccato il ritaglio di un giornale che si chiama "Lume a gas", e se lo trova la Guardia nazionale lo fucila. Ma tutti lo sanno che c'è, e fanno la fila per andare a leggere quella pagina.»

«E che c'è scritto in quella pagina?» ha chiesto Vincenzina.

«"La parola è risonata. La parola che redime una nazione si è fatta udire! Costituzione!"» ha ripetuto Salvo come

ogni giorno

32

un pappagallo, senza neanche capire bene cosa significava. «Ma Raffaele dice che ormai è vecchia e non vale più, il re se l'è rimangiata così come l'ha detta.»

Il conte Tommaso e la contessa Rosanna, i genitori adottivi di Teresa, da Pontelandolfo dove vivevano erano infatti andati a Napoli già in marzo, alla notizia dell'apertura del parlamento, a incontrare a più riprese il re Ferdinando, amico d'infanzia del conte. Dovevano favorire i loro interessi prima dell'arrivo della Costituzione, visto che i liberali stavano tramando per togliere a loro e ai borbonici i privilegi di cui avevano sempre goduto. In più, diceva la lettera, confermavano che sarebbero stati felici di prendere in adozione anche me, la sorella minore di Teresa, aspettavano una data buona per farmi venire a Napoli e poi portarmi a casa a Pontelandolfo. A quel punto la contessa Gullo aveva fissato mamma con aria interrogativa. «È vero?» aveva chiesto. Mamma aveva annuito, e a me era come scoppiato qualcosa dentro il petto.

Ma il 15 maggio, quando il nuovo parlamento avrebbe dovuto aprire le sedute, il re si era rifiutato di firmare la Costituzione. Era stata tutta una messinscena, aveva commentato la padrona di mamma, il re non aveva mai avuto intenzione di aprire il parlamento e di cedere il suo potere. Così, dopo qualche ora i giovani napoletani erano scesi nelle strade ed erano scoppiate le rivolte, che erano andate avanti per tutta la notte. All'alba, affacciandosi da una delle finestre, Tommaso e Rosanna Morelli si erano resi conto di cosa era accaduto: la città era in fiamme. Ma non avevano avuto scelta, dovevano tornare a corte il prima possibile, dovevano capire cosa sarebbe stato di loro e dei borbonici. La situazione per le strade di Napoli però era peggiore di quanto avessero creduto. Si erano ritrovati intrappolati tra le barricate di via Toledo e quelle, ancora più alte, di via Santa Brigida. Le strade laterali erano chiuse e, dopo otto ore di spari, il tiro incrociato era impazzito. Il conte Tommaso aveva provato una fitta improvvisa al collo, poi alla gamba: erano pallottole; la moglie si era piegata su di lui mentre cadeva, ed era stata colpita alla schiena, al fianco e alla testa.

I miei genitori adottivi sono morti, avevo pensato. Avevo provato una tristezza infinita, nessuno mai mi avrebbe portata via da Casole. I corpi erano rimasti un giorno intero in quella strada di Napoli, uccisi dai fucili dei giovani rivoltosi. La feroce ammuina – il divampare del fuoco dal cuore degli oppressi napoletani come dal cratere del Vesuvio, aveva detto la contessa Gullo – era scoppiata. E per quella feroce ammuina Teresa adesso aveva perso i genitori e non poteva più rimanere a Pontelandolfo, doveva abbandonare quegli agi, doveva scordarsi anche il ragazzo che avrebbe dovuto sposare. Di colpo era ritornata povera, una figlia di nessuno come noi, e lui non la voleva più.

«L'hanno lasciata in mezzo a una strada» aveva detto la contessa Gullo scrollando la testa, «quegli sciagurati di borbonici. E voi volevate dargli anche l'altra vostra figlia? "Una piccola dote mensile..."» aveva letto, mentre mamma sbiancava, «e basta. Tutti i loro averi, ora che sono andati all'altro mondo, vanno ai cugini Morelli. E la vostra Teresa, così come gliel'avete data, adesso ve la riprendete.»

Dentro la siepe eravamo immersi nel profumo del lauroceraso. Non sarei stata io ad andare da lei, sarebbe stata la sorella a venire da noi. Mi sono sentita tradita e abbandonata, anche se mai nessuno mi aveva presa. Ma insieme a me c'erano i miei fratelli, Salvo adesso stava giocando con una coccinella.

«Quindi lei... torna?» ha chiesto dopo un po', facendo salire e scendere l'animaletto dal palmo, come se la cosa non gli interessasse.

«Sì.»

«E quanti anni ha?»

«Diciannove.»

Io ne avevo sette, lui dieci.

34

Vincenza quattro. «Andiamo da Tonio a prendere i dolci?» ha chiesto con la sua vocina.

«No» abbiamo risposto insieme, io e Salvo. Chissà come avevamo capito che la nostra vita, insieme a quella sorella sconosciuta, non sarebbe mai più stata la stessa.

3

Qualche settimana dopo Teresa è arrivata a Casole sulla corriera da Cosenza, piena di bauli e con due uomini ad accompagnarla.

Papà, che non riposava mai, aveva chiesto al conte Morelli la mattina libera, e aveva già spaccato la legna accatastata fuori, sotto la tettoia dove la metteva ad asciugare al sole. Quello della legna era l'unico momento in cui sembrava felice: prendeva l'ascia da un ripiano nascosto della credenza, ci lasciava un quadernetto di poche pagine che aveva sempre con sé, si toglieva la giacca e chiedeva a Raffaele e a Salvo di aiutarlo a portare fuori il ceppo di larice che stava dietro la tenda, quindi usciva. Dentro la credenza teneva anche un sacchettino di terra che un giorno aveva raccolto dai campi dei Morelli. Era un pugno di terra granulosa e scura. «È l'unica che mai possiederò» diceva, e ogni volta, prima di andare a spaccare la legna, controllava che il sacchettino fosse al suo posto.

Quando abbiamo saputo che la corriera era arrivata, io e Vincenza le siamo corse incontro. Carmelina, che come sempre stava sulla porta di casa, ci è venuta dietro trascinando la gamba poliomielitica.

Teresa è scesa come una signora, o come la contessa che si era abituata a essere, e ci ha lasciate a bocca aperta. Io e

Vincenza ci siamo guardate: aveva una gonna turchese a balze, con la crinolina e il tulle, il corpetto di raso e pizzi, e un grande copricapo piumato. Mai, neanche nelle nostre più sfrenate fantasie, l'avevamo immaginata così elegante. Dietro di lei, i due uomini che l'accompagnavano in silenzio scaricavano i bagagli dalla vettura, mentre tutti erano immobili a guardarla. A Casole non erano mai arrivati tanti bauli, tanta ricchezza, né nessuno aveva mai visto quel modo nobile di camminare.

Nel percorso dalla piazza a casa, dietro quella forestiera che arrivava dalla città, si è subito formata la processione. La gente mormorava «è tornata la signora...», «allora veramente esisteva chissa figghia di compare Oliverio...», «vidi che robba...», «non era morta, macché...», «chissa è granosa...», «chissi so i picci».

«Teresa!» l'ho chiamata da lontano. Era una donna fatta e finita, non una ragazza come l'avevo immaginata, e neanche un fantasma come a volte me l'ero sognata, anche se aveva la faccia incipriata e la veletta sugli occhi. «Siamo Maria e Vincenza.»

Ma la sorella non si voltava.

«Teresa, siamo qui. Siamo Maria e Vincenza!» ho detto più forte, cercando di farmi sentire sopra tutto quel vociare. Ma quella donna di città continuava a guardare dritto davanti a sé, come se fosse sorda. Allora ci siamo avvicinate, facendoci largo tra la folla.

«Teresa, siamo le tue sorelle» ho detto, a pochi passi da lei.

A quel punto si è accorta di noi, ma ha voltato appena la testa. Ci ha scrutate con la coda dell'occhio, come se non avesse voglia di vederci.

«Io sono figlia unica» ha detto di colpo, con accento campano. Subito allora è ricominciato il vocio, «u vedi che fanno i picci...», «manco si somiglia con le sorelle...», «chisse non suono le sorelle, suono le serve...», «chissà che ci è venuta a fare qua». Poi, come se niente fosse, quella donna ha ricominciato a camminare e con lo sguardo fisso al selciato ha seguito alcuni paesani che l'avrebbero scortata verso casa.

Mamma l'aspettava in piedi davanti alla porta con Angelino in braccio, Raffaele e Salvo le ronzavano attorno.

Quando la sorella è arrivata, mamma ha scacciato i curiosi e l'ha fatta accomodare con lo stesso tono che usava con la contessa Gullo.

«Venite, venite» le diceva, con quella voce tutta di zucchero, dando del voi alla sua stessa figlia.

Teresa ha sibilato una mezza parola ai due accompagnatori, che in fretta e furia hanno scaricato i bauli in casa. Poi hanno fatto un cenno col capo e senza dire una parola sono tornati alla carrozza che li avrebbe riportati da dove erano venuti.

Mamma aveva tolto dalla poltrona l'occorrente per cucire, sul tavolo aveva allineato tutte le bottiglie che tenevamo in casa, anche quelle dell'acquavite e del vincotto, in bella vista su due vassoi c'erano i dolci, la cicirata col miele e le scalille che aveva fatto fare al forno di Tonio e che Carmelina aveva portato, ancora calde, quella mattina.

«Grazie» ha detto soltanto, la sorella, e poi non ha più parlato. Se ne stava immobile con le braccia incrociate senza dire una parola. Era strana, stranissima. Noi fratelli ci guardavamo e pensavamo tutti la stessa cosa: "Ma che, non parla?", "E non è neanche gentile...".

Non si è voluta sedere nella poltrona, né al tavolo, invece si è sistemata su una sedia solitaria in un angolo, a fissare il pavimento, facendo finta che noi non ci fossimo. Sulla poltrona aveva lasciato cadere il cappello, da cui si alzava comica quella lunga piuma di struzzo.

«Avete fatto buon viaggio?» chiedeva mamma, che come noi non sapeva che fare. «È stato faticoso? Avete fame? Sicuramente avrete sete...» Ma lei non fiatava, fissava dritto davanti a sé, come assente. Io e Vincenzina tutto ci eravamo immaginate tranne che la nostra sorella ricca fosse mezza muta. Allora mamma ha preparato un piattino con i dolci e un bicchiere di vincotto e li ha appoggiati sulla credenza, di fianco a dove la sorella stava seduta. Ma lei, di nuovo, rimaneva immobile a fissare i suoi bauli con occhi pieni di pena. Noi fratelli stavamo in piedi contro il muro come tante statuine, senza nemmeno il coraggio di muoverci, come quattro scimuniti. Mamma invece non stava ferma un attimo, con Angelino in braccio che piangeva come un disperato. Camminava su e giù, continuando a dare colpi sul pannetto, e Angelino strillava ancora più forte, e faceva sembrare quel primo incontro ancora più disperato.

Ma io, nonostante tutto, quella sorella da lontano la guardavo e mi sembrava così diversa da me, così superiore, e in segreto la ammiravo. Era con lei che avrei vissuto se i genitori adottivi non fossero morti, con lei e basta, pensavo, e magari con me sarebbe stata buona, mi avrebbe anche parlato. A guardarla bene, Teresa assomigliava a papà, al contrario di me che parevo la copia di mamma. Era bassa e scura, di carnagione e di capelli, la fronte corta e gli occhi stretti e accesi del predatore. Io invece avevo gli stessi capelli castani di mamma, la stessa corporatura lunga, lo stesso sguardo marrone e acquoso, le ciglia affilate, ed ero vestita con una cammisa slavata che era stata di zia Maddalena e forse anche di mamma. Teresa adesso si era cambiata dietro la tenda e portava un vestito di taffetà celeste a balze che avevo visto solo in qualche immagine, sbirciando dalla porta dell'unica modista di Casole, una signora cattiva e sola che saliva da Catanzaro una volta al mese. Ai piedi portava un paio di stivaletti bianchi di pelle lucida e col tacco sottile, che non si era ancora tolta, e che a me sembravano bellissimi. «Quella spera di andarsene il prima possibile» mi ha sussurrato Salvo all'orecchio, piegandosi un po', ancora schiacciato contro il muro. «Non si liva manco i scarpe.»

Verso mezzogiorno, prima di pranzo, papà è tornato dalla piazza, dove tutti gli avevano chiesto della nuova arrivata. Nel frattempo Teresa aveva aperto i bauli, ne aveva tirato fuori per prima cosa una grande bambola di porcellana e continuava ad allisciare le sue cose una a una: così, davanti a quelle lenzuola di lino, a quegli asciugamani morbidi, a quei vestiti ricamati, a quei merletti che parevano zucchero, papà ha iniziato a scherzare, come con noi non faceva quasi mai. «T'hanno lassatu a dote!» rideva, battendo la mano sul tavolo. «Mo avimo a trovari nu maritu riccu.» Ha sollevato un bicchiere di vino, per l'occasione era andato da Tonio a comprare un mezzo litro di Arghillà.

«Don Francesco! U chiù riccu di Casole!» ha detto Raffaele, che improvvisamente era diventato il secondogenito e non più il maggiore.

«Iddru è nu stramuorto! I pochi capelli che tiene suno bianchi come a nu lenzuolo» ha riso Salvo. «Tra poco se ne va al camposanto!»

Ma mamma, quel giorno, continuava a muoversi come un'ospite in casa sua, e mentre preparava il pranzo stava tutto il tempo a osservare quella figlia che quasi non aveva conosciuto, e cercava di capire, dagli occhi piccoli di quella donna di diciannove anni, come aveva fatto a uscire dal suo corpo.

Teresa non partecipava alle chiacchiere, stava in piedi vestita di tutto punto e ci guardava nello stesso modo in cui aveva guardato i due facchini. Era assente, e aveva lo sguardo cattivo. Possibile che arrivasse da quella casa, si chiedevano i suoi occhi pieni di terrore? Possibile che quella donna sporca e malmessa fosse la sua vera madre, che quei cinque mocciosi tutt'occhi e vestiti di stracci fossero i suoi fratelli? Rimaneva con le spalle al muro e il suo sguardo vagava impazzito in cerca di un modo per scappare. Ma un modo non c'era.

Ogni tanto poi posava gli occhi su di me. «E così saresti

tu» aveva detto tra i denti, all'improvviso, fissandomi con espressione impassibile.

Mi si era gelato il sangue. Avevo capito bene che si riferiva all'adozione mai avvenuta. E capivo anche, dal modo in cui i suoi occhi si stringevano, che tra tutti quella che più disprezzava ero io.

«Sta sempre a guardare, quella?» ha chiesto a un tratto a voce alta, indicandomi con un cenno del capo. Mi ero fissata sulla bambola di porcellana, che aveva i capelli neri a onde di crine di cavallo. Portava una bella vestina rossa con il merletto ai polsi e al collo, ma era malconcia, le mancava il naso, e un braccio, e anche un occhio di madreperla era saltato. Io una bambola non l'avevo vista mai, e neppure Vincenza, e non le staccavamo gli occhi di dosso.

Mamma non mi ha difesa, non ha detto niente, così ho guardato per terra.

«Non te la arrobbo, non ti preoccupare» ho detto tra me e me, torturandomi le mani.

«Come hai detto?» ha gridato lei.

Ma io non ho risposto. Eppure gli altri, come se niente fosse, continuavano in quella eccitazione collettiva. Un pezzo della famiglia aveva conosciuto la ricchezza, la vita dei signori, e così tutti, anche solo per la vicinanza, avremmo finito per goderne, pensavano loro.

Vincenzina, che papà adesso aveva preso in braccio e non era abituata a quella tenerezza, rideva e si guardava attorno un po' spaesata, e passava dalla bambola agli occhi della nuova sorella succhiandosi le dita. Anche Raffaele fissava la nuova arrivata; continuava a far cadere lo sguardo dentro quel petto ampio e gonfio, stretto tra i bottoni della veste celeste. Lo faceva senza vergogna, una vicinanza tanto intima con una ragazza già donna non l'aveva mai avuta. Teresa ogni tanto infilava la mano e tirava il corpetto, e Raffaele si agitava ancora di più. A tredici anni, da un giorno all'altro era diventato alto, aveva messo i peli in faccia e

41

cacciato spalle appuntite da uomo, che gli uscivano ossute dalla canottiera slabbrata. Erano già tre mesi che aveva preso una voce che non era più la sua, e occhi che non erano più i suoi, e adesso fissava quella nuova sorella come una cosa di sua proprietà.

«Togliti le scarpe, appoggiale in camera» le ha detto mamma, e tutti ci siamo azzittiti perché dopo tanto tempo che era arrivata qualcuno aveva avuto il coraggio di rivolgerle la parola.

Teresa ha fatto di no alzando il mento al soffitto, con uno sguardo maligno. Poi ha guardato le macchie di umidità.

Tutti ci aspettavamo che dicesse qualcosa, ma lei non parlava, guardava la stanza e non fiatava.

Poi ha rotto quel silenzio.

«Io qua dentro non ci dormo» ha detto.

Nonostante l'accento campano, la sua voce assomigliava a quella di mamma, adesso me n'ero resa conto, come la sua si strozzava un poco nella gola.

Mamma ha lasciato sulla stufa lo straccio con cui si era pulita le mani dopo avere sbucciato le patate.

«Come sarebbe, qua dentro non ci dormi? Figlia mia, chistu è u postu ca tenemu. Mi dispiaci ca...»

«C'è puzza di bestie e di sudore. Non si può dormire in otto in questo buco.»

Papà stava zitto, i fratelli stavano zitti, nessuno parlava.

«E ca duvimo fari, figlia mia? Chistu è...» si è scusata mamma.

«Lei» ha detto Teresa, indicando me. Lo sguardo era quello della vipera.

Ho sentito un colpo al petto, come se quel "lei" mi avesse trafitta. Stavo per cadere, sono indietreggiata finché ho sbattuto contro il muro.

«Se volete me, se ne deve andare lei. Lo spazio per tutti qua dentro non ci sta.»

Mamma ha abbassato gli occhi, e lo stesso ha fatto papà.

Così, in un attimo ho capito: non si sarebbero opposti, nessuno avrebbe mai avuto il coraggio di contraddire la sorella. Dal muro contro cui ero schiacciata, ho sentito allentarsi la morsa al petto e mi sono accasciata sul pavimento.

La camera da letto di mamma e papà sarebbe andata a lei. Raffaele e Salvo avrebbero continuato a dormire come avevano sempre fatto, i letti miei e di Vincenza invece sarebbero stati uniti, e lì si sarebbero stretti in quattro: mamma, papà, il piccolo Angelo e Vincenzina.

Per me a casa non c'era più posto. Quegli ultimi giorni avrei dormito stretta tra i due fratelli, poi mi avrebbero mandata via.

«Tu puoi andare a stare un po' da zia Maddalena» ha detto mamma, senza il coraggio di guardarmi negli occhi.

Prima di coricarmi, però, il coraggio l'ho trovato io.

Salvo ha cercato di fermarmi ma non c'è stato verso, mi sono divincolata e sono entrata di corsa in quella che adesso era la camera della sorella, ho spalancato la porta, che ha sbattuto contro il muro. Lei stava seduta sul letto, in attesa di infilarsi sotto le coperte, con la bambola di porcellana in braccio.

Mi sono avvicinata e l'ho guardata negli occhi. Non mi interessava che fosse più grande di me, che fosse già donna, che fosse di città, non avevo paura di nessuno.

«Perché mi vuoi cacciare?» ho chiesto. «Che ti ho fatto?»

Lei ha irrigidito la mascella e mi ha fissata come se fosse la prima volta che mi vedeva. Ha alzato il mento e ha sibilato, per non farsi sentire dagli altri:

«I miei genitori erano andati a Napoli per venire a prenderti...» Mentre parlava accarezzava la bambola mutilata. «Ti avevano comprato questa...» L'ha sollevata un po', per farmela vedere meglio, tenendola stretta dall'unico braccio. «...È stata per mesi su quello che doveva essere il tuo letto, appoggiata sul cuscino. Ma adesso, per colpa tua, mio padre e mia madre sono morti.» Ha stretto la presa attorno al piccolo braccio.

Fissava la bambola con occhi vuoti.

«Tu hai rovinato la mia vita...» ha continuato. Mi ha guardata, il suo sguardo era malefico. Poi con un gesto secco ha spaccato anche l'altro braccio, *crac*, che adesso pendeva dalla spalla, dentro la manica della vestina. «Io rovinerò la tua.»

4

Le due notti seguenti non ho dormito, schiacciata tra i peti di Raffaele e le ascelle di Salvo. Quando papà si alzava, alle quattro, io ero ancora sveglia, lo guardavo muoversi lento nella penombra del lume.

La seconda mattina, nel momento in cui il campanile batteva le sei e mezzo, zia Maddalena ha bussato pesantemente alla porta. Arrivava a piedi dalla campagna, era più di un'ora di cammino.

Quel donnone era la sorella grande di mamma, aveva la fronte larga e la faccia rubizza, i vestiti sapevano di formaggio, di animali e di legna. In testa teneva legato un fazzoletto lurido, e ai piedi sandali di cuoio duro come la corteccia dei faggi. *Deuch tree*

Zia è entrata e ha salutato ad alta voce, poi ha strisciato la sedia e si è seduta al tavolo senza curarsi del rumore.

Io facevo finta di dormire, ma in mezzo alle dita la guardavo: sembrava un'orsa, era un grande animale spaventoso, e la puzza che aveva portato era peggio dei peti di Raffaele.

Mamma ha preparato il caffè e poi è venuta a scuoterci, ma noi eravamo già tutti svegli.

«Lavallo lu fazzulettu, fetia a granu» ha detto mamma alla sorella. *molto*

«See, magari a granu... fetia a merda» ha starnazzato Raffaele.

«L'agghiu lavari, l'agghiu lavari...» ha risposto zia. Poi si è girata verso la stanza chiusa.

«È là dentro che sta?»

Mamma ha annuito.

«Beata a lei» ha detto zia.

Dopo essersi scolata la tazzina si è voltata verso di me. «Signori', oggi nenti scola.» Era radiosa, e sdentata.

«Preferivo andare a scuola che venire da te» ho detto.

«Te', mancia qualche cosa» ha detto mamma, mentre tirava fuori i dolci che aveva comprato per la nuova sorella.

«Non ho fame.» Sono andata alla conca, mi sono sciacquata la faccia e ho bagnato i capelli. Poi mi sono vestita.

Vincenza mi seguiva passo passo, Salvo invece era rimasto a letto, mi guardava appoggiato a un gomito. Mi sono piegata, e mi ha lasciato un bacio secco sulla fronte.

Raffaele ha sussurrato: «Torna presto signorina, non fare ca diventi come zia», e mi ha strizzato l'occhio.

«Che vorresti diciri?» ha detto zia Maddalena.

Ho raccolto i vestiti dal cassone e l'unico paio di scarpe buone che tenevo, e mi sono avviata alla porta.

Zia Maddalena viveva in una baracca di legno alle pendici del bosco, più in alto rispetto al paese, sul pratone dove partiva il tratturo che portava alla foresta di Fallistro.

Era l'ultima casa, a ridosso degli alberi.

Non aveva un pozzo, ed era talmente malconcia da dare l'idea che da un momento all'altro sarebbe crollata. Il pavimento era di assi che scricchiolavano, l'intavolato del soffitto e le lastre delle pareti erano piene di fessure da cui entravano vento e pioggia, ovunque c'erano i segni dei rattoppi con la scorza degli alberi. La ricchezza, l'acciaio e le fabbriche che nascevano nelle città, i gelseti e le industrie della seta, le mode che i gentiluomini portavano dai loro viaggi, tutto questo nella baracca di zia non esisteva.

«Quella è per te» ha detto, quando siamo entrate, e ha indicato una porta. Il camino era rimasto acceso, faceva caldo. Non avevo mai avuto una camera tutta mia.

I primi giorni mi aggiravo per quella capanna come braccata. Camminavo per il pollaio e per l'orto e mi sentivo persa, mi mancavano terribilmente la vita e i rumori del paese, la notte non riuscivo a prendere sonno. Ero circondata: il frinire dei grilli, il gracidare delle rane vicino al vecchio abbeveratoio, i grugniti dei maiali e i belati delle capre che arrivavano dalla masseria dei conti Mazzei.

Poi, una domenica mattina mi sono svegliata riposata.

«Stanotte hai dormito» ha detto zia. «Non ti sei alzata a cercare l'acqua dalla damigiana, e non ti sei neanche girata nel letto tutto il tempo.»

Piano piano mi sono resa conto di non sentire più gli odori forti della campagna, e nemmeno più la puzza di zia. Mi svegliavano i versi dei picchi, e zia, mentre mi preparavo per la scuola, mi faceva trovare una tazza di caffè d'orzo fumante sul tavolo. A fianco lasciava due fette di pane che una volta alla settimana cuoceva nel forno di mattoni davanti al pollaio, e due barattoli di marmellata di pesche noci e di ciliegie.

«Meno male ca ci sei tu» diceva, «se no le marmellate non se le manciava nissunu. Ma sono bone, sono dell'anno passato.»

Due anni prima suo marito era entrato nei boschi e l'aveva lasciata sola, e adesso le scorte che faceva non servivano quasi più. Quando le chiedevo dov'era zio, lei borbottava sbrigativa: «Attorno a Serra Pedace, sta su qualche montagna a fare gli affari suoi».

Ma io questo zio lo immaginavo sul Monte Curcio, o sul Monte Scuro, nascosto in una grotta, più grosso di un uomo

47

normale, grosso come una bestia pelosa e fortissima, con dita che parevano artigli.

A Casole zio lo chiamavano Terremoto, e per colpa sua chiamavano Terremoto pure zia Maddalena. Su di lui era nata una leggenda, come su tutti quelli che si davano alla macchia. Erano i discendenti dei Carbonari delle montagne, montanari che avevano combattuto contro l'occupazione dei francesi di Murat a fianco dell'esercito dei Borbone, e per questo si erano guadagnati il rispetto di tutti. Avevano vinto. Ma la promessa di abolizione della schiavitù dei latifondi con cui il re Borbone li aveva attirati come alleati in quella battaglia, a vittoria ottenuta non era stata mantenuta, e così in molti, dopo la guerra, si erano rivoltati e avevano deciso di rimanere sulle montagne, dove si battevano contro i loro ex compagni.

Di zio Terremoto si diceva che era capace di uccidere un lupo della Sila a mani nude, e che non si lasciava mettere i piedi in testa da nessuno. Prima era stato un ciabattino, ma non riusciva a racimolare nemmeno i soldi per mangiare, tra i lavori che i "cappelli" gli ordinavano senza pagarlo, l'affitto altissimo del buco in cui teneva la bottega e le tasse sulla concia del cuoio e delle pelli. Per vent'anni, lui e zia avevano vissuto una vita miserabile che non gli aveva portato figli. Poi, un giorno era stato minacciato da un "cappello", il proprietario della bottega. Voleva scarpe nuove per tutta la famiglia, senza pagarle. Zio Terremoto si era ribellato, ma quello aveva detto di guardare la terra su cui stava appoggiata la sua casa, in campagna.

«Apparteneva a mio padre» aveva risposto zio. «E a suo padre prima di lui. È mia.»

Quello era scoppiato a ridere. «Confina con le terre pubbliche» aveva detto, e gli aveva puntato un dito in faccia. «Quindi, se non stai attento diventa mia. Mi basta andare dal governatore e chiedergli di firmare due nuove carte demaniali.»

Zio Terremoto sapeva che non c'era niente di più probabile, che quello su cui sorgeva la sua casa sarebbe stato soltanto l'ennesimo pezzo di terra di cui un signore si appropriava corrompendo il governatore. Però, lo stesso, non si era piegato, e aveva insistito per avere i ducati che ripagavano il suo lavoro. Dopo pochi giorni, alla bottega si erano presentati quattro uomini vestiti di nero. Senza tante cerimonie avevano distrutto i suoi attrezzi, e quello che non avevano distrutto se l'erano portato via, lasciando zio Terremoto con quattro costole rotte. Poi gli avevano dato la notizia di sfratto. Era rimasto un mese a letto, e quando era riuscito a tirarsi su aveva deciso: sarebbe entrato nei boschi, di quella vita ne aveva abbastanza.

Così, dalla montagna, insieme ad altri compagni assaltava le masserie dei nobili e dei gentiluomini, cercando di non fare feriti; poi tornava in paese e divideva il maltolto con i braccianti.

«Fa come fa il bosco» aveva detto zia. «Si riprende quello che è suo.»

Ogni tanto, la sera, mi raccontava quelle storie, e lo faceva senza paura di spaventarmi, come se io fossi già grande. «Ziu' tiene a testa china i suogni» diceva, quando stavamo davanti al camino, o fuori, d'estate, tra il pollaio e l'orto, la luna era alta e i grilli canterini frinivano. «Suogni di un avvenire giusto, suogni grandi» diceva, e ogni volta che diceva "grandi" io cercavo di capire se li avevo anch'io oppure no quei sogni, e che cosa fossero, come potessero essere così forti da cambiare la vita di alcune persone, perché a casa nostra non ne aveva nessuno, e comunque a quella parola – "sogni" – non sapevo che significato dare.

Nelle giornate senza nuvole, dalla baracca di zia si vedevano le cime tutt'intorno e, più lontani, l'Aspromonte a sud e il Pollino a nord.

Zia allora nominava quelle più alte, e le si accendevano gli occhi: «Questo è il Botte Donato» diceva, «e lì c'è il Monte Nero. Quella è la Serra Stella; quelle invece sono le montagne della Porcina, e lì in fondo c'è il Monte Curcio».

Anche a lei mancava il villaggio sopra Lorica in cui era nata, come a mamma, e ogni tanto, da quando nonna Tinuzza era morta e non ci viveva più nessuno della famiglia, andava a controllare che la piccola casa di pietra in cui erano cresciute non se la riprendesse la montagna.

«La senti l'aria buona?» chiedeva, in quelle giornate limpide d'inverno. Io facevo sì con la testa e lei rideva, come se negli occhi mi avesse letto qualcosa che non sapevo. «Respira forte», e mi mostrava come inspirare bene, riempiendo i polmoni. «Arriva da là sopra, quest'aria» diceva nelle serate fredde, senza lampada a petrolio e senza altra luce se non quella della luna, con le giacche di lana e le scarpe pesanti ai piedi. Ogni tanto, guardandoci, mi chiedevo cosa avrebbe pensato di noi la nuova sorella, lei che girava per casa con le pantofole a punta che si usavano al Nord.

Zia si alzava all'alba per dar da mangiare ai polli e per curare l'orto. C'erano un paio di gatti scuri che le camminavano tra i piedi, andavano e venivano come piaceva a loro dai campi e dalle fattorie. Lei ogni mattina lasciava due piattini con un po' di latte vicino alla porta, ed era sicura che presto o tardi si sarebbero fatti vivi.

«Stella, Scuro. Qui», e versava il latte. «Avete dormito bene?» A quei gatti aveva dato i nomi delle sue montagne. Poi, finita la chiacchierata con loro, rientrava in casa e iniziava a tessere.

Anche lei, come mamma, lavorava per i Gullo, e anche lei, come mamma, aveva la schiena curva e le dità rovinate.

«Si deve fare, Mari', purtroppo si deve fare» mi diceva, quando vedeva che la fissavo, piegata sul filatoio. «Con due uova non posso campare. Servono il lardo e un bicchiere di vino ogni tanto.»

E mentre tesseva cantava sottovoce la canzone dei briganti calabresi, e io la imparavo a memoria:

Diciott'anni, o mio Signore,
sono belli da portare.
Com'è bella da donare
questa vita quand'è in fiore.
Il brigante contadino ~~bardt~~ *saytre now down*
l'ha falciato l'oppressore,
come un filo d'erba dritto
disarmato dalla morte
dorme un sonno di bambino
coricato alle tue porte.
O Signore, tu lo puoi:
dagli il cielo degli eroi.

Guardavo i fili di seta che sarebbero diventati il corpetto di un abito da sera o un polsino, o una cintura, e poi guardavo zia, che faceva andare le mani scrutando il vuoto; zia che apriva il passo, fissava la trama, batteva il pettine.

«La libertà dei "cappelli" è la condanna nostra» diceva, come se la cosa non la riguardasse davvero, non fino in fondo, come se fosse una legge della natura e andasse presa così com'era. Poi ripeteva da capo, e ancora, e ancora, e ancora, ogni movimento, prima di andare a coricarsi.

1848 Rivolta a Palermo prima città di Milano 5 giornate di Milano 22 marzo 1855 liberato dai austriaci Manzoni 63 yrs old 59

5

Al ritorno da scuola, dopo pranzo, accompagnavo zia nei boschi, con un paio di scarponi sfondati che mi andavano un po' grandi.

«Prendi la tua ascia» mi ordinava, e mi portava a fare legna. Partivamo furtive, con le asce nascoste sul fondo della sporta, fare legna era vietato, anche solo raccogliere qualche rametto, perfino fare pigne, o castagne, o riempire una bisaccia di foglie secche. I boschi, come i campi, erano battuti da spie della Guardia nazionale, e al minimo sospetto ti pedinavano, e senza bisogno di prove ti chiudevano in prigione. L'uso civico delle terre era punito con dieci anni di carcere, nei casi più gravi con la fucilazione. Una volta, si raccontava, un bracciante era stato fucilato per essersi infilato sotto la giacca una sola manciata di spighe di grano.

Dopo un'ora di cammino iniziavano i pini larici finché, senza che ce ne accorgessimo, quello che c'era fuori dal bosco spariva, e prendeva vita un universo chiuso, fatto di strane presenze. Raccoglievamo polloni caduti e ne staccavamo i rami, il legno del faggio e quello del larice bruciavano bene e davano calore, quindi ne prendevamo in abbondanza, guardandoci attorno come se gli alberi, l'aria, il bosco, ogni cosa, non fosse lì anche per noi, per i nostri stomaci, per riscaldare le nostre ossa; il legno degli abeti invece faceva un buon profumo ma scaldava poco, e lo lasciavamo. Poi, dopo aver infilato la legna nella sporta, zia sceglieva due pietre piatte, mi faceva segno e ci sedevamo.

«Ascolta» diceva puntando un dito verso l'alto.

Per primi arrivavano i versi delle ghiandaie e di qualche nibbio. Li cercavo con lo sguardo, ma erano sempre da un'altra parte. Zia invece guardava tra i rami e li scovava subito. Il suo preferito era l'astore, perché era imponente ed elegante, diceva, e aveva il petto che pareva d'acciaio, e così presto è diventato anche il mio preferito. Poi arrivava il guaito delle volpi, e tendendo bene l'orecchio l'ululato distante di un lupo. Poi il ronzare delle libellule, delle mosche di bosco. Alla fine arrivavano le rane col loro gracidare, i graffi dei roditori e dei toporagni.

Zia chiudeva gli occhi e rimaneva in ascolto per interi minuti, con un leggero sorriso immobile, sembrava che ascoltasse una musica che arrivava dal cielo. Poi si alzava, aveva visto qualcosa.

Su un tronco c'era una grossa larva bianca grande come un dito, una specie di ammasso di muco che si accartocciava e si rilasciava per risalire. Faceva senso. Sopra c'era una lunga colata di bava densa e schiumosa.

Zia Terremoto bussava sulla corteccia e mi chiamava.

«Vieni.»

Allora assestava al tronco quattro o cinque colpi brevi, finché con quel suo sorriso sdentato non me lo mostrava cavo. Quell'albero era morto da tempo, ormai era la casa di centinaia di grandi larve di scarafaggio. Zia infilava il braccio e ne tirava fuori una manciata. Una la metteva in bocca, un'altra me la offriva. Le sopravvissute si contorcevano per liberarsi dalla presa.

«È carne, allontana la morte» diceva masticando.

«Non le voglio» rispondevo schifata.

«Non fare storie. Sono buone e fanno bene.» E poi mandava giù.

«Sono vive.»

«Proprio.»

Chiudevo gli occhi. Il primo morso era per troncare la testa, che si distingueva dal corpo solo per gli occhi minuscoli e neri poi, in fretta, infilavo in bocca il corpo grasso. In tre masticate riuscivo a mandarlo giù.

«Stasera tenimu a che mangiare» diceva zia, e ripartivamo. Li avremmo fatti fritti nel lardo, con un po' di pane e qualche cicoria. C'era chi sui bachi da seta stava costruendo fortune inimmaginabili; e poi c'eravamo noi. Per noi le larve, anche se di scarafaggio, erano da mangiare.

Mentre camminavamo guardavo zia da dietro, curva sotto il peso della sporta, e mi sembrava simile al suo bosco: i capelli lunghi e scarmigliati erano rami di abeti bianchi, le unghie rotte erano le radici scoperte, la schiena ingobbita era i nodi che crescevano sui ceppi dei faggi.

Vicino alla baracca in cui vivevamo l'unico segno di civiltà era un appezzamento di terra coltivato a gelsi bianchi e gelsi neri che apparteneva ai conti Mazzei.

In primavera quegli alberi maestosi si riempivano di fiori color dell'agata, e di foglie larghe che i braccianti raccoglievano in una grande costruzione di legno dove venivano date in pasto ai bachi, che stavano allineati sull'anditu. Prima di mutare, i bachi si avvolgevano in un bozzolo di filamento di bava che arrivava a essere lungo un chilometro. Mi ricordavano quello che facevo io, quando la notte mi avvolgevo in mille pensieri sulla famiglia che mi aveva abbandonata, sulla nuova sorella che mi odiava, sulle chiacchiere dei fratelli senza di me, e più pensavo, più mi avvolgevo in me stessa, e finivo per prendere sonno stremata. I vermicellari poi i bachi li avrebbero uccisi, e le tessitrici, dopo la trattura, avrebbero srotolato il filamento e filato la seta, che i "cappelli" avrebbero venduto nei regni di mezzo mondo. Ma noi, nella baracca di zia, a queste cose non ci pensavamo.

Io di giorno pensavo alla scuola, invece, e ci pensavo molto, e anche questo era strano per una bracciante che non avrebbe dovuto avere tanti grilli per la testa, come diceva papà. Ma per me la scuola era tutto, mi faceva credere che forse sarei diventata diversa da com'ero, migliore, che forse da grande sarei stata una donna importante. Adesso per andarci impiegavo un'ora, ed ero quasi sempre in ritardo. Quando pioveva, poi, arrivavo infangata fino alle ginocchia, facevo la strada scalza per non rovinare le scarpe, mi sciacquavo alla fontana all'ingresso del paese e me le infilavo davanti al cancello senza farmi vedere.

Ero l'unica figlia di braccianti, ma le compagne mi volevano bene anche se non ero come loro, e insieme ci divertivamo un mondo, prendevamo in giro gli abitanti di Casole che si davano le arie. Poi però, dopo un po' che vivevo con zia, perfino quelle che credevo mie amiche hanno iniziato a lasciarmi in disparte.

Quando mi avvicinavo scappavano, dicevano che puzzavo di campagna e di animali, non potevamo più stare insieme.

«Non è vero» mi sono ribellata con Rosa una mattina. Era stata la mia compagna di banco, e adesso si era messa vicino a Francesca Spadafora, la figlia dello speziale, che avevamo sempre preso in giro per le arie da reginetta. «Non puzzo.»

spice seller

«Pari una scigna» ha risposto Rosa. «E ti stanno crescendo pure i peli.» Le compagne si sono messe a ridere. Papà mi aveva sempre chiamata scigna, «sei la mia scimmietta» diceva, ma lo diceva con tenerezza. Loro invece adesso mi schifavano. «Mamma dice che mi macchi i vestiti se ti sto vicino.» La nuova sorella era riuscita a isolarmi pure da loro, pensavo mentre prendevo il tratturo per tornare a casa.

weasd

monkey

La maestra Donati invece, e forse proprio per quello, era diventata perfino più gentile. Mi piaceva soprattutto la sua voce, e il modo che aveva di vestirsi: era elegante, ma senza le pose delle grandi dame di città. Era la moglie di uno degli uomini più rispettati della provincia, il giudice Do-

nati, e avrebbe potuto fare come le nobildonne, darsi all'o-
zio senza sporcarsi le mani col lavoro, e invece aveva scelto di insegnare.

Qualche giorno prima era successo un fatto spaventoso: era domenica e il giudice Donati era stato fermato dalla Guardia nazionale e brutalmente malmenato vicino alla
piazza. Alcuni braccianti avevano assistito al pestaggio, e
in paese la notizia si era diffusa insieme al vento, perché il
giudice era considerato innanzitutto un uomo giusto, che
non aveva mai abusato del suo potere, e questo, sotto una
monarchia corrotta, lo rendeva pericoloso. Nessuno, in quei
giorni, parlava d'altro: il giudice Donati, alto due metri con
tutta la tuba e sempre avvolto in un mantello largo e mor-
bido, unoche per strada perdeva tempo a sorridere anche
a una piccola bracciante come me, proprio lui veniva basto-
nato da un grappolo di ragazzini armati. Quello, lo sapevamo tutti, era un segnale: lui e sua moglie erano finiti nella
lista degli "attendibili" di re Ferdinando II. Sorvegliati ac-
cusati di atti rivoltosi.

Ma dal lunedì seguente la maestra, anziché farsi sopraf-
fare dallo sconforto, ci aveva prese ancora più a cuore, e a
me in particolare. Ogni tanto posava su di me uno sguardo
pieno di compassione, ma io la sua compassione non la volevo, così per ripicca avevo smesso di studiare. Lei se n'era
accorta e una mattina, alla fine delle lezioni, mi aveva chiamata in disparte.

«Maria, hai qualche problema a casa?» aveva chiesto, con
quella sua voce bassa e lenta.

«No» avevo risposto secca.

Si era chinata, in modo che fossimo alla stessa altezza.
«Non fai i compiti, arrivi sempre in ritardo... Sei distratta.»

«Papà si sveglia più tardi, e noi usciamo dopo» avevo
detto svelta.

La maestra mi aveva scossa un po' da un braccio, poi
aveva fatto un sorriso dolce e mi aveva accarezzata in fac-

cia con tutte e due le mani, come se fossi sporca di carbone e mi volesse pulire.

«Con tuo padre ho già parlato» aveva detto. «Non ti preoccupare.»

Allora si era alzata e mi aveva sfiorato i capelli. «Se hai qualche dispiacere puoi venire a confidarti con me. Quando vuoi. Io sono qui.»

Forse sapeva che non lo avrei mai fatto. Così, dal giorno dopo, aveva iniziato a portarmi dei libri.

«Lo so che ti piacciono» aveva detto. Tra le mani stringeva un pacchetto dove dovevano essercene almeno tre. «Ma se non ti va non devi leggerli per forza.» Aveva capito che mi piacevano le storie prima ancora che lo capissi io. Avevo preso il pacchetto ed ero scappata via di corsa, le mani bruciavano come se lo avessi rubato.

Poi la maestra ha cominciato a farmi trovare i libri nel ripiano sotto il banco, così che le compagne non si accorgessero di niente. Tra un'ora e l'altra infilavo le dita nel pacchetto, poi tutta la mano e, *crac crac*, con le unghie incontravo la costa ruvida di un volumetto, e per tutto il tempo lo accarezzavo di nascosto. Forse erano quelli i sogni di cui parlava zia Terremoto. Alla fine delle lezioni, senza farmi vedere dalle altre restituivo quelli che avevo letto. E ogni tanto insieme ai libri trovavo anche un dolcetto; lo mangiavo, sorridendo, mentre tornavo alla baracca di zia.

Quelli della maestra erano piccoli volumi rilegati di un centinaio di pagine, con le copertine colorate e qualche grande illustrazione, classici della letteratura in versione ridotta, riscritti apposta per i ragazzi. Il primo era stato l'*Odissea*, poi avevo letto la storia di Romeo e Giulietta, poi i racconti del *Decamerone.*

«E chi lo sapeva che i libri facevano ridere?» diceva zia, la sera, mentre leggevo ad alta voce quello di Boccaccio.

Ma la più bella di tutti, per me, era la storia di quei due

innamorati, a Verona. Non ero riuscita a staccarmi finché non l'avevo finita, alle ultime pagine la luce già entrava dalla finestra. Quella storia mi aveva stravolta, per giorni non ero riuscita a pensare ad altro che a quei due giovani, a lei così bella e a lui, e alla morte di lei, e a quella di lui. Cos'era quella cosa talmente forte da rendere pazzi, quella forza che i due giovani chiamavano amore? Io non lo sapevo, ma mentre leggevo ero sicura di sentire il punto dentro il corpo dove nasceva. Era lo stesso di quando d'inverno le gelate ci lasciavano intere settimane con la fame.

6

Ogni tanto venivano a trovarmi Salvo e Vincenzina e io li portavo nell'orto e nel pollaio. Facevo giocare Vincenza con Stella e Scuro, avevo tirato Salvo a conoscere un pastore di nove anni che tutti i giorni conduceva i cani all'abbeveratoio dopo aver riportato le pecore nelle stalle di don Mazzei.

Loro, seduti su dei massi in mezzo alla piana, o sdraiati nell'erba, mi raccontavano della sorella maggiore che si comportava sempre più come una padrona. Stava con quella sua vestaglia di seta tutta pizzi e volanti, chiusa da una fusciacca a righe turchesi, verdi e oro, con la scollatura a punta che si apriva a ogni respiro, e faceva impazzire Raffaele. Strillava che voleva la carne di tacchino e il pesce a cui era abituata, si lamentava che la casa era piccola e sporca e che mamma doveva pulirla più spesso. Papà la implorava di abbassare la voce, ma lei gridava ancora più forte che a Casole non ci voleva stare, che voleva tornare a Pontelandolfo e non sapeva come fare.

«E vattene! Stavamo meglio quando facevi la dama in città!» le aveva gridato Salvo una sera. Stava crescendo, ogni volta che lo vedevo era più alto, era più massiccio di Raffaele, che invece era secco.

Teresa lo aveva guardato «come se fosse la cacca di un

cane» aveva detto Vincenza. «Vattene tu, se non ti sta bene» gli aveva risposto.

Papà era intervenuto a difendere lei, e da allora Salvo non aveva più aperto bocca. «U sacciu come va a finiri» aveva detto, e quelle sono state le ultime parole che ha rivolto a papà. Non gli avrebbe parlato mai più, aveva giurato.

Tutti in paese conoscevano questa sorella ricca che in piazza si trascinava la madre come se fosse una cameriera. Al mercato la sorella sceglieva carne di maiale, di agnello e frutta per sé, le infilava nel cesto di vimini che mamma reggeva e non comprava niente per gli altri.

Papà si era pure fatto i debiti col suo padrone, don Donato Morelli. Aveva saputo che il Regno aveva aperto una nuova via di navigazione che portava i vapori di Napoli fino in India, a Calcutta, dove scaricavano le spezie, i legnami, le stoffe, i peperoncini di don Donato, e si era messo in testa, chissà perché, come se questo potesse far entrare anche nelle sue tasche qualche ducato in più, di dare a Teresa una casa tutta sua, per usarla come dote in vista di un futuro matrimonio.

Così aveva comprato una catapecchia, proprio da un parente dei Morelli, con l'idea di sistemarla, insieme a Raffaele e a Salvo. Solo che quella catapecchia, pagata poco ma pur sempre pagata, si era rivelata ipotecata. E papà, che per tutta la vita aveva odiato l'idea di chiedere soldi in prestito, si era ritrovato senza casa, con il debito e con l'ennesima infelicità. Per saldarlo, don Donato gli aveva concesso di trattenergli un terzo della paga ogni mese, fino all'ultimo giorno di lavoro. «È stata una trappola, l'ennesimo brutto tiro di don Morelli» aveva detto Salvo. Papà era disperato, aveva minacciato di andare da un avvocato, aveva fatto per qualche giorno la voce grossa – con loro, in casa –, poi era stato costretto a ingoiarsi tutto. Aveva fatto tanto, faticato come il mulo che gli dava il soprannome, e a cinquant'anni si ritrovava rovinato dai debiti. Vorrei uccidere don Donato Mo-

60

relli con le mie mani, avevo pensato mentre Salvo mi raccontava di papà, che da quel giorno non rideva più, aveva smesso pure di dormire, trascorreva le notti seduto a fissare le braci nel camino. Lì, per la prima volta, ero stata colta da quel pensiero terribile, e me n'ero prima spaventata, poi vergognata. Non avrei mai potuto immaginare, allora, sul prato davanti a casa di zia Terremoto, che molti anni dopo sarei stata sul punto di ucciderlo per davvero.

Per colpa della sorella, mamma era quindi stata costretta a lavorare ancora più di prima. Avevano dovuto comprare un paravento, che la notte aprivano davanti al letto, in modo che mamma potesse andare avanti a filare alla luce del lume senza disturbare i fratelli.

«Sta perdendo la vista» diceva Vincenzina. «Cucire al buio la sta rovinando.»

Si era anche bruciata un polso, una ferita che sembrava non volesse guarire mai, girando la chiavetta per regolare la ghiera e ridurre la fiamma. Al buio si era scottata con il tubo di vetro, e c'era mancato poco che la lampada cadesse a terra e si rompesse in mille pezzi.

A volte zia ascoltava quei racconti e, mentre filava, scuoteva la testa. «Mazzi e panelle fannu i figghiuli belli» diceva. «I figli vanno educati a pane e mazzate. Meno male ca io non li ho fatti...» sorrideva. «Povera sorella mia, che tragedia.»

Un giorno zia mi ha svegliato prima dell'alba e mi ha portato oltre il bosco, a scoprire la montagna.

«Andiamo sopra Lorica, dove sono nata» aveva detto.

In quel villaggio arroccato sui monti c'ero stata con mamma, da piccola, e di quelle gite ricordavo la stanchezza e nonna Tinuzza, che facevo fatica a capire perché parlava un dialetto strettissimo.

Zia camminava mantenendo il peso verso il basso, in modo da muovere le gambe il meno possibile, io dietro di lei tacevo e la imitavo. Ma zia Terremoto partiva ed era capace di non fermarsi più, nemmeno per bere a un torrente, così dopo sei ore eravamo già in cima.

«Brava» mi ha detto, una volta arrivate. «Cammini bene. Ti sono venute le gambe lunghe.» In effetti ero cresciuta, i vestiti che avevo portato con me alla sua baracca era da un pezzo che non mi entravano più, ormai ne mettevo di suoi, e quando li infilavo mi guardava e rideva per come mi stavano grandi. «Sembri una piccola me» diceva.

Il villaggio era solo un gruppo di case di pietra, quella di nonna Tinuzza stava ancora in piedi, e il tetto non aveva lasciato entrare acqua. Dentro c'erano le scodelle, i pentolini di latta, i piatti, i portacandele, nella stessa posizione in cui nonna li aveva lasciati. Nel camino c'erano tozzi di legna annerita.

«Qua fuori era pieno di tronchi di larice» ha detto zia, portandomi sul retro della casa, dove il tetto sporgeva e c'era lo spazio per la legna. «Glieli avevo fatti io, ma qualcuno glieli ha arrobbati.»

Poi ha raccolto una pigna, e lì per terra è caduto un seme, con le sue minuscole ali secche. «Maria» ha detto zia, mettendomi il semino in mano. «Tu così devi diventare. Come questo pino laricio. Che si fa furbo e in silenzio usa il vento per scappare, e salvarsi.» Come sempre, dopo aver parlato già stava pensando ad altro, si era messa a controllare gli stipiti rotti di una delle finestre. Ma un'altra volta mi aveva raccontato che gli scoiattoli e le nocciolaie andavano matte per quei semini. Li prendevano e li nascondevano nelle crepe delle rocce per i tempi di carestia. Quelli che venivano dimenticati germogliavano, le radici si allungavano tra le pietre e i muschi per cercare un po' di vita, e gli alberi finivano col crescere sopra strapiombi di roccia. Mi sono rigirata quel piccolo seme tra le mani e l'ho infilato nella tasca della cammisa. Non lo sapevo, ma con quel semino la montagna stava cominciando a far sentire il suo richiamo.

Dopo qualche giorno, zia è stata presa da una malinconia nera.

Stava ore seduta sulla sedia davanti al camino, con le mani tra le ginocchia, dondolando il busto. Non giocava con i gatti, si dimenticava pure di riempirgli i piattini di latte, così lo facevo io, quanto meno per farli smettere di miagolare. «I guai della pignata li conosce solo la cucchiara che mescola» sospirava zia in continuazione. Era diventata come il sole con l'eclissi, d'improvviso in lei ogni cosa si era fatta scura.

Così ha iniziato a parlare di suo marito, prima di tanto in tanto, poi ogni giorno di più.

«Mi manca assai, Mari'. E non so come fare.» Mi trattava come se ormai fossi adulta, forse perché da quando vivevo con lei non mi ero mai lamentata di sentire la mancanza di nessuno, anche se era solo perché le cose, a dirle, diventavano vere, e quindi le tenevo per me. E anzi neppure, perché quando la notte venivo avvolta da pensieri filanti come bava di bachi cercavo proprio di cacciarli via.

«Quella da separati non è vita» continuava zia. «Tuo zio scende in paese una volta ogni tanto, poi sparisce per settimane o per mesi, e io di lui non so più niente... certe notti mi sveglio nel sonno sicura che sia morto, il giorno dopo lo passo a pregare per l'anima sua.»

Zio, in quasi quattro anni che vivevo lì, io non l'avevo mai visto. Però, mi rendevo conto adesso, l'avevo sentito.

La prima volta ero stata svegliata da un tale frastuono che credevo fosse stato l'assalto di un ladrone. Madonna mia, salvaci, avevo pensato tremando. Ma poi i rumori erano finiti. La seconda volta invece avevo sentito la voce cavernosa di un uomo; solo dopo avevo capito che doveva essere quella di zio Terremoto.

Scendeva in casa in nottate tremende, per rifornirsi di provviste e scaldarsi al fuoco del camino. Che facessero l'amore l'ho capito quando io e Pietro ci siamo sposati, io avevo diciassette anni e Pietro ventidue. Nella nostra casa di

Macchia facevamo gli stessi rumori feroci che dalla mia camera sentivo risuonare nella capanna degli zii Terremoto. Ma allora cacciavo la testa sotto il cuscino, quei grugniti mi mettevano terrore.

Alla fine di ognuna di quelle visite notturne, prima dell'alba, zia lo accompagnava scalza alla porta e lo guardava allontanarsi. Zio allora risaliva con grandi falcate leggere verso la montagna, su per la mulattiera che entrava nel bosco.

Una notte, però, zio è arrivato ed è cambiato tutto. Era giugno, le giornate avevano allungato la loro luce tiepida fino a dopo l'ora di cena e io camminavo scalza sul prato vicino all'abbeveratoio: quando non filava, la sera zia e io ci godevamo il fresco che si alzava dall'erba e dalla terra umida, e poi, sedute su sedie di vimini sfondate, seguivamo il volo delle lucciole e contavamo le stelle.

Ma quella notte sono stata svegliata da un trambusto di stoviglie. Era una di quelle notti in cui arrivava zio Terremoto.

Loro due però non sussurravano, al contrario parlavano ad alta voce, non si chiudevano in camera, anzi si muovevano come fosse giorno, senza badare a non fare rumore. Dal mio letto ascoltavo tutto. Afferravano oggetti, spostavano pentole, riempivano cesti, vuotavano brocche.

Zio entrava e usciva, sentivo l'acqua scrosciare dentro le damigiane di vetro e un gran rimestare di secchie. Zia nel frattempo si era messa a cucinare, arrivava l'odore dell'olio caldo che sfrigolava nella padella, ma io continuavo a fingere di dormire, cercavo di scacciare i pensieri che mi venivano in mente.

D'un tratto zia ha aperto la porta della camera ed è venuta a sedersi sul letto.

«U saccio ca si' sveglia» ha sussurrato. Ma io, come facevo da piccola, ho tenuto gli occhi chiusi.

Così lei mi ha accarezzato la testa, poi si è piegata e mi ha lasciato un bacio lungo su una guancia.

«Apri li uocchi, Mari'.»

Allora li ho aperti, e mi sono messa seduta sul letto, e zia mi ha stretta come mai aveva fatto.

Mi schiacciava contro quel suo corpo enorme e mi sommergeva col puzzo del fritto.

Poi si è staccata.

«Tu si' forte, Mari'» ha detto, «di me non hai più bisogno.» Si è alzata ed è uscita piano piano, accostando la porta. Di là, ho sentito che raccoglieva stoviglie e piatti e li metteva nella conca. basin vasca

Zio doveva essere già fuori ad aspettarla.

Dopo che la porta di casa si è chiusa, non ho sentito più niente.

Sono rimasta immobile, ancora seduta dentro il letto. Poi mi sono accucciata su un fianco.

All'alba, quando la luce ha iniziato a filtrare timidamente, mi sono alzata.

La porta della camera era ancora accostata come l'aveva lasciata zia.

La casa era vuota, non c'era il profumo del caffè. Nemmeno il picchio, quella mattina, batteva. Sul tavolo c'erano un cesto con frutta e verdura e un piatto con due ali di pollo crude. A terra, di fianco al camino, due damigiane d'acqua.

Quella mattina a scuola non ci sono andata, anche se erano gli ultimi giorni e mi sarebbe piaciuto salutare la maestra.

Continuavo a fare dentro e fuori da casa, speravo che rientrando avrei trovato zia al telaio, o che uscendo l'avrei vista curva nell'orto a strappare erbacce, o nel pollaio a spargere granaglie.

Dopo un po' sono arrivati i due gatti.

Hanno cercato lei e il suo cibo, non hanno trovato né l'una né l'altro, hanno miagolato, si sono stiracchiati e sono andati via.

Quel giorno, in tutto il giorno, ho mangiato una pesca. Camminavo verso la campagna, gridavo con tutta la voce che avevo in gola ma nessuno mi sentiva, neppure i braccianti della masseria di don Achille Mazzei. Era come se nel mondo fossi rimasta sola.

La notte, nel letto, rimanevo con gli occhi sbarrati.

Poi, a poco a poco ho iniziato a girare per casa con più confidenza; il fatto che fosse vuota non mi spaventava più. Giocavo a fare l'adulta, cibavo le galline e ogni tanto mangiavo un uovo o cuocevo una frittata, andavo alla masseria dei Mazzei a prendere una forma di pane o un litro di latte dicendo che poi avrebbe pagato zia, e la sera inzuppavo vecchi biscotti. La notte avevo ricominciato a dormire, anche i rumori che da quando zia se n'era andata mi toglievano il sonno si erano trovati casa da un'altra parte.

Poi è successo, come una cosa naturale, che ho imparato a vivere anche senza zia. Ogni tanto sentivo il cigolio di una secchia che veniva dall'abbeveratoio, e mi ricordavo di avere sete e di avere fame. Era il giovane pastore che passava da lì per far bere i cani. Uscivo e lo salutavo, sbracciandomi, e lui ricambiava con un gran sorriso. Per lui non era cambiato niente, pensavo, e invece per me era cambiato tutto. Ero diventata grande, potevo vivere da sola. Mangiavo qualche frutto e una fetta di pane bagnata con l'olio, e passavo le giornate a guardare la cresta delle montagne e a pensare.

Casole, vista da lontano, era solo un ricordo.

La scuola, nel frattempo, era finita; non c'ero più andata, anche se quello per me sarebbe stato l'ultimo anno di studi.

La maestra Donati si era preoccupata e un pomeriggio era venuta a casa, il capo coperto da uno scialle scuro e gli occhi guardinghi. Temeva che una spia della Guardia nazionale l'avesse seguita. Non aveva preso la carrozza, era arrivata in sella a un grande baio nero dalle forme perfette, col pelo talmente lucido da sembrare dipinto.

Io ho inventato una scusa: zia era andata in una fattoria a vedere un cavallo malato.

«Ti ho portato qualche libro» ha detto la maestra guardandosi intorno. «Per quest'estate.» In effetti i miei li avevo finiti da un pezzo, e quello che mi era rimasto da fare in quei pomeriggi infiniti era rileggerli allo sfinimento.

Da un borsone di cuoio ha preso una decina di volumetti colorati.

«Anche se la scuola dell'obbligo per te è finita, mi piacerebbe venire a trovarti, ogni tanto.»

Forse si aspettava una risposta, ma non l'ho accontentata. «Sei una brava studentessa, Maria. La più brava della classe. Di sicuro, una delle migliori che abbia mai avuto.» È stato come se qualcuno mi avesse tirato un colpo nello stomaco, perché mi è mancato il respiro. Nessuno mai mi aveva detto niente del genere. «Vorrei prepararti per gli esami di ammissione alle scuole superiori, per farti continuare gli studi.» Ha fatto una pausa. «Se tua zia o i tuoi genitori non possono permetterselo, pagherò io.»

Non ho risposto, invece mi sono sentita in colpa come un'impostora, come se le avessi sempre mentito, non potevo essere io quella a cui si riferiva.

«Posso accarezzare il vostro cavallo?» ho chiesto.

La maestra ha sorriso. «Verrò a parlare con tua zia per chiederle l'autorizzazione a prepararti per gli esami.»

Volevo che mi lasciasse sola, volevo soltanto toccare quel bellissimo baio nero che sbuffava per allontanare i mosconi che gli ronzavano attorno al muso.

«Vieni» ha detto la maestra Donati.

Ha appoggiato sul tavolo il pacco dei libri e mi ha presa per mano. Fuori, ha afferrato il cavallo per la cavezza e gli ha fatto abbassare il muso perché potessi accarezzarlo.

7

Quando papà è venuto a prendermi stavo attizzando il fuoco nel camino. Erano quasi cinque anni che non lo vedevo, e lui non mi ha riconosciuta. Era invecchiato, ma portava la stessa camicia pesante di sempre, gli stessi pantaloni di lana grezza, le stesse scarpe grosse da lavoro.

Io dovevo essere cambiata parecchio invece, perché mi ha guardata come si guarda una donna e non una figlia. Ma è stato solo un momento, poi si è riavuto e gli occhi all'improvviso si sono addolciti.

«Mari'» ha detto, e nella voce che si spezzava ho capito che molto era cambiato, ma non tutto.

È rimasto fermo sulla soglia con la stessa aria dei soldati che undici anni dopo sarebbero venuti ad arrestarmi nella grotta del bosco di Caccuri.

«Sei fatta grande, Mari'. Muoviti» ha detto. La sua sagoma era scura e sottile, più fiacca. «Mi hai fatto perdere un giorno 'i fatica, u sai?» La voce era quella di chi non parla molto. Che fine avevano fatto tutte le sue parole?

Gli ho cercato gli occhi, ma era controluce e li teneva bassi, come a controllare il pavimento. «Queste assi vanno cambiate» ha detto. «Ce ne sono di marcite.»

È entrato e ne ha schiacciata una saltandoci sopra, e quella quasi si è spaccata sotto il suo peso. «Come avete fatto a campare così, tu e tua zia, tutti questi anni?»

Ho raccolto le mie cose nella stessa borsa di pezza di cinque anni prima e ho lasciato per sempre la baracca di zia Maddalena.

A casa, mamma stava infilando un ciocco di legna nella stufa, teneva le maniche alzate sopra il gomito e la veste aperta sul petto per il calore.

Nella luce che filtrava dalla finestra sembrava giovane, con il viso accaldato e i capelli scarmigliati, anche se aveva la schiena curva e i movimenti erano lenti. Quando sono entrata si è voltata, e gli occhi si sono illuminati di colpo.

«Uh!» ha esclamato. «Sei diventata grande.»

Ha richiuso lo sportello e ha soffiato sul fuoco. Poi è venuta ad abbracciarmi, mi stringeva forte e non si staccava più, e in quel momento ho saputo di essere tornata a casa; in un solo istante, senza che dicesse niente ho sentito che potevo perdonarla per avermi tenuta lontana da lei per così tanto tempo. Ero lì, lei era con me, ed era mia madre. Dentro il buio, dietro di lei, c'era Vincenza, che mi aspettava come la migliore delle sorelle. Appena mi ha vista mi è corsa incontro.

«Maria» ha detto. «Sei tornata. Ti abbiamo aspettata per una vita intera.»

Davanti alla porta della camera, senza rumore, è comparsa la sagoma di Teresa, la vestaglia di seta con i pizzi che si apriva a ogni sbuffo d'aria. Era venuta per vedere se ero cambiata. Sì, ero cambiata, adesso eravamo alte uguali. Lei invece era rimasta identica, lo stesso sguardo fisso della vipera, la stessa fronte bassa, lo stesso petto abbondante. Come l'ho vista mi è tornato in mente il tono della sua voce, le parole che le avevo sentito pronunciare cinque anni prima, la sua condanna che mai, neanche un giorno, avevo dimenticato. «Io rovinerò la tua vita» mi aveva giurato. I suoi occhi erano lì a dire che il giuramento era valido. Mi ha squadrata, poi senza salutarmi è tornata in camera sbattendo la porta. Ma la casa aveva qualcosa di strano, e solo dopo un po' mi sono resa conto di cosa fosse. Sulle pareti c'erano piccoli quadri a olio, incorniciati. Erano scene della vita precedente di Teresa, ricordi a colori della sua ricchezza. In uno, lei e quella che doveva essere la contessa Rosanna, la madre adottiva, erano alla reggia di Caserta. In un altro era con il padre adottivo, in sciassa rossa e tuba, sorridenti, abbracciati, su una spiaggia, appoggiati con la schiena a una piccola barca da pesca. Poi ancora lei, da sola e di profilo, che guardava il cielo, in un giardino di piante dalle forme bizzarre. In tutti, lei appariva più bella, più luminosa e più felice di come era nella realtà. Era la storia della sua vita raccontata per immagini, la storia della sua vita nella ricchezza; l'aveva gettata in faccia alla nostra famiglia per ricordarle che dal ventre di nostra madre lei era uscita per caso o per sbaglio, e non sarebbe davvero appartenuta neppure per un giorno alle pareti annerite dal fumo, all'odore di minestra e ai vestiti rattoppati. Perché, mi chiedevo, le avevano permesso di appendere quei quadri? Perché si lasciavano umiliare? La bambola di porcellana, poi, il regalo dei genitori adottivi che non avevo mai conosciuto, adesso era esposta in bella mostra, appesa a un chiodo sulla canna fumaria di pietra del camino, con la sua vestina rossa strappata, senza braccia, senza naso, un'orbita vuota. In tutti quegli anni non avevo mai smesso di tornare con la mente a quella bambola.

Raffaele, qualche settimana prima, era andato via.

Non ci eravamo salutati, era stata una cosa improvvisa, un conoscente aveva saputo che si era liberato un posto di lavoro e lui era partito per Napoli con la prima corriera. A differenza di papà non voleva spaccarsi la schiena nei campi, così aveva lasciato Casole per cercare fortuna nella capitale. Anche lui, come me, come tutti i fratelli, aveva frequentato i pochi anni di scuola che papà si poteva permettere; ma era un ragazzo forte e in gamba, era stato preso come giardiniere presso la casa di un nobile campano e da lì, diceva, sarebbe partito per fare i soldi, per diventare ricco.

«Un giardiniere che diventa ricco» scoppiava a ridere Teresa ogni volta che arrivavano le lettere di Raffaele, fiduciose, esaltate, «non si è mai visto.»

Scriveva che gli mancavamo tutti, che prima di Napoli non aveva mai conosciuto davvero la libertà, solo in una grande città come quella si poteva capire che cos'era. *Nessuno ti conosce, qui*, scriveva. *Puoi fare quello che vuoi. Anche uscire per strada nudo.*

Mamma, a sentire quelle fesserie, si fingeva scandalizzata. Ma erano tutte scene, e lo sapeva che era per lei che Raffaele le scriveva, per strapparle un sorriso, per farle dire, come succedeva ogni volta, «chissu figghiu è tutto scemu», e prima di prendere sonno farle immaginare chissà che per quel ragazzo, una vita di successi e di libertà.

Così, da quando ero tornata, il letto di Raffaele era diventato il mio. Ogni notte dormivo nelle puzze di quel fratello maggiore che adesso non c'era più. $7+5=12$

Il 30 agosto compivo dodici anni. Mamma, che prima dell'arrivo della nuova sorella in chiesa non ci era mai andata, quel giorno mi ha trascinata a confessarmi. Era un martedì.

«Cusì ti livi u maluocchiu» ha detto, mentre mi tirava per la manica della cammisa.

Ma io il malocchio non l'avevo mai avuto, e quelle non erano parole sue, erano parole di Teresa in bocca a lei. Per mamma il bosco e la montagna ripulivano ogni cosa, il malocchio era una iattura della città, del paese, dove dentro l'ordine si andava a infilare un po' di malasorte, e allora bisognava lavarla via.

Io non avevo mai frequentato la chiesa, da piccola ci entravo solo per guardare il volto estasiato della Madonna in un affresco, quell'espressione che sembrava oscena, di piacere fisico, al contrario Teresa ci andava ogni giorno a pregare, e la domenica a messa. E poi guardavo il quadro, una "Riproduzione del *Martirio di san Matteo*", come c'era scritto sulla placca di metallo avvitata alla cornice, e rimanevo impietrita. Come era possibile che di fronte a un omicidio nessuno di quelli che erano accorsi muovesse un dito? Perché tutti si limitavano a spiare?

Il parroco di Casole, quando mi sono inginocchiata nel piccolo confessionale di noce scuro, non ha voluto sentire i miei peccati. Invece, con voce affilata, ha detto che se mi toccavo diventavo «una candela nera davanti a Gesù».

Io non ho capito, così lui ha ripetuto: «Diventi una candela nera davanti a Gesù».

Non ho avuto il coraggio di parlare, quell'immagine mi aveva atterrita, allora lui mi ha afferrato una mano e me l'ha lasciata cadere lì. Dentro di me, in quel momento qualcosa si è spezzato.

Morirò presto, ne sono sicura, ho pensato.

Poi, finalmente sono uscita e ho potuto raggiungere mamma, rimasta inginocchiata al primo banco a far finta di pregare come pregava quell'altra sua figlia.

In preda al senso di colpa, quella notte ho deciso che un giorno mi sarei liberata. È stato allora che mi sono tornate in mente le parole e la promessa della maestra Donati: avrei studiato. Sarei andata via da quella casa, da quella famiglia, da quel paese, dalla Calabria Citeriore, dal Regno, da tutto.

Ma il cuore non muore, anche quando sembra che dovrebbe, l'ho capito quel giorno. E la libertà, dove ancora non esiste, prende la forma di quello che c'è, prima di mostrarsi come scandalo.

8

Quell'anno avevo scoperto che c'era in me, nel mezzo del più rigido degli inverni, un'invincibile estate.

La neve aveva ricoperto ogni cosa, erano anni che non succedeva, la nevicata dell'inverno dei miei dodici anni è stata una delle più abbondanti della Sila. Era caduta per una settimana intera, le carrozze erano rimaste bloccate in piazza sepolte sotto un metro di neve, non potevano prendere le stradine che scendevano a valle; i pochi lampioni a petrolio si erano spenti, al tramonto il paese era buio e deserto come nessuno l'aveva mai visto. Noi stavamo chiusi in casa, con la poca legna che avevamo, rassicurati dal caldo del camino, finché sarebbe durato, a osservare ogni cosa diventare bianca come il cielo e poi sparire nel silenzio: la scala e la ringhiera della casa di fronte, la fontana di ferro nello slargo, il gradino della stalla di don Luigi, il tetto della bottega di don Tonio.

Ma d'un colpo, in quattro settimane, i seni mi si sono gonfiati come piccoli meloni, i fianchi mi si sono allargati e sono cresciuta ancora in altezza. Il miracolo che accadeva fuori era avvenuto anche dentro di me, e mi lasciava senza parole. Teresa mi scrutava da lontano con aria di invidia e di certo mi mandava le sue maledizioni.

Io mi vergognavo come mai mi era successo prima, la ragazza che vedevo nello specchio aveva smesso di assomigliarmi, e ringraziavo la neve che mi teneva chiusa in casa. Sembravo mamma, invece: avevo seni grandi e rotondi che facevano male, fianchi enormi che non entravano più nella gonna di panno, e occhi grandi, profondi e allungati che sembravano sul punto di implorare. Quando ha smesso di nevicare e mamma mi ha tirata a forza fuori da casa, gli uomini per strada mi guardavano – prima con desiderio, subito dopo con curiosità –, qualcuno ammiccava. Ero disgustata da quegli sguardi, e mi sentivo intrappolata. Ero sicura che quel corpo che mi faceva sentire così a disagio mi avrebbe impedito di scappare, un giorno; ero certa che quel nuovo corpo da donna significava il mio attaccamento a quella terra, a quel paese, a quella casa, a quella famiglia. Presto avrei avuto figli, visto che adesso ero pronta e gli uomini sembravano non chiedermi altro, e i figli mi avrebbero trattenuto dal vivere libera come zia Terremoto, dal chiudere gli occhi e respirare il bosco e non pensare a nient'altro, dal cercare il sole vicino alle cime del Monte Scuro e del Curcio, dal bagnarmi nei laghi se mi andava, dal perdermi per le pietraie e i sentieri. Dal salvarmi dallo sfacelo del mondo e del Regno. *disintegration*

Sarei stata come mamma, infelice e piegata sul lavoro, senza il tempo per pensare. Piangevo, di notte, perché non volevo diventare adulta; ma le cose accadono senza chiedere e non abbiamo scelta, possiamo solo adeguarci. Mamma mi guardava e scuoteva la testa.

«Ti sei fatta bella, Maria» diceva, e si scostava per vedermi meglio, e scaldava nel camino le pietre che erano il rimedio per ogni cosa, prima di avvolgerle in un panno e posarmele sulla pancia, oppure mi portava latte caldo e miele o la zuppetta di neve – tre cucchiai di neve pulita, succo d'arancia e miele di castagno.

«Non lo voglio!» gridavo. «Lasciami in pace! Lasciatemi tutti in pace!»

Non permettevo né a lei né a nessun altro di accarezzarmi, neppure a Vincenzina. Mamma abbassava gli occhi, e non poteva sapere che quello che non volevo era proprio diventare come lei.

Di fronte alle attenzioni di mamma e degli uomini di Casole, Teresa mi ha presa ancora più in odio. Un giorno Salvo e Vincenza mi hanno portato un piccolo dolce di pasta sfoglia e crema, con una ciliegia caramellata rossa. Sapevano che mi fermavo sempre a guardare quelle paste nella vetrina di Tonio, e siccome in quei giorni ero triste avevano chiesto a mamma un tornese per comprarne una. Me l'avevano fatta trovare sul cassettone, di fianco all'edicola di santa Marina di Bitinia, avvolta nella sua carta beige e oro. *niche*

«Hai truvatu u regalo» ha detto mamma. Era contenta che i fratelli ci avessero pensato.

L'ho scartato, con l'indice ho toccato la ciliegia rossa e appiccicosa e me lo sono portato alla bocca per sentire lo zucchero, ho dato anche una ditata sulla crema. Poi ho richiuso il pacchetto. L'avrei mangiato dopo cena, me lo sarei gustato di più.

Mamma è uscita per una commissione, con le uniche scarpe in buono stato che aveva, e ha chiesto a Salvo di accompagnarla; io e Vincenzina siamo andate a fare la prima passeggiata insieme dopo la nevicata. Vincenza aveva bussato alla porta di Teresa per chiederle se voleva venire, era papà a imporglielo, ma come sempre Teresa non si era degnata di rispondere. Al nostro rientro, la porta d'ingresso era socchiusa e il dolce era sparito dal cassettone. L'ho cercato ovunque, ma non c'era.

Teresa stava seduta sul suo letto, ma la porta della camera a differenza del solito era aperta, e in braccio teneva uno dei gatti che vivevano nei vicoli vicino a casa, gli lisciava il pelo come se non fosse stato pieno di pulci.

I baffi e il muso dell'animale erano sporchi di crema.

Il mio dolce.

«Questo disgraziato è entrato in casa, è saltato sul cassettone e l'ha mangiato» ha detto la sorella con aria di sfida, fissandomi. Sapevo che era impossibile: la porta doveva rimanere chiusa per non far entrare i cani e i gatti a mendicare il cibo, era una regola. Avrei voluto fargliela pagare, ma Salvo mi ha fermata prima che la prendessi per i capelli. Mi ha afferrato il braccio e ha fatto no con la testa con una tale rassegnazione che la rabbia si è trasformata in abbattimento.

Ma il destino a volte viene a prenderti senza avvertire, mentre sei occupato a combattere un'altra battaglia, e non ti rimangono più le forze neppure per cercare uno spiraglio di felicità.

«Adesso che hai finito la scuola non puoi stare senza fare niente» ha detto papà una sera, mentre cenavamo.

Teresa come sempre mangiava carne, mentre noi continuavamo a ingoiare le nostre minestre di cavolfiore e patate senza badare ai profumi che arrivavano dal suo piatto.

«Maria, devi lavorare. Come Salvo, che mi aiuta nelle terre... come Raffaele, che se n'è andato a Napoli.»

Non ho risposto, e nessuno dei fratelli ha osato fiatare. Ma non era una richiesta, né un suggerimento, era un ordine.

«È giusto» è intervenuta Teresa. Salvo ha stretto il pugno. «Se gli altri lavorano, devi lavorare pure tu.»

Mi guardava come sempre con aria di provocazione, seduta di lato, mentre faceva dondolare una pantofola sulla punta del piede. Mamma fissava la minestra ed era triste.

Non c'era niente che potessi fare, lo sapevo, la pressione della famiglia era invincibile, era troppo più forte di me. Così, dal giorno dopo, ho iniziato a tessere, di fianco a mamma, ogni santa mattina e ogni santo pomeriggio che Dio mandava in terra. Come due compagne di lavoro, due donne accomunate dallo stesso destino, che muovevano le mani all'unisono e insieme roteavano i polsi e chinavano le teste. Non c'è stato neppure bisogno che me lo insegnasse: glielo vedevo fare da quando ero nata. Quella mattina ho semplicemente preso la spoletta e l'ho infilata nel passo aperto tra i fili dell'ordito, come se fosse un movimento che mi aspettava da sempre. Da un giorno all'altro, senza rendermene conto, ero diventata una tessitrice della famiglia Gullo. Tutto quello che non avrei voluto era ormai realizzato. Mi guardavo allo specchio: ero mia madre. Poi guardavo l'immagine di santa Marina di Bitinia, la santa del sacrificio delle donne, e mi chiedevo se non fosse stata lei a mandarmi la maledizione. Raffaele aveva sempre detto che di quelle edicole, prima che io nascessi, sul cassettone ce n'erano due, identiche. Poi una, un giorno, era scomparsa. Così io, in quelle prime giornate di lavoro per i Gullo, la notte mi sognavo che santa Marina vagava per la casa, si accostava al mio orecchio e mi sussurrava parole oscene che non riuscivo a capire. Io scappavo fuori di casa, correvo per tutto il paese gridando quelle parole come se fossero sante verità che Dio aveva trasmesso solo a me, ma nessuno mi capiva, nessuno mi accoglieva nella sua casa, tutti anzi mi respingevano come fossi pazza o una strega, mi dicevano di andare via da lì, di andare nei boschi. E io ogni mattina mi svegliavo e guardavo la bambola di porcellana che la sorella aveva appeso sopra il camino: era lì per ricordarmi il futuro.

Ma anche papà, da quando Teresa era tornata, era cambiato.

I debiti lo avevano reso irascibile e silenzioso. Prima riempiva la casa con le sue parole, adesso non parlava più, nemmeno nelle rare giornate di riposo, nemmeno quando tagliava la legna.

Alzava la voce e se la prendeva con mamma, o con me, per qualunque sciocchezza. In inverno si occupava della manutenzione delle masserie dei Morelli, e con la neve di quell'anno ogni giorno era stato costretto a rifare il lavoro del giorno prima, più il lavoro nuovo, e la paga, dopo l'investimento della casa andato male, era bassissima.

«Manca il sale nella minestra!» gridava. «La cicoria è sciapa, non sa di niente!» Mamma scuoteva la testa e lo lasciava dire.

Il sabato sera papà usciva con alcuni compagni di lavoro, si rintanavano nella grotta di qualche bracciante dei Morelli a bere vino e a giocare a tressette.

Capitava che bevesse troppo. I compagni allora lo accompagnavano fino a casa per infilare la chiave nella toppa. Mamma rimaneva in piedi col lume al minimo, cercando di fare come se niente fosse; e quando lo sentiva arrivare si metteva a rammendare un paio di calzettoni, finiva di spegnere la brace nel camino, tirava la tenda, lavava i cavoli foglia a foglia. Anch'io, finché papà non tornava, non prendevo sonno.

Una notte, barcollando, si era seduto al tavolo dove mamma lo aveva aspettato rattoppando dei pantaloni.

«Ho fame, e non c'è niente da mangiare. Ho sete, e in questa casa non c'è neppure un goccio di vino!» aveva urlato, feroce. Eravamo tutti svegli, dentro i letti, ma nessuno aveva osato dire niente. Aveva voglia di litigare, mamma l'aveva capito. Ma papà insisteva, sbraitava, faceva come se noi non ci fossimo.

Allora mamma si era schiarita la gola e aveva parlato con calma. «Queste amicizie ti stanno portando sulla cattiva strada» aveva detto, e basta.

Erano parole semplici, eppure riuscire a pronunciarle contro il padrone di casa le era costato notti insonni. Erano un affronto: con un uomo era consentito solo tacere.

Papà non aveva fiatato, poi aveva battuto il pugno, fortissimo, sul tavolo.

«Statti zitta tu, che del mondo non sai niente. Stai sempre chiusa in casa a tessere, e parli a vanvera.»

Si è sentito lo stridio della sedia sul pavimento, seguito

da un lungo silenzio. Un grugnito, il rumore di fogli che venivano strappati e poi con forza accartocciati, alla fine un tonfo nel camino.

Allora ho aperto gli occhi. Non avevo il coraggio di guardarlo in faccia per paura di trovarlo mostruoso, aveva lanciato qualcosa in mezzo alle braci e adesso stava di fronte a mamma, la mano alzata e sospesa a mezzo metro da lei, nell'atto di colpirla. Mamma fissava incredula il braccio tremante di papà, la luce esaltata e triste nei suoi occhi.

Poi, lentamente, lui ha abbassato il braccio. È andato a sciacquarsi la faccia, si è spogliato e senza dire una parola si è messo a letto, dietro la tenda.

Mamma ha spento il lume ed è rimasta sulla poltrona.

Mi sono alzata e nel buio le ho cercato una mano. Sottovoce le ho detto di venire a dormire nel letto insieme a me. Il russare di papà riempiva già la stanza.

«Non è cattivo» ha risposto lei con un filo di voce. «Non mi ha mai toccata. Alcuni uomini, l'unica cosa che fanno è picchiare le mogli.» Poi mi ha accarezzato una guancia e mi ha parlato all'orecchio. «Siamo donne, Mari', era meglio nascere maschi. Possiamo solo prendere. Tu devi stare attenta, perché di uomini onesti là fuori non ce n'è assai.»

Sono tornata a letto.

Di quello schiaffo a metà non si è più parlato, né il giorno dopo né mai. Ma è stato come se si fosse impresso sulla mia, di pelle, come se imprimesse un sigillo sul lavoro da tessitrice che piegava la mia volontà. *seal*

9

Dopo una notte buia è arrivato un mattino luminoso, proprio quando tutti, nel Regno e a Casole, non facevano che parlare dell'avveniristico esperimento della città di Napoli che si era dotata dell'illuminazione elettrica. «Altro che Savoia» si diceva per le strade, «altro che Vittorio Emanuele. Ferdinando ci porta luce e progresso. Viva il Regno delle Due Sicilie, viva il re!» Ma erano cose che si dicevano per dire, il Regno agli occhi di tutti era ormai sull'orlo del collasso.

Così, mentre la neve si scioglieva al sole, forse aiutata da quei prodigi tecnologici, noi uscivamo dalle case, e i cavalli uscivano dalle stalle felici e scalpitanti, e tornavano a galoppare.

La fiamma nel camino era bassa, dietro ai tronchi si intravvedeva un cartoccio, doveva essere quello che papà aveva lanciato la notte prima e che, finito lì dietro, non era bruciato. Con l'attizzatoio ho spostato un po' la legna. Erano pagine scritte con la calligrafia incerta di papà, doveva averle strappate dal quadernetto che portava sempre con sé, era una descrizione della sua condizione: non aveva le parole per dirla, così usava quelle degli altri. Lo immaginavo, quando le leggeva ai suoi compagni, nelle pause, nei campi dei Morelli, o dopo il lavoro.

Le ho prese.

Luigi Settembrini, 1847

Nel Paese che è detto giardino d'Europa, la gente muore di vera fame, è in istato peggiore delle bestie, sola legge è il capriccio, il progresso è un indietreggiare e un imbarbarire, nel nome santissimo di Cristo è oppresso un popolo di Cristiani. Ogni impiegato, dall'usciere al ministro, dal soldatello al generale, dal gendarme al ministro di Polizia, ogni scrivanuccio è despota spietato e pazzo su quelli che gli sono soggetti, ed è vilissimo schiavo verso i suoi superiori. Onde chi non è tra gli oppressori si sente da ogni parte schiacciato dal peso della tirannia di mille ribaldi: e la pace, la libertà, le sostanze, la vita degli uomini onesti dipendono dal capriccio non dico del principe o di un ministro, ma di ogni impiegatello, d'una baldracca, d'una spia, d'un birro, d'un prete.

Era la sua vita, e in un accesso d'ira se n'era voluto liberare, come se gettare nel fuoco le parole facesse sparire la realtà che descrivevano. Ho provato vergogna per lui, per averlo visto come nudo in quei pensieri non suoi scritti con quella calligrafia tremante; e vergogna per me, per averli spiati. Allora ho gettato le pagine tra le fiamme e mi sono accertata che prendessero fuoco.

Poi, quella stessa mattina, a casa è arrivata la maestra Donati, vestita con un cappotto di lana arricciata color carta da zucchero che a scuola non le avevo visto mai. Doveva aver scoperto che non vivevo più da zia, ed era venuta a cercarmi. Come è entrata ho sentito un colpo nello stomaco. I suoi modi erano quelli gentili di sempre, il suo sorriso lo stesso che sognavo la notte senza avere poi il coraggio di ammetterlo la mattina. Dunque si è ricordata della promessa che mi ha fatto, ho pensato, e mi sono sentita una stupida. Magari non era venuta per quello o magari adesso, trovandomi al telaio, avrebbe cambiato idea. Tanto più che appena mi ha vista è rimasta immobile sulla porta, come avesse sbagliato casa. Ma era solo, ho capito dopo, che non mi aveva riconosciuta.

«Come sei diventata bella» ha detto subito dopo.

Mamma non era a suo agio, era tutto un «signora di qua», «signora di là», «che cosa posso servirvi», «in questa casa non abbiamo molto», «vi dovete accontentare». Ma io conoscevo la maestra e sapevo che a lei quelle formalità non interessavano.

«Sono qui perché Maria merita di continuare a studiare» ha detto senza tante cerimonie, dopo aver accettato un caffè. Allora si era ricordata.

Mamma mi ha guardata.

«Quella lazzarona?» ha sorriso a mezza bocca. Era contenta, ma la contentezza non è ben accetta in casa dei miserabili, e va mascherata.

«Raramente ho avuto studentesse più brillanti di Maria. Credo che potrebbe facilmente iscriversi alle scuole superiori del Regno.»

Mamma ha scosso la testa. «Non abbiamo i ducati per farla studiare» ha detto. «Non ne abbiamo per nessuno dei figli. Quella grande...» stava cominciando a raccontare, ma la maestra l'ha interrotta.

Ha detto che del denaro lei e papà non si dovevano preoccupare. «Ci penserò io. La preparerò per l'esame di ammissione e le pagherò gli studi.»

Ha bevuto il caffè e ha appoggiato la tazzina sul tavolo. «Se a voi sta bene, si intende.»

Mamma mi ha guardata di nuovo, e di nuovo ha scosso la testa.

«Maria deve lavorare» ha detto. Poi si è alzata per togliere i biscotti che aveva messo sulla stufa a scaldare. «Come me. Come tutte.»

«Potrà fare l'una cosa e l'altra» ha risposto la maestra Donati.

In quell'istante si è aperto il cielo, e dalla finestra è entrato dritto un raggio di sole. Ha superato il tavolo ed è andato a colpire il muro alle nostre spalle.

La porta della camera era socchiusa, in controluce la sagoma di Teresa ci ascoltava.

Quando la maestra è andata via ho chiesto il permesso a mamma e ho infilato gli scarponi di zia Terremoto. Il piede era cresciuto, adesso mi calzavano bene.

Mi sembrava di non essere mai stata tanto felice in vita mia, la casa era troppo piccola per contenere tutta quella gioia. La maestra Donati mi avrebbe salvata. Seguendo l'euforia dei cavalli, sono uscita al sole e mi sono messa a correre nella neve. Anche Casole, le strade fangose e in rovina, il letame accumulato da giorni, l'immondizia che nessuno più raccoglieva, i bambini col moccio al naso, anche lo sfascio del Regno mi sembravano accettabili. Era tanto che non lo facevo, e più correvo, più la neve entrava negli scarponi e piano piano bagnava le calze e poi i piedi, più il freddo penetrava nella pelle e nelle ossa, più sentivo forte la libertà, dopo tanti giorni di clausura. Il gelo mi intorpidiva e mi risvegliava, inspiravo e cacciavo nuvoloni di fumo denso. Avevo solo voglia di continuare a correre, di sfidare quell'aria affilata e dolorosa e felice, e di perdermi.

Ho preso la strada che portava fuori dal paese e dopo un'ora sono arrivata sulla collina della casa di zia Terremoto. Ho pensato di andare a vedere in che condizioni fosse, se qualcuno aveva fatto <u>razzia</u> del poco che avevo lasciato. *raid* Lo farò un'altra volta, mi sono detta poi, e ho continuato.

Sono passata vicino all'abbeveratoio e ho preso il tratturo che saliva verso Pietrafitta. Arrivata al piccolo paese di pastori, un sentiero mi ha portata dentro il bosco. Camminavo senza pensare, con il baricentro basso come faceva zia, senza sapere dove andavo. Poi ho cominciato a sentire il graffiare sui tronchi dei quercini e dei <u>moscardini</u>, il *gu gu gu* *gnats* del <u>nibbio</u> bruno che si alzava da un ramo e faceva crollare cumuli di neve, i *cra cra* delle <u>cornacchie</u> e dei corvi, gli *crow* schiocchi ripetuti delle <u>ghiandaie</u>. Ero nel posto di cui solo

kite

jay

adesso sentivo di provare una nostalgia fortissima, terribile, quasi mortale. Il bosco di zia. Ho preso un respiro profondo, l'aria gelata mi ha ghiacciato il naso e la fronte. Quella era libertà. Adesso capivo zia, capivo nonna Tinuzza. Ero stata costretta a conoscere il suo contrario per arrivare a sentirla. Dentro il bosco ero leggera, tutto era possibile.

A poco a poco i faggi hanno lasciato il posto agli abeti bianchi, arrivata sopra Ceci ho tagliato per un sentiero che si metteva in una pietraia. Adesso era completamente innevata, ma scendendo da lì sarei arrivata prima in riva al grande stagno. Mi sono rotolata a valle, lasciandomi avvolgere dalla neve. Giù l'acqua dello stagno era in parte ghiacciata, al centro e verso il monte, dov'era sempre in ombra, ma verso valle no, lì prendeva il sole la mattina e sembrava la pelle schiacciata di un biacco nero.

Mi sono spogliata e mi sono immersa.

Non sentivo il gelo, come fossi avvolta da uno strato di pelliccia che mi proteggeva. Il fatto di essere diventata una tessitrice, l'incertezza del futuro, l'odio di mia sorella, la paura di ogni cosa: tutto è scomparso, assorbito da quell'acqua di serpente e di ghiaccio che mi salvava.

10

Teresa ha cominciato a cercarmi per convenienza.

C'era un ragazzo forte che abitava a Macchia, un piccolo paese separato da Casole da un colle e da una camminata di mezz'ora. Era un carbonaio, si chiamava Pietro, e con un amico, dopo il lavoro, girava per i paesi vicino al suo – Spezzano, Celico, Serra Pedace – per sfottere un po' le ragazze e magari, un giorno, trovare moglie.

L'amico era nientemeno che Salvatore Mancuso, nipote dei Morelli di Rogliano. Era il proprietario della cravunera dove Pietro lavorava, e di tutte quelle della zona: per godere di riflesso della simpatia che il carbonaio suscitava nelle donne, gli permetteva di fare un po' di bella vita insieme a lui.

A Casole nessuno li trattava come forestieri, Pietro sapeva come farsi voler bene, aveva sempre in tasca qualche tornese con cui comprava piccolezze che servivano a mantenere amicizie o a farne di nuove, e ogni volta che veniva sostava al caffè della piazza, il caffè Borbone – il punto di ritrovo dell'aristocrazia del luogo e dei gentiluomini –, sapendo che Salvatore avrebbe pagato anche per lui.

I due si mettevano a cavalcioni sul muro affacciato sulla valle, fumavano piccoli sigari Avana e prendevano un calice di birra, «uno sciop» lo chiamava Salvatore, come si usava a Napoli.

Un giorno Carmelina, la figlia di Tonio, che aveva quasi sedici anni ed era spinta da sua madre a trovare un uomo che la sposasse, è venuta a bussare a casa.

Era un tardo pomeriggio, io avevo finito il mio lavoro della giornata, ha aperto Vincenza e Carmela è piombata dentro di corsa col suo passo incespicante, più agitata del solito. Mamma ha lasciato quello che stava facendo per tirare fuori i dolcetti.

«Non vi preoccupate, comare Giuseppina, ce ne andiamo subito» ha detto Carmela aggrappandosi a una sedia e puntando sul pavimento il piede compromesso. Era vestita a festa, imbellettata, la guardavo e non capivo che cercasse.

«Mari', vieni, andiamo in piazza. Sbrigati» ha detto, senza badare a mamma, e così come stavo mi ha trascinata fuori.

«Vengo anch'io, vengo anch'io» ha provato a intrufolarsi Vincenzina, ma non c'è stato verso.

«È una cosa da grandi» ha risposto Carmela, e si è richiusa la porta alle spalle.

Appena fuori ha iniziato a parlare velocissima.

«Quel forestiero ieri l'altro mi ha guardata e mi ha strizzato l'occhio. E me l'ha strizzato anche ieri, quando sono passata in piazza. Avevo pensato che magari mi ero sbagliata, ma non è così, l'ho visto bene.»

«Quale forestiero?» ho chiesto.

«Salvatore, quello di Macchia. Salvatore Mancuso, il signore. Quello che viene con l'amico bracciante che lavora alla carbonaia. Devo ripassargli davanti, ma da sola non posso. Devi venire con me.»

Così siamo arrivate in piazza con la scusa che Carmelina doveva andare al caffè Borbone a fare una commissione per suo padre. I due ragazzi come sempre erano seduti sul muretto a bere sciop e a fumare, e a chiacchierare con qualche sfaccendato. Era evidente che uno era il signore e l'altro il bracciante, anche se sembravano amici. Pietro aveva spalle larghe e braccia forti, Salvatore era grassoccio ed elegante, con una tuba sulle ventitré che gli dava un tono, panciotto e guanti gialli, un cravattone da cui si affacciavano le punte del colletto e un gran pezzo di mento, e stava seduto di sbieco sul muro, appoggiava una gamba a terra e teneva l'altra, più sottile e più corta, sollevata. Anche lui, come Carmelina, era poliomielitico: il destino li aveva accomunati con quella gamba offesa. Forse era stato quello, ho pensato, a farle credere che Salvatore fosse interessato a lei. Ma quando siamo passate i due ragazzi hanno davvero sorriso, e Salvatore ha davvero strizzato l'occhio, di nuovo, a Carmelina.

«Hai visto, hai visto?» diceva eccitata, mentre scappavamo verso il caffè. Avevo visto, ma più che altro mi era sembrata una manifestazione di simpatia, o di solidarietà, non altro.

Mentre tornavamo verso casa, lei era raggiante.

La madre era sulla porta ad aspettarla, e dall'espressione della figlia ha capito che le notizie erano buone, l'ha fatta entrare accarezzandole la testa, come se avesse già ricevuto una proposta di matrimonio.

Qualche giorno dopo Carmelina è tornata, questa volta indossando un corpetto giallo che metteva in mostra i seni. Dove trovava quei vestiti?, mi chiedevo. Io avevo solo due cammise e due gonne, fruste dai lavaggi sulle pietre. Ma una famiglia di commercianti era tutta un'altra cosa, erano mezzi "cappelli" e con noi si comportavano come se lo fossero del tutto, solo quando ne incontravano uno vero abbassavano la testa.

Teresa doveva aver capito il motivo di tutta quella frenesia, perché lei capiva tutto, anche se se ne stava sempre chiusa in camera. Così, non appena Carmela è entrata, la sorella si è presentata.

«Vengo anch'io» ha detto. E non c'è stata possibilità di controbattere; a mamma non pareva vero che la figlia grande volesse unirsi a noi, e subito si è messa di mezzo.

«Prendi un dolcetto» ha detto mamma a Carmelina. «Che Teresa si deve preparare.»

Dopo mezz'ora Teresa si è presentata con i capelli tirati da un fermaglio che brillava, un vestito rosso, degli stivaletti di vernice con una fila di bottoncini e il fattibello sulle guance.

Mamma l'ha guardata, poi ha guardato me, vestita come sempre.

«Dove andate così eleganti?» ha chiesto.

«Da nessuna parte» ho detto. «A passeggiare.»

I due ragazzi erano lì.

Salvatore era in sciassa, cappello e guanti; Pietro portava i vestiti da lavoro, macchiati di carbone, e i capelli scuri sotto il berretto erano incrostati. Ma Salvatore era impacciato e timido, Pietro invece gesticolava e scoppiava in grandi risate fragorose, e teneva banco senza vergogna della sua posizione sociale.

Teresa era l'unica che aveva i ducati per ordinare qualcosa, così senza pensarci ha attraversato la piazza sotto gli occhi di tutti in quel vestito rosso, come se fosse a una delle serate dei quadri appesi a casa.

Noi, schiacciate e in disparte, la guardavamo un po' ammirate, io non avrei mai avuto il coraggio di attraversare la piazza con quell'andatura spavalda. È entrata nel caffè e ne è uscita con una grande porzione di cassata. Ha dato un'occhiata in giro, ha puntato l'unico tavolo libero e si è seduta. Allora ci siamo fatte coraggio, e mi sono ritrovata anch'io sulle sedie del caffè Borbone, in piazza, come una dama. Se mi avessero vista mamma e papà, o Vincenzina, o Salvo, sarebbero rimasti a bocca aperta. «Quei "cappelli" pagano ducati e ducati per stare seduti a parlare» diceva mamma a mezza bocca, quando passavamo da lì camminando in fretta, «che mammalucchi.»

Ma Teresa se ne infischiava, e continuava a prendere cucchiaiate di cassata. Ogni tanto occhieggiava verso il muretto su cui i due giovani bevevano e fumavano, insieme ad

88

altri galantuomini, con le schiene rivolte alla valle e gli occhi al caffè.

D'un tratto il gruppo si è girato dalla nostra parte, come se qualcuno ci avesse indicate. E Pietro, unico, ha alzato un braccio, in cenno di saluto.

Subito Teresa e Carmelina si sono voltate dall'altra parte, facendo finta di niente. Soltanto io li fissavo. Che paura dovevano fare? Era solo un gruppo di giovani che passava il tempo.

Allora Pietro ha preso sottobraccio Salvatore e l'ha aiutato a scendere dal muretto. Hanno salutato gli altri e in pochi passi erano da noi.

«Buongiorno» ha sorriso il carbonaio. «Possiamo farvi un po' di compagnia?»

A Carmelina tremavano le ginocchia, le sentivo da sotto il tavolo, Teresa invece guardava seria davanti a sé.

«Fate pure» ha detto dopo un'esitazione. «Un po' di compagnia fa sempre piacere.»

Il cravunaru ha guardato il piattino vuoto della cassata.

«Posso offrirne una anche alle signorine?» Con la sua paga non poteva avere i grani neppure per una soltanto. Noi, come d'obbligo, abbiamo rifiutato. Ma lui era un ragazzo furbo, e infatti Salvatore si è subito opposto.

«N-non sia mai» ha esclamato, inciampando nelle parole. «V-vado io.» Balbettava, e parlare a delle ragazze doveva costargli un grande sforzo.

È entrato nel caffè, e ne è uscito con due cassate grandi come quella di Teresa.

«E p-per voi?» si è poi rivolto a lei.

«Per me niente» ha risposto la sorella. La infastidiva che incespicasse nelle parole, e che zoppicasse, e sì, che si dimostrasse servile. Il galantuomo era lui, non l'altro.

Salvatore è arrossito, e a quel punto Teresa ci ha ripensato. «Quello che prendete voi» ha detto allora sbrigativa, guardando l'amico e non lui.

«Per una s-signorina la birra forse non è ap-propriata» ha azzardato Salvatore.

Ma Teresa ha scosso la testa. «A Napoli si usa diversamente. Le donne bevono tutto quello che vogliono.»

«Ah, conoscete Napoli! Beata voi» è intervenuto Pietro.

black sour cherry

«A-allora tre sciroppi di amarena» ha tagliato corto Salvatore. Di nuovo, è entrato nel caffè. Era più a suo agio quando stava da solo.

Pietro aveva diciassette anni, Salvatore ventiquattro, la stessa età di Teresa. Salvatore era nipote del conte Donato e di Vincenzo Morelli, i fratelli di Rogliano, i padroni di papà, i signori più ricchi della Calabria. Possedevano tutto: terre, filande, masserie, cravunere. Avevano anche il progetto di aprire un'acciaieria, e avevano iniziato a esportare i loro prodotti a Calcutta. «Pure l'aria che respiriamo è la loro» diceva papà. «Per ogni passo che facciamo, un tornese va a Donato Morelli.»

Pietro non aveva origini poverissime come noi, e per questo per qualche anno aveva potuto continuare gli studi, dopo quelli primari. La sua era una famiglia di vaccari, possedevano qualche animale e godevano della fiducia del padrone della masseria, don Franco Mancuso, il padre di Salvatore. Ma Pietro di lavorare con gli animali non ne voleva sapere: non gli piaceva la puzza del caglio, e aveva bisogno di spazi aperti. Così aveva deciso di fare il carbonaio insieme allo zio, dentro i boschi, a Macchia Sacra, nella Valle dell'Inferno, ovunque si potesse produrre carbone. E Salvatore doveva essere rimasto colpito dalla lingua sciolta e dal carattere di quel giovane che sapeva trattare con i poveracci e con i signori.

Quando Teresa ha sentito che Salvatore era nipote dei Morelli non è riuscita a trattenersi. «Voi e io dobbiamo essere parenti!» ha esclamato, e ha preso a raccontare dei suoi genitori adottivi, che lei diceva essere i suoi veri genitori, i famosi Tommaso e Rosanna Morelli di Pontelandolfo, uccisi a Napoli dalle pallottole dei rivoltosi.

Io la ascoltavo facendo finta che tutto quello che diceva non mi riguardasse, Salvatore invece non le staccava gli occhi di dosso. Adesso aveva capito chi era, conosceva la storia di quella mezza cugina rimasta orfana e mandata a vivere in mezzo alla miseria di una famiglia di braccianti.

«Mi dispiace m-moltissimo per voi, s-signorina. La loro p-perdita dev'essere stata t-terribile.»

Vincendo la timidezza le ha preso la mano e gliel'ha stretta. «M-ma non credo che questo ci renda parenti. Amici sì. A-amici, amici per lungo t-tempo, spero.»

Poi si è chinato per baciargliela e Teresa con un sussulto l'ha sfilata appena ha potuto. Con gli occhi ha subito cercato Pietro, che invece nel frattempo si era avvicinato a me e mi stava sussurrando all'orecchio, tanto disinvolto quanto l'amico era impacciato: «Maria, siete molto bella per essere così giovane. Quanti anni avete?».

Ho abbassato lo sguardo, quella sfacciataggine mi intimidiva. Lui lo sapeva, lo aveva fatto apposta, così ha esclamato, rivolto a tutti: «Napoli! Un giorno ci andrò, e da lì partirò per esplorare il mondo, me ne andrò fin nelle Americhe».

Subito Teresa si è rivolta a lui. «Vi piace viaggiare?»

«Sì. E viaggerò molto. Moltissimo» ha risposto il carbonaio. Poi ha abbassato la voce e si è girato verso di me. «E alla piccola Maria piace?»

«Cosa?» ho chiesto con un filo di voce.

«Ma il mondo!» ha risposto Pietro.

Forse sono arrossita. «Sì, mi piace.»

«Non credo che andrai molto lontano, tu» è intervenuta Teresa. «Io invece ho già viaggiato molto...»

E così ha preso a raccontare dei luoghi che aveva visitato. Raccontava di Benevento e di Napoli, diceva che erano un altro mondo rispetto a Cosenza e a Catanzaro, figurarsi a Casole, e parlava sì con Salvatore, ma era come se un magnete l'attirasse verso quello dei due che era vestito peggio, che aveva la giacca malridotta, e che la guardava con occhi da bestia affamata. Voleva avere tutte le attenzioni per sé: quelle del signore e quelle del carbonaio. Diceva che al porto di Napoli c'erano vapori più grandi della piazza di Casole, che Benevento era una città bellissima, e viva. Salvatore taceva e la guardava ammirato, mentre si faceva aria con il fazzoletto.

«Tanto, presto tutto cambierà» ho detto io di punto in bianco, soltanto per interromperla. Forse mi erano venuti in mente lo studio e la maestra Donati che mi avrebbe salvata, forse il futuro del Regno delle Due Sicilie e dell'Italia, il fatto che *davvero* presto tutto sarebbe cambiato; forse invece non pensavo a niente e quello era solo un modo per riavermi, in ritardo, dalla timidezza in cui Pietro mi aveva cacciata. O magari era solo il fatto che ero ancora giovane, giovanissima per la verità, e non sapevo quello che dicevo.

Salvatore ha smesso di sventolarsi e mi ha fissata. La povera Carmelina, che fino a quel momento non aveva fiatato, con il piattino della cassata tra le mani, mi ha tirato una ginocchiata. Quando a casa me ne uscivo con frasi del genere papà si infuriava. «Se ti sentono ti arrestano!» gridava. «Qui i cambiamenti non arrivano, e se arrivano non sono mai a nostro favore.»

Ma poi è stata Teresa a dire: «Stai zitta tu, non sai neanche cosa dici».

Invece Pietro mi ha guardata, e il suo era uno sguardo di fuoco, come quello della volpe che sa che manca un salto per azzannare la lepre.

«Ma certo, presto tutto cambierà» ha detto. «Tiene proprio raggione 'a piccula Maria.»

Ogni settimana, il lunedì, la maestra Donati veniva per consegnarmi i compiti corretti e per assegnarmene di nuovi. Arrivava di nascosto, alla controra, il cappuccio della mantella tirato sul capo, per paura di finire in carcere o in esilio «magari in Francia, o addirittura in Piemonte» diceva una volta entrata in casa.

Per preparare l'esame di ammissione alla scuola superiore, oltre all'abbiccì e alla matematica avevo da studiare la storia, la geografia, il disegno, il francese, la musica e le arti donnesche, ovvero la teoria di quello che ogni giorno facevo nella pratica: tessere e filare. L'esame si sarebbe tenuto dopo un anno, alla Direzione generale della Pubblica Istruzione di Catanzaro, e sarei dovuta arrivare preparatissima. Se l'avessi superato con una votazione brillante sarei stata presa "a piazza franca", il Regno mi avrebbe sovvenzionato gli studi e non avrei pesato su nessuno. Altrimenti sarebbe stata la maestra a pagare i cinquemila ducati necessari, una cifra enorme. In ogni caso, sarei andata a vivere nell'educandato di Catanzaro, e la cosa, solo a pensarci, mi emozionava al punto da togliermi il sonno.

Avevo preso ad alzarmi alle quattro di mattina, insieme a papà, e a leggere alla luce del lume fino all'arrivo del giorno. «Ci manderai in rovina, con tutto il petrolio che consumi» diceva mamma quando si tirava su dal letto.

Ogni lunedì, per tre ore la maestra e io ripetevamo le lezioni. Oltre ai libri per le materie obbligatorie me ne portava altri, «testi fondamentali per preparare il futuro, tuo e di tutti» diceva. E mi parlava della Giovine Italia di Mazzini, alla quale non poteva aderire chi aveva più di quarant'anni; e diceva che erano i giovani che facevano le rivoluzioni, non i vecchi come lei.

«Devi leggere, devi studiare» insisteva, «se vuoi avere dei diritti, se vuoi cambiare il tuo destino.»

Poi mi guardava negli occhi.

«Ma tu lo vuoi?» mi chiedeva. «Lo vuoi veramente?»

Lo volevo veramente? Quanti sacrifici ero disposta a fare per cambiare il mio destino? E che cos'era, il destino? Ma quella domanda non era come quelle delle lezioni, gli occhi della maestra si riempivano di luce e mi vietavano di rispondere «no». Avrei risposto di sì in ogni caso?, mi chiedevo.

Guardavo mamma, china sul telaio, che faceva finta di non sentire e invece ascoltava tutto, e alla fine rispondevo «sì» a voce bassa e con un po' di vergogna, perché quella domanda arrivava da un altro mondo. Cambiare il futuro, e magari quello dell'Italia... quelle non erano cose per braccianti.

Eppure, nonostante tutto, quella domanda risvegliava in me qualcosa di misterioso e potente, come una brace nascosta sul punto di ardere, e mi ritrovavo a divorare come fossero stati scritti apposta per me *Le ultime lettere di Jacopo Ortis* e *I sepolcri* di Ugo Foscolo, *Le fantasie* di Giovanni Berchet, l'*Adelchi* e *Marzo 1821* di Alessandro Manzoni, e ne imparavo a memoria i passaggi e i versi che la maestra Donati sottolineava con la matita che stringeva sempre tra le dita: *Non fia che quest'onda / scorra più tra due rive straniere: / non fia loco ove sorgan barriere / tra l'Italia e l'Italia, mai più!*

Un lunedì, senza farsi vedere da mamma, la maestra ha portato un cartoncino che dovevo conservare in gran segreto: raffigurava una donna bellissima, corpulenta, una matrona dai capelli corvini e fluenti, seduta su una scogliera, con gli occhi che dominavano la vastità del mare, i grandi seni nudi, con capezzoli larghi e scuri, e le mani legate dietro la schiena, in catene. Ai piedi, vicini ma irraggiungibili, erano sparsi gli attrezzi dei contadini, le nostre armi: forconi, falci, zappe, roncole, mannaie, badili, cesoie.

«È l'Italia» aveva detto la maestra a voce bassa. E dietro quell'immaginetta c'erano stampati i versi del *Nabucco* di Giuseppe Verdi. «Nascondila, e questi imparali a memoria. Sono versi che danno coraggio.»

Ha preso la matita e ha scritto, in un angolo, in alto: *Per Maria. Da Caterina Donati.* E si è messa a cantare, piano, quell'aria, per farmi sentire come faceva, e la sua voce, sottile e soffiata, mi ha ricordato quella di zia Terremoto, quando tesseva e cantava tra i denti la canzone dei briganti: «*Va', pensiero, su l'ali dorate...*» cantava, «*Va', ti posa sui clivi, sui colli... Ove olezzano tepide e molli... L'aure dolci del suolo natal...*».

Mamma ci guardava e scuoteva la testa a quelle lezioni strampalate di cui non capiva, come non capivo io, l'importanza per quello che sarebbe venuto.

Con Pietro e Salvatore non c'ero più stata.

Con Carmelina e Teresa non ne avevamo più parlato, e io non avevo cercato il discorso. Finito di lavorare e di studiare, il pomeriggio a volte mamma mi chiedeva di andare a prendere qualcosa da don Tonio; allora per arrivare alla bottega facevo il giro lungo e passavo dalla piazza, e quando la attraversavo mi aspettavo di vedere i due ragazzi seduti sul muretto.

A volte c'erano, a cavalcioni a fumare; e quando li scorgevo, da lontano, vibravo al ricordo di quel pomeriggio. Quelle due ore erano rimaste come un sogno dentro la mia immaginazione, all'improvviso mi ero sentita grande; e poi tutto era svanito.

E Pietro, quando adesso i nostri sguardi si incrociavano

veloci, mi lanciava occhiate sfacciate, senza pudore. Poi alzava il braccio, alle volte addirittura fischiava con due dita.

«Maria... Mari'! Maria!» mi chiamava.

Diceva il mio nome con una voce che mi sembrava spezzata dal desiderio, il mio nome nessuno l'aveva mai detto in quel modo e per la prima volta mi sentivo voluta. Allungavo il passo, anche se avrei voluto rallentarlo; avrei voluto restituirgli quegli sguardi infuocati che mi tenevano sveglia la notte, avrei voluto chiamarlo anch'io con la stessa voce rotta, rimandargli un po' di quel turbamento.

Invece non rispondevo. Scappavo.

Ero quasi peggio di Salvatore, che a stento riusciva a mettere insieme qualche parola: «D-dove vai? Vai a c-chiamare tua sorella?» gridava. La voce passava in mezzo ai galantuomini e provocava risate non trattenute.

Solo dopo qualche giorno ho scoperto che Teresa e Carmelina i due ragazzi li avevano incontrati di nuovo, e senza dirmi niente.

Era successo più volte, mentre io filavo: se il padrone voleva una cosa, il carbonaio ne approfittava, e così Pietro aveva avuto il permesso di interrompere il lavoro prima dell'orario stabilito.

Era stata Carmelina, che non si era messa il cuore in pace, a tornare a cercarli, spinta da Teresa. Così erano usciti, tutti e quattro, protetti dal fatto di incontrarsi in un luogo pubblico e dalla presenza di Salvatore Mancuso, nipote dei conti Morelli, che chiudeva la bocca alle malelingue.

Io, quando l'ho scoperto, sono quasi impazzita dalla gelosia e ho iniziato a trovare scuse, ogni giorno, per passare dalla piazza.

Un paio di volte li ho sorpresi ai tavolini del caffè Borbone, e nel vederli ho provato una rabbia furiosa. Lì vicino aspettava la carrozza dei Mancuso, i cavalli fissavano placidi il loro pezzo di mondo: forse Salvatore invitava Teresa e Carmelina a fare delle passeggiate in carrozza prima di andare al caffè.

Pietro teneva banco, e Teresa adesso rideva, in maniera naturale, anzi sfrontata, come non l'avevo mai vista. Ora sì, mi sembrava una sorella. In quelle risate eccessive rivedevo la mia indole, quella che doveva essere stata anche di nonna Tinuzza, quella che a mamma veniva fuori solo nel suo villaggio, che anch'io avevo soffocato dal momento in cui avevo iniziato a tessere.

Quei quattro da lontano sembravano due coppie di fidanzati, a guardarli mi saliva un bruciore dal petto che mi portava l'affanno e mi annebbiava la vista. Nella testa costruivo mille giustificazioni ma la verità era che soffrivo tremendamente che i due ragazzi non si chiedessero che fine avevo fatto, che non fossero venuti a cercarmi. Forse sono troppo giovane per loro, mi dicevo alla fine; e mi sforzavo in tutti i modi di non pensarci.

Ma a casa, a pranzo e a cena e mentre lavoravo, non parlavo. Vincenzina mi cercava, e io scacciavo anche lei. L'unica consolazione la trovavo nei libri, la solitudine di quei mesi mi ha fatto capire che sono gli unici amici fidati che una donna possa avere, sempre che abbia la fortuna di imparare a leggere.

Teresa vedeva che soffrivo ed era felice.

Ogni tanto sfilava la bambola dal chiodo sul camino e la cullava. Avrei voluto prenderla anch'io tra le braccia e cullarla, ma mi era vietato benché fosse mia. Immaginavo un'altra me stessa, ricca, seduta su un letto dalle coltri ricamate, che le lisciava i capelli e le parlava piano. Pur di non darmela, adesso Teresa sarebbe stata capace di buttarla tra le fiamme del camino. Così, io che non avevo mai stretto una bambola tra le mani mi accontentavo di guardarla, lei invece la cullava e le parlava. Non era mai stata più felice: mai come in quei giorni si alimentava della mia infelicità.

12

Poi, un pomeriggio, in paese ho incrociato il cavallo di Salvatore, un morello che scendeva verso la piazza da una stradina. Sapevo che dietro sarebbe arrivato Pietro in groppa al suo mulo, tornando dalla cravunera, così sono corsa in piazza e sono entrata al caffè Borbone; poi ne sono uscita con una scusa qualsiasi, e me li sono ritrovati quasi davanti. Subito mi sono appiattita contro il muro per non farmi vedere.

Pietro era nero di carbone dalla fronte alle scarpe, Salvatore invece era impeccabile come sempre. Ma vicino al caffè c'era la carrozza dei Mancuso, con i due cavalli calabresi dal pelo nero e lucente. Al centro della piazza, infatti, Franco Mancuso, il padre di Salvatore, stava in piedi, e in una mano reggeva un calice di spumante. Aveva il monocolo all'occhio e uno scialle scozzese sulle spalle, e parlava, agitandosi, a una piccola folla di galantuomini e braccianti che annuivano a ogni parola. Beveva e parlava dei suoi campi di frumento, delle carbonaie, di quell'annata piovosa che rischiava di mandare tutto in malora.

Sono rimasta nascosta vicino alla porta del caffè Borbone mentre i due ragazzi attraversavano la piazza e don Franco pronunciava la frase che stava sempre in bocca ai "cappelli".

«Il bosco è ladro di terra!» ha esclamato con l'arroganza di chi è abituato ad avere sempre ragione. Intendeva che la Sila, che asserragliava da sopra i paesi e i campi della collina, con le piogge si gonfiava e gonfiandosi si espandeva, riconquistando la terra disboscata illegalmente da loro.

Salvatore doveva essere abituato a quegli sproloqui, perché ha attraversato la piazza facendo un rapido cenno al padre e ha proseguito verso la discesa che portava fuori dal paese, alla masseria e alle loro stalle.

Pietro, invece, si è fermato. Gli brillava una luce furiosa negli occhi. Cercava vendetta, o forse la morte.

«Il bosco non è ladro» ha gridato, da sopra quel mulo basso e pigro di proprietà dello stesso don Franco Mancuso, che adesso lo guardava stupefatto. «Si riprende quello che è suo.»

Ma don Franco non ha riconosciuto il suo bracciante e quell'audacia doveva averlo sorpreso. «Ah, e cosa sarebbe *suo*, giovane carbonaio?»

«Le terre che i galantuomini incendiano per allargare abusivamente le loro coltivazioni. Questo è *suo*.» *Brasile*

Era pazzo. Don Franco avrebbe potuto farlo arrestare in quello stesso momento, gli sarebbe bastato gridare per far accorrere gli uomini della Guardia nazionale appostati dietro la cattedrale, accusarlo di essere un "attendibile"; magari l'avrebbero fucilato seduta stante. *trustworthy* ?

Dal caffè Borbone è uscito il proprietario seguito da un codazzo di curiosi, tutti i signori ai tavoli osservavano la scena muti. Ma don Franco non era preparato a tanto coraggio. Ha scolato il bicchiere e ha cominciato a fare come il figlio, è avvampato e ha preso a sudare. Forse era la prima volta che qualcuno osava contraddirlo in pubblico, non avrebbe mai immaginato che un carbonaio potesse dargli del bugiardo.

«E ne sei così s-sicuro, ragazzo?» ha balbettato.

«Sì.»

«Vieni qua, allora, e b-brinda con me» ha alzato il calice vuoto.

Quella era una sfida. Subito nella piazza si è alzato un vociare sospeso. Se fosse sceso dal mulo, Pietro sarebbe di certo stato fucilato. Ma aveva già vinto la sua battaglia, dimostrando a quel pubblico che un carbonaio poteva non aver paura del suo padrone.

Così, di nuovo senza rendermene conto, come quel primo pomeriggio al tavolino del caffè, dal margine della piazza sono stata io a gridare:

«È da secoli che i proprietari incendiano i boschi per rubare la terra!»

Quelle erano le parole che avevo sentito mille volte da zia Terremoto. Tutti si sono voltati nella mia direzione.

Anche don Franco si è girato, ma io ero già scappata per la stessa discesa che poco prima aveva preso Salvatore col suo cavallo.

Poi è arrivata la voce di Teresa, che doveva aver assistito in silenzio, nascosta in un angolo buio, a tutta la scena.

«Non date retta a quello che dicono due stupidi braccianti, don Franco. Parlano solo per dare aria alla bocca! Venite qui. Se non fossi una donna vi proporrei un brindisi. Alzate il calice... Ai miserabili che non si rendono conto di ciò che dicono.»

Pietro si è voltato verso quella voce, poi ha spronato il mulo. «Oh oh oh», e ha proseguito per la strada che portava alla stalla. E don Franco Mancuso è rimasto fermo in mezzo alla piazza col bicchiere alzato, senza ancora capacitarsi di cos'era accaduto.

A metà via mi sono fermata davanti al portone di un palazzo signorile. Pietro procedeva lento verso di me, in discesa, in groppa al mulo.

«Siamo signorine coraggiose» ha detto, quando mi ha raggiunta. Dopo tanto tempo, vederlo così da vicino mi faceva tremare un po' le gambe. Ma era stanco, gli si leggeva in faccia, del lavoro e delle prepotenze del padrone. «Venite qui, signorina, voglio farvi vedere una cosa.» Dalla tasca interna della giacca ha preso un ritaglio di giornale.

«È la lettera che ha scritto il deputato Mancini a quelli come Mancuso e come vostra sorella, a quelli che hanno sabotato la nostra Costituzione, la nostra libertà. La porto sempre con me.»

Mi ha passato il ritaglio, ormai sottile come carta velina.

La Camera dei deputati riunita nelle sue sedute preparatorie in Monteoliveto, mentre era intenta coi suoi lavori all'adempimento del suo sacro mandato, vedendosi aggredita con inaudita infamia dalla violenza delle armi regie, protesta in faccia all'Italia, di cui l'opera del suo provvidenziale risorgimento si vuol turbare con il nefando eccesso, in faccia all'Europa civile; e dichiara che essa non sospende le sue sedute, se non perché costretta dalla forza brutale; ma, lungi di abbandonare l'adempimento dei suoi solenni doveri, non fa che sciogliersi momentaneamente per riunirsi di nuovo dove ed appena potrà, al fine di prendere quelle deliberazioni che sono reclamate dai diritti del popolo.

Quando ho finito di leggere l'ho guardato negli occhi.

«Anche noi ci riuniremo» ha detto. «Ci riuniremo, piccola Maria. Voi e io. Ve lo prometto.»

Poi ha dato un colpo coi talloni e il mulo si è mosso.

In fondo alla via c'era un bivio: a destra il bosco, a sinistra la strada che ritornava in paese. Il bosco, che portava al Monte Botte Donato, al Curcio, al Monte Scuro, alla Serra Stella, da secoli minacciava l'ordine a cui i "cappelli" avevano sottoposto i paesi. Pietro ha tirato le redini e il mulo ha preso a destra. Per natura, doveva stare dalla parte del bosco.

La notte, quel "voi e io" continuava a rimbombarmi nelle orecchie.

Il giorno dopo mi ha fatta chiamare: aveva dato un grano a un bambino e gli aveva chiesto di venire a dirmi che c'era un carbonaio che «è in piazza apposta per aspettare a te».

L'ho trovato da solo, appoggiato al muro, nervoso.

Senza parlare mi ha messo in mano due buste di carta ingiallita, e ognuna sopra aveva scritto un nome: una *Maria*, l'altra *Teresa*.

Dentro ogni busta c'era un biglietto.

«Andate a pigghiari a vostra sorella» ha detto Pietro. «Apritele insieme, a casa. Poi, dietro al biglietto ci scrivete se sì o se no. Ci vediamo qua lunedì prossimo.»

Averlo così vicino mi faceva vibrare, era ancora un ragazzo ma sembrava già uomo. Non ho neanche avuto la forza di guardarlo negli occhi, ho infilato le buste nella tasca della gonna e sono corsa via.

A casa, mamma stava seduta allo sgabello, girata verso il camino, a pelare patate e a lanciare le bucce nel fuoco. Teresa, come sempre, leggeva in camera sua.

Mi sono fatta coraggio e ho bussato.

«Che fai?» ha chiesto mamma voltandosi di scatto.

«Niente» ho risposto, «non ti preoccupare.» Quelle buste mi mettevano una strana agitazione.

«Che vuoi?» ha risposto da dentro la sorella.

«Devo darti una cosa. Fammi entrare.»

«Adesso non posso.»

«Da parte di Pietro.»

Ho sentito che si alzava. Ha schiuso la porta e infilato la mano nello spiraglio.

«No. Dobbiamo farlo insieme» ho detto.

Ha esitato, poi ha aperto.

«Siediti» ho ordinato. «Sul letto.»

«Ma che vuoi?» Però ha fatto come ho detto, era guardinga e incuriosita.

Allora ho tirato fuori le due buste.

«E chi te le ha date queste?»

«Te l'ho detto.»

D'un colpo me le ha strappate di mano tutte e due.

«No!» ho protestato. «Solo la tua. La mia la devo aprire io.»

Ma non c'è stato verso. In un attimo ha aperto la sua e _Way_
ha letto il biglietto. Poi, prima che riuscissi a strappargliela, ha aperto la mia, e subito ha cambiato espressione. Allora le ha buttate tutte e due a terra e mi ha gridato di uscire.

Ho raccolto il mio biglietto.

Piccola Maria, vuoi essere mia?

Pietro

Sull'altro biglietto, per terra, c'era la stessa frase col nome di Teresa e la firma di Salvatore.

13

Dal giorno in cui entrambe ci eravamo fidanzate, Teresa si era messa in testa di mandare in fumo il mio sogno di avere un'istruzione e silenziosamente, mentre si dedicava ai preparativi del matrimonio, tramava per tenere fede al suo giuramento e rovinarmi la vita.

Salvatore era venuto a casa per chiedere la sua mano, con dieci pecore al seguito e un anello con un brillante grosso come una nocciola che mandava strabilianti riflessi. Papà era gioioso, lei invece era insoddisfatta come al solito. Di Salvatore apprezzava il fatto che fosse ricco e che l'avrebbe tirata fuori da quel buco che era la nostra casa, e la nostra vita; ma lo trovava goffo e senza carattere, e brutto. Avrebbe voluto tutto per sé, la ricchezza di Salvatore e il coraggio di Pietro. Ma Teresa mi aveva odiata da subito e il suo odio, adesso lo vedevo, aveva finito per contagiare anche me. Lei era infelice, forzata su una strada che sapeva essere l'unica possibile – non avrebbe trovato altri galantuomini ricchi che accettassero di sposare una figlia dei braccianti Oliverio di Casole –, io la vedevo in trappola e ne godevo.

Quando mamma diceva: «Sei una ragazza fortunata, Teresa, tutte le donne vorrebbero essere al posto tuo. Diventare una Mancuso... E ti sei presa nu bello figghiolu. E poi è un omu», intendendo che era una persona per bene, un uomo fatto e finito e rispettabile, Teresa annuiva senza convinzione. Salvatore era ricco, molto ricco, ma non era nu bello figghiolu, e di carattere non ne aveva. E lei non sarebbe passata mai – mai, lo sapeva – sopra quella gamba offesa.

Il fatto che presto si sarebbe sistemata, molto meglio di come papà avrebbe potuto sognare, senza neppure dover provvedere alla dote, rendeva Teresa ancora più intoccabile. Lei capiva che la vedevo in difficoltà e così aveva preso a trattarmi come la sua serva.

«Stasera mangio pollo» comandava. Papà tornava con un pollo vivo che teneva per le zampe a testa in giù, come facevano i servitori dei ricchi, le ali che sbattevano impazzite. Bussava e tutti, tranne Teresa, uscivamo per assistere alla mattanza, nello slargo davanti casa. Angelino fissava gli occhi sul povero pollo, mentre papà prima gli tirava il collo e poi gli tagliava la testa con un coltellaccio. Dopo di che lo squartava e lo lasciava appeso a un gancio, fuori, per far colare il sangue. Poi toccava a me. «Spennalo» ordinava mamma, dopo qualche ora, portandolo dentro. Era un compito che detestavo, ma Teresa stava seduta a osservarmi finché non avevo finito. Strappavo le interiora e le buttavo nella conca, filanti di sangue. Poi le passavo davanti con le braccia rosse fino ai gomiti.

«Lavati» diceva lei, «che fai schifo. E io con una che fa schifo non ci mangio.»

Nel periodo dei preparativi per il matrimonio, Teresa andava a Macchia a trovare Salvatore. Era a una mezz'ora di cammino da Casole, in fondo a un sentiero che tagliava su una collina verdissima. Non era buona creanza che ci andasse da sola, e Raffaele era a Napoli, così papà costringeva me ad accompagnarla, visto che dopo di lei ero la più grande.

Ci incontravamo con Pietro nella piazza di Macchia, e io e Pietro camminavamo con lei fino a casa di Salvatore, dove ci salutavamo. Teresa allora saliva e passava il pomeriggio a bere tè e a mangiare biscottini con il promesso sposo e la futura suocera.

Alla fine io e Pietro rimanevamo soli e il modo in cui mi guardava e mi stringeva quando attorno a noi non c'era nessuno arrivava a spaventarmi. Voleva baciarmi, gli dicevo che per strada non stava bene ma lui mi afferrava con tutte e due le mani, quasi mi alzava da terra. A dodici anni ero già alta come adesso, i fianchi e i seni pieni, le gambe e la vita sottili.

A volte mi lasciavo trascinare nella villa comunale di Casole, dove c'erano gli ippocastani su cui mi arrampicavo da bambina e le due grandi siepi di lauroceraso e di alloro dove tante volte eravamo andati a nasconderci io e i miei fratelli. Pietro, ridendo, si levava il berretto da lavoro e senza farsi vedere si infilava in una delle siepi. Poi mi tirava dentro. Stavamo inginocchiati uno di fronte all'altra, in quel mondo di ombre e rami.

«Tieni a faccia più bella di tutta la Sila» sospirava, mentre mi accarezzava le guance e seguiva la linea delle sopracciglia. «E questa bocca.»

Dentro aveva un fuoco che voleva esplodere. Mi sdraiava sopra le foglie d'alloro secche e ingiallite e io decidevo di non parlare, la forza con cui mi tirava giù mi ammansiva. Portavo il vestito della festa, colorato, con la cammisa gialla e il pannu verde sopra.

«Chistu deve diventari rosso presto» diceva del pannu, perché quello rosso era per le donne sposate.

Io scoppiavo a ridere, lui mi schiacciava con tutto il suo peso e mi baciava la bocca.

«Che fai?» dicevo in mezzo alle labbra che si aprivano. «E se ci vede qualcuno? Che deve pensare?» Ma intanto lo lasciavo fare.

Pietro non ascoltava, con la lingua cercava una strada tra i denti. Il suo fiato sapeva di giornate di lavoro, di fieno e di aria aperta. E gli occhi: quegli occhi grandi e buoni e neri sapevano di futuro. Il futuro della maestra Donati non sapevo bene cosa fosse, quello che attraversava gli occhi di Pietro sì.

Intanto, senza che me ne accorgessi, Pietro aveva allentato i lacci della cammisa. Sentivo il palmo ruvido sulla camiciola e lo bloccavo tirandolo dal polso. Lui mi prendeva la mano e mi baciava le dita, poi la girava e baciava il palmo.

«Tu sei mia» diceva, e di scatto infilava la mano sotto la camiciola e mi stringeva un seno. «Mia e di nessun altro.» I capezzoli si indurivano e il respiro si ritirava fino al punto umido in mezzo alle gambe. Di nuovo gli afferravo il polso, ma Pietro era più forte.

«Sei solo mia» ripeteva, e manteneva il seno come un pompelmo da spremere. «È na melagrana» diceva però, e io lasciavo che affondasse le dita e poi la testa. «È dolce come a na melagrana pronta.»

Sentivo l'odore forte dei capelli, e una scossa mi impediva di parlare. Poi tornava su, i nasi si toccavano, il fiato entrava nel mio. Alla fine gli mordevo un labbro e gli scostavo la mano. Gridava di dolore, si passava il dorso sulla bocca; e sì, sanguinava.

«Sei cattiva» diceva. «Sei una bambina cattiva. Mi fai tornare a casa infelice.»

Lo facevo apposta. Mi ricomponevo, ridevamo, tornavamo felici in mezzo alla villa comunale sperando che nessuno ci avesse visti uscire dalla siepe, che nessuno andasse a dirlo a papà. Sarei stata rovinata, saremmo stati rovinati per sempre. Sopra la mia famiglia si sarebbe impresso il sigillo dell'infamia. Una figlia non ancora sposata, a dodici anni da sola con un uomo dentro la villa comunale.

«Sei pazzerella» diceva Pietro, prima di salutarmi. E io lo sapevo che non si riferiva tanto a quello che non gli permettevo di fare quanto a quello che gli consentivo di provare. Ero pazza. Ma Pietro vedeva in me la ribelle che io non vedevo più, che era morta nel momento in cui ero diventata donna, e questo mi legava a lui più di un matrimonio. Io avevo perso il coraggio, lui ne aveva tanto anche per me. Giocavamo: «Tini a testa pazza, signorina» diceva, e sorridendo si batteva sulla tempia. «Pazza come la mia.»

La sera, mentre mi spogliavo per andare a letto, sulle braccia trovavo i segni di quel suo amore che non si sfogava. E mai avrei immaginato che molto tempo dopo – già sposati – quei segni avrebbero smesso di essere segni del suo desiderio, per diventare altro.

Ma Pietro già allora covava una grande energia ed era come se lui stesso provasse spavento della propria forza e cercasse continuamente di trattenerla.

Una domenica mattina, mentre papà era fuori a spaccare legna e mamma puliva le verdure per il pranzo, ho sentito il suo fischio arrivare da dietro casa.

«*Fiuuu-fi-fi-fi.*» Era il nostro segnale, il richiamo del pettirosso. *Robin*

Con una scusa sono uscita, lui mi aspettava seduto sui gradini di una casa disabitata, poco lontano da quella di Carmelina e don Tonio. Era vestito per la domenica, con una camicia bianca e i pantaloni alla zuava. **breeches**

«Vuoi venire a vedere la cravunera?» In bocca teneva un lungo stelo di grano.

Saremmo andati col mulo che usava per il lavoro, non avremmo faticato. Era il suo modo per farmi entrare nel suo mondo, mostrarmi la sua schiavitù. Una volta visto quello, ai miei occhi non avrebbe più avuto difese. Avrei potuto fidarmi completamente di lui, questo mi stava dicendo, perché conoscendo il suo lato più fragile avrei potuto ferirlo in qualsiasi momento.

Abbiamo impiegato un'ora a raggiungere il bosco, su una mulattiera sassosa, passando di fianco a mucche e pecore al pascolo. Pietro ha fischiato a un pastorello che ha alzato il braccio e ci ha fissati schermandosi gli occhi con la mano, nel sole. Un cane pastore della Sila, enorme, nero e marrone, ha tirato su la testa, poi è andato a mordere la zampa di una vacca che si era allontanata.

Erano anni che non entravo nel bosco, l'ultima volta ero andata a bagnarmi nello stagno. Quando l'ombra dei larici ci ha avvolti siamo scesi dalla sella, il sentiero saliva e l'animale non ce la faceva più, scivolava sul letto di rami e foglie, i resti degli alberi che erano stati tagliati per alimentare la carbonaia dei Mancuso. In alto, in lontananza, si alzava un filo di fumo. Nel momento in cui abbiamo iniziato a vedere le cime delle montagne Pietro ha cambiato umore.

«Vorrei vivere qua» ha detto. «Come mio nonno, e come suo padre prima di lui. Erano cacciatori di cervi, li chiamavano demòni, malu spiritu, dicevano che erano curiusi... Hanno sempre fatto scantari a chi viveva in paese.» Ci siamo fermati. «E pure adesso, chi vive qua dentro un po' di paura la fa a chi vive fuori.»

Con lo stelo di grano che ancora teneva in bocca ha formato un cappio e si è avvicinato a una ranocchia sul bordo del sentiero. Ha appoggiato il cappio a terra e ha cercato di acciuffarla per una zampa ma quella è saltata via.

«Ai miei nonni non importava» ha continuato. «Ma a mio padre sì. È stato lui ad andare a vivere giù, prima di morire, io però in montagna sto meglio che in paese.»

Continuava a salire tirando il mulo per la cavezza. Non l'avevo mai sentito parlare così, il bosco gli metteva in bocca altre parole, non era più il ragazzo sfacciato della pianura, camminava guardando a terra e pesava ogni frase.

Siamo arrivati in uno spiazzo che era stato ripulito dai faggi, tutt'attorno erano sistemate decine di tronchi e di rami, tagliati e accatastati per grandezza, i più grossi alla base e i più sottili e lunghi sopra. In cima alla catasta c'erano rametti e sterpaglie, l'aria era impregnata dell'odore del taglio e della resina. Al centro si alzava una montagnola di terra compatta alta quindici metri, con un foro in cima da dove usciva il filo di fumo azzurro che avevamo visto dal sentiero. Dentro, un grande braciere sfrigolava.

Dall'altra parte di quella montagnola, nascosti, tre compagni di Pietro con le pale battevano forte sulla parete ricoperta di terra, per appiattirla. Con un'asta lunga e appuntita hanno bucato la parete alla base in quattro o cinque punti. Subito da quelle fumature sono usciti grandi sbuffi che si sono impennati e congiunti con gli sbuffi della fumatura principale. Uno dei compagni, ossuto, sulla cinquantina, cercava di dire qualcosa in mezzo a violenti accessi di tosse. Era il destino dei carbonai: morire giovani di malattie polmonari. Magari era per quello che Pietro mi aveva portata, per mettermi in guardia. Tra un colpo di tosse e l'altro l'uomo è riuscito a parlare:

«Ti sei portato la figliola... Oh, bravo Pietruzzo.»

Nel bosco le regole del paese non valevano e noi potevamo stare insieme davanti a tutti senza essere sposati, così Pietro mi ha stretta a sé, forte, come se fosse mio marito. Era la prima volta che ci mostravamo come una coppia e aveva voluto che fosse in quella faggeta. Mi ha guardata, voleva baciarmi ma ho voltato la testa.

Una scala a pioli stava appoggiata sul fianco della carbonaia, serviva per far cadere all'interno di quella montagnola rami e tronchi dal foro superiore, per tenere la brace sempre alimentata facendo attenzione che non prendesse fuoco. Il difficile del lavoro era quello: sostenere la brace impedendole di incendiarsi. Era un vulcano che non eruttava lava, ma scintille e fumo azzurro.

«È vapore bono» ha detto Pietro. «Fa bene a respirarlo.»

Si è arrampicato per la scala, ha rotto il filo di fumo agitando una mano e ha guardato dentro il foro per controllare la brace sul fondo. Poi ha aspettato che il fumo tornasse dritto, si è sporto con la testa e ha inspirato rumorosamente.

«Veni, veni» ha detto da lassù. Come è sceso lui sono salita io, mi reggeva da sotto. Il vapore sapeva di legno profumato e inalandolo era come se aprisse il corpo dal didentro. Pietro stava tre o quattro pioli sotto di me. «Che fai, tremi?» mi ha detto. Un po' tremavo, per l'altezza, per i vapori. «U vedi che è azzurro?» Ho annuito, afferrandomi agli staggi. shafts «Tra na mesata diventa bianco» ha continuato lui. «E allora il carbone è pronto per essere venduto e sta cravunera a putimo distruggere. Noi facimu festa e don Mancuso si fa una montagna i ducati. Mo questo carbone qua lo va a vendere a Calcutta.»

Quando siamo scesi ha preso un ramo dalla catasta, già tagliato e pronto da bruciare. «Questo arriverà in India, ti rendi conto?» Poi l'ha lanciato con tutta la forza, e il ramo è caduto lontanissimo, oltre la catasta di legna. «Sulla *Ferdinando I*, o chissà su quale altro vapore. Io invece resterò a Macchia per sempre, come a nu scimunito.» wimp

Il compagno l'ha guardato. «Statti bono, Pietro.»

Pietro invece ha sputato a terra.

«Ce ne andiamo» ha detto. «Quello che dovevo mostrare ho mostrato. E qua, quando non lavoro, meno ci sto meglio è.»

Mentre tornavamo, camminavo qualche passo dietro di lui e gli guardavo la schiena. Quel ragazzo era come una cravunera. Era un vulcano che si poteva accendere da un momento all'altro, come era successo in piazza col suo padrone. Bastava un niente e poteva avvampare. I segnali di quello che sarebbe venuto erano sotto i miei occhi, eppure facevo di tutto per non vederli.

14

La maestra Donati mi aveva iscritto all'esame di ammissione alla scuola superiore, era andata di persona alla Direzione generale della Pubblica istruzione a Catanzaro e aveva speso mille ducati. Ma, come avrei scoperto dopo, in quegli stessi mesi Teresa teneva una corrispondenza segreta con il suo protettore borbonico – il nobile amico della sua ex famiglia, quello che tanti anni prima aveva mandato la lettera in cui annunciava l'arrivo della sorella – e gli chiedeva di intervenire presso il ministero dell'Interno e l'intendente della Provincia, che aveva accesso ai registri degli iscritti.

Mamma aveva impiegato mesi a disegnare e poi a cucire l'abito e il cappotto che avrei indossato quel giorno. La corriera per Catanzaro partiva prima dell'alba, sarei andata a dormire dalla maestra così da essere più comode per la partenza. Era venuta a prendermi la sera prima, elegante e sicura, e mamma aveva avuto un sussulto. «Come state bene vestita così» aveva detto abbassando gli occhi. Le pareva troppo che una signora tanto distinta mi avesse presa a cuore. Credeva di non meritarlo lei, che fosse la famiglia a non meritarlo, e quindi che non lo meritassi nemmeno io.

«Anche tu stai bene» aveva detto alla fine, rivolta a me, mentre mi aggiustava il colletto. Era vero, mi stava bene il vestito blu che mi aveva cucito, con il cappotto di panno dello stesso colore. Le scarpe, un paio di stivaletti abbottonati, le avrei prese in prestito dalla maestra, erano state della figlia e adesso non le entravano più.

Mamma ci ha accompagnate fino alla stradina che portava in piazza. «Sembrate madre e figlia» ha detto, quando ci siamo salutate.

Poi mi sono voltata ma lei era già sparita.

Alla Direzione generale della Pubblica istruzione di Catanzaro, la mattina dopo, ci siamo arrivate a piedi. Dalla fermata della corriera fino al centro della città era un'ora scarsa di cammino, e per l'agitazione nessuna delle due parlava. Dopo uno slargo, all'improvviso ci siamo trovate di fronte quell'edificio imponente, come l'ho visto ho sentito un vuoto allo stomaco: fuori dai cancelli era pieno di giovani che come me avrebbero tentato la sorte. Eravamo tutti lì per tradire i nostri genitori, per cercare una strada diversa da quella che loro avevano segnato per noi. C'erano più ragazze che ragazzi; siamo sorelle e siamo rivali, ho pensato, di posti per tutte non ce ne sono.

Per entrare c'era da presentare i documenti, e quello è stato il momento in cui io e la maestra ci siamo salutate. Lei, tremante, mi ha rassicurata e ha detto che mi avrebbe aspettata proprio lì, in quel punto preciso, fuori dal cancello. Sarebbe andata a passeggiare un po' in quelle cinque ore, per non stare a macerarsi il cervello. «Tutto andrà bene, piccola mia» ha detto prima di darmi una spintarella verso l'ingresso e voltarsi.

Allora mi sono fatta coraggio e ho preso lo scalone. Davanti alla porta dell'aula magna c'era un addetto seduto dietro un grande tavolo, controllava i documenti di identità su una lista. Dentro l'aula la calca rimbombava tra i muri e i sedili e prendeva posto, la intravedevo dalla porta mezza aperta, mai avevo visto tanti ragazzi tutti insieme. Ma io ero ancora dall'altra parte del tavolo e tremavo per l'agitazione, mentre l'addetto non trovava il mio nome nell'elenco.

«Come avete detto che vi chiamate, signorina?» urlava cercando di sovrastare lo schiamazzo.

«Oliverio Maria.»

«Gridate più forte, qui c'è baccano.» Le vene della gola erano gonfie per lo sforzo di farsi sentire.

«Maria... Oliverio Maria» ho ripetuto.

«Oliverio... Con la "o"?» ha chiesto.

«Con la "o".»

Continuava a scorrere i fogli avanti e indietro, e alla fine mi ha guardata da sopra gli occhiali.

«Signorina, qui non c'è.»

«Ci devo essere per forza» ho detto con la bocca secca.

Da dietro, chi era in fila mi spingeva contro il tavolo.

L'uomo ha controllato di nuovo, e di nuovo mi ha guardata. «Non c'è» ha ripetuto scrollando la testa.

«Dev'esserci un errore.»

«Nessun errore, mi dispiace, signorina. Non siete nell'elenco. Potete ritentare l'anno che viene.»

Le gambe sono diventate molli. «Io... io...» ho biascicato. «Fatemi entrare lo stesso. Sono preparata... Devo sostenere questo esame.»

«Mi dispiace signorina.»

Un suo collega mi ha afferrata per il braccio e mi ha allontanata, mentre gridavo che avevo studiato ogni notte per più di un anno, che la maestra Donati era certa che avrei superato l'esame, come facevo adesso a tornare a Casole?, ma l'impiegato mi tirava verso lo scalone e mi trascinava fino all'atrio, eravamo gli unici a scendere in mezzo a una coda che saliva.

Poi mi ha portata fuori dal portone e mi ha lasciata lì. La maestra Donati non c'era più.

Allora ho iniziato a correre e a ogni svolta e a ogni piazza a cercarla disperata, gridando il suo nome; poi, dopo un tempo lunghissimo, stremata, quando ormai avevo perso ogni speranza, dietro la vetrata di un caffè ho riconosciuto una testa di capelli castani raccolti sulla nuca: la maestra era seduta a un tavolino, leggeva. Ho picchiato sul vetro, prima piano poi più forte, lei dopo un po' ha alzato lo sguardo, mi ha vista ed è rimasta immobile, incredula, come davanti a uno spettro. Ho fissato il mio riflesso nel vetro, ero accaldata, sconvolta, pallidissima. Allora la maestra ha fatto un cenno e mi ha raggiunta sulla porta.

«Cosa ci fai qui?»

Io non rispondevo, piangevo invece, e tremavo.

Lei ha pagato il tè che aveva bevuto e correndo siamo tornate alla Pubblica istruzione.

«Si saranno sbagliati» ripeteva per strada, ansimando, col cappotto che si apriva contro il vento. «Ci sarà qualcosa che potremo fare. Di sicuro.»

Ma una volta lì le scale erano vuote. L'uomo dietro il tavolo continuava a scuotere la testa, la maestra ha ottenuto di parlare con il responsabile, mentre il caos dell'aula magna si era ormai trasformato in un silenzio totale. Anche il secondo uomo, grosso e sudato, ha controllato più volte il registro e l'elenco e ha fatto segno di no. Della mia iscrizione non c'era traccia. La maestra ha insistito, era stata lei stessa a recarsi alla Direzione generale e a fare il pagamento, da qualche parte dovevo per forza risultare iscritta. L'uomo grasso allargava le braccia e scrollava la testa, finché la maestra non è venuta da me e mi ha abbottonato il cappotto blu fino al collo.

In quel momento l'ho capito ed è stato come se fossi morta: se il mio nome non era neppure tra quelli che potevano provarci, allora era stata un'illusione e io sarei rimasta per sempre una tessitrice.

Sulla via del ritorno, per la prima volta vedevo la città e poi – una volta sulla corriera – il paesaggio attorno per quello che erano: un cumulo di dannazione e abbattimento, ammassi di immondizia e feci ai bordi delle strade, cani randa-

115

gi scheletrici e rabbiosi, topi giganteschi che scorrazzavano nel fango, in mezzo alle pozzanghere, gruppi di disperati e miserabili che ogni giorno e ogni momento si ritrovavano in crocicchi per cercare un modo di fregare o corrompere qualcuno pur di sopravvivere. Catanzaro e la strada polverosa su cui correva la corriera erano il Regno, e il Regno era il mondo e il mondo era senza redenzione.

Ma quello che ci attendeva al ritorno era addirittura peggio, anche se niente, mi sembrava, poteva essere peggio della vergogna provata una volta scesa dalla corriera nella piazza di Casole, davanti al piccolo gruppo che si era radunato, capitanato da mamma e da Vincenzina.

Avevo tenuto la testa bassa, non avevo neanche avuto il coraggio di incrociare i loro sguardi. Mamma aveva capito subito, e altrettanto Vincenza. Non hanno fatto domande, né quel giorno né mai più, e per un po' è stato come se in casa non ci fossi. La mattina dopo, senza fare scene, ho preso il filo di trama e la navetta e mi sono messa a filare.

Ma presto la vergogna è stata dimenticata, e al suo posto è arrivata la paura. Quattro giorni dopo il nostro rientro, infatti, gli uomini della Guardia nazionale sono andati a prendere la maestra Donati e suo marito.

Si sono precipitati a casa loro di notte, un intero plotone, hanno buttato giù la porta e li hanno ammanettati senza dargli neppure il tempo di prendere della biancheria di ricambio. Erano già iscritti da anni nel registro degli "attendibili", era quindi da tempo che erano sotto sorveglianza. Non avevano potuto salutare né avvertire nessuno: la mattina dopo, semplicemente, non c'erano più. Il portone della loro casa è rimasto socchiuso, tali erano state la rapidità e la violenza dell'arresto, e nessuno aveva il coraggio di avvicinarsi per controllare, fare domande, o chiuderlo. Tutti, a Casole, si chiedevano come fosse potuto accadere, cosa avesse spinto i borbonici a decidere di togliere davvero di mezzo la famiglia Donati.

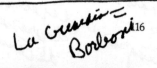

Poi, qualche settimana dopo l'arresto, si è tenuto un processo – sbrigativo, ridicolo – alla sede della Guardia nazionale, che in quelle occasioni veniva aperta a tutta la popolazione per umiliare gli imputati. Mamma mi aveva vietato di andare, ma io sono scappata e sono rimasta nascosta tra la folla nella piccola aula. A un certo punto il giudice militare ha mostrato una prova, schiacciante ha detto, dell'attività sovversiva della signora Donati e di suo marito.

«Soprattutto della signora» ha sottolineato. «Ma si può presumere che nessuna sua attività potesse essere svolta senza l'avallo del giudice, suo marito.»

Da una busta spiegazzata, con un gesto lento e solenne ha estratto un cartoncino. Era l'immagine, sconcia, di una matrona che rappresentava l'Italia.

Mentre si alzava un gran vociare io sono riuscita a sbirciare in mezzo ai corpi e subito mi è venuto un colpo. Era un'immagine che conoscevo benissimo. Il giudice l'ha agitata più volte davanti a tutti, poi l'ha fatta passare mano per mano tra i membri della giuria, raccomandando di controllarla bene, fino a raggiungere quelle degli imputati.

Sul retro c'era la scritta autografa, vergata a matita, che tante volte avevo letto e accarezzato: *Per Maria. Da Caterina Donati.* Erano i versi del *Nabucco* con l'immagine dell'Italia che lei mi aveva regalato.

«È vostra, questa scritta?» ha chiesto il giudice.

La maestra si è limitata a rispondere «sì», a testa alta, con orgoglio.

«Bene» ha concluso il giudice militare. «Rei confessi.»

Prima che a qualcuno venisse in mente di girarsi nella mia direzione o di chiamare il mio nome, sono scappata fuori.

Tutto quello che si è saputo in paese è che lei e suo marito sarebbero stati condotti nel carcere del Forte di Santa Caterina, sull'isola di Favignana, e io e la mia famiglia, come atto conseguente, siamo stati iscritti nel registro degli "attendibili". Una mossa sbagliata e ci avrebbero eliminati. Da quel giorno, lo sapevamo, eravamo tenuti d'occhio, ogni spostamento, ogni azione, ogni parola potevano condurci alla morte.

Una volta a casa ho cercato nel libro in cui avevo lasciato il cartoncino. Non c'era più.

Avrei dovuto nasconderlo meglio, mi dicevo disperata, o anzi avrei dovuto strapparlo, bruciarlo, per non lasciare tracce. Perché non avevo pensato che Teresa avrebbe potuto rubarlo? Come avevo potuto essere così sprovveduta? Mi sono accasciata sul materasso, poi mi sono seduta al telaio, ma le mani tremavano e non riuscivo a lavorare. Teresa, dalla porta della sua camera, mi guardava mentre mi affannavo e rideva malvagia, scuotendo la testa di fronte alla mia ingenuità.

worried

15

Nell'agosto di quell'anno Teresa e Salvatore si sono sposati. Mamma aveva voluto organizzare un rinfresco a casa, il
giorno prima della cerimonia, nonostante Teresa non fosse d'accordo. «Me ne futto degli "attendibili"» aveva detto
mamma, «certe cose si fanno e basta.»

Era dall'inverno prima che ci pensava, per paura che con
il caldo le carni sarebbero state infestate dalle larve di mo-
sca. A tre giorni dal matrimonio aveva fatto trasportare tutto dalle cantine dei Morelli e aveva coperto cibi cotti e crudi
con tovaglie e panni di cotone: alici, olive, salami, soppres-
sate, 'nduja, spezie, teneva tutto avvolto in teli che non potevamo toccare.

Quella è stata la nostra festa, il giorno prima di quella vera.
La porta di casa è rimasta aperta dalla mattina alla sera, la
tavola era imbandita con ogni ben di Dio, è stata una processione di paesani. Papà brindava con tutti, e lo stesso faceva Salvo. Raffaele non aveva potuto lasciare Napoli e ogni
brindisi era anche a nome suo. «A Raffae', che si sta a fare
riccu!», e buttavano giù un bicchiere.

Alle quattro del pomeriggio il vino era finito, Tonio è uscito e dopo un po' si è presentato con una damigiana da venti
litri. Quando è rientrato tutti sono scoppiati in un applauso, hanno preso a baciarsi e ad abbracciarsi e poi a bere di

nuovo. Teresa stava in disparte, sorrideva a stento e parlava poco. Qualcuno, ubriaco, faceva lo spiritoso: «Sei sicura
che è il tuo matrimonio? Dovresti essere felice, Tere'». Lei
sforzava un sorrisetto e trovava scuse per sottrarsi ai lazzi
di quella banda di miserabili.

La cerimonia invece si è celebrata il giorno dopo, a palazzo Morelli a Rogliano, in casa degli zii di Salvatore, i conti
Donato e Vincenzo Morelli.

Salvatore ci aveva usato la gentilezza di mandarci una
carrozza, e quel gesto aveva fatto sentire mamma e papà
dei signori.

Siamo arrivati tra i primi, dalle vetture che si fermavano
di fronte al portone scendeva il meglio dell'aristocrazia borbonica, calabrese e napoletana: tutti i "cappelli" che contava-
no nel Regno erano lì. Girava voce che avrebbe partecipato
addirittura re Ferdinando, o almeno sua moglie Maria Teresa, che erano già stati ospiti in quel palazzo. Ma qualcosa
doveva averlo frenato, forse gli era arrivato all'orecchio che
i conti avevano cominciato a non disdegnare frequentazio-
ni liberali dopo la feroce ammuina del '48; che si stavano,
dicevano le malelingue, preparando alla sua sconfitta tramando alle sue spalle. Quelli erano i mesi in cui tutti sospet-
tavano di tutti, e il re alla fine aveva preferito non andare.

Bastava un'occhiata da lontano, a me e a mamma, per riconoscere i tessuti, nel cortile: era una processione di cilin-
dri neri, turbanti piumati e abiti dalle fogge e dai colori più
vari. Quelle stoffe, per la maggior parte, provenivano dalle
filande dei Gullo e quindi dalle nostre stesse mani. Donato
Morelli, fratello maggiore e padrone di casa, era il più elegante, con una marsina nera, panciotto e guanti viola. Noi,
Vincenzina e io, mamma, Salvo, Angelino e papà, invece,
avevamo i vestiti rivoltati e rammendati. Teresa aveva dato
disposizione a Salvatore di offrircene di nuovi – non per ca-
rità, per vergogna –, ma papà si era opposto. «I ducati per
vestirmi li tengo» aveva detto. «Non mi faccio pagare i pan-

taloni dal padrone.» Salvo, che ormai era un uomo, portava una vecchia giacca di papà rattoppata sui gomiti e stretta sul petto, io indossavo l'abito dell'esame di ammissione, che da quel giorno disgraziato era rimasto chiuso nella cassapanca in mezzo alla naftalina. Sentivo caldo. «Le abbiamo vestite tutte noi, queste qua» diceva mamma, guardando le dame tutt'attorno.

Poi sono arrivati gli sposi, ed è esploso un applauso. Salvatore era leccato e stirato, procedeva sostenendosi a un bastone con un vistoso pomo di madreperla a forma di testa di cavallo, portava un frac attillato e un panciotto turchino, il cravattone nero fermato da un brillante. Teresa, un passo dietro, indossava un abito di seta e tulle, bianco e meraviglioso, un velo lunghissimo che scendeva da una tiara di perle e diamanti. Si muoveva, e si sentiva, come una regina e a Salvatore, quando la guardava, brillavano gli occhi.

Alla fine della cerimonia, officiata dal vescovo di Cosenza nella cappella del palazzo, siamo saliti nella sala da pranzo al primo piano. Stavamo in fondo a tutti, tra di noi, Teresa aveva vietato a mamma e a papà di invitare anche solo un altro parente o un vicino. Ci aveva anche confinati nell'angolo più lontano, separati dal resto degli invitati, in un piccolo tavolo quadrato vicino alle cucine. Vedendoci entrare, Donato e Vincenzo Morelli ci avevano lanciato un'occhiata di disprezzo. Loro, così come la famiglia Mancuso, erano stati contrari a quel matrimonio e isolandoci adesso lo rendevano esplicito. Se non fosse stato per il nobile che era rimasto affezionato a Teresa e per le sue rassicurazioni, per le promesse, per la piccola dote che aveva assegnato alla sposa e per i possedimenti degli zii scomparsi che erano passati tra le proprietà dei Morelli; se non fosse stato per l'amore, vero, dell'azzoppato Salvatore, quel matrimonio non si sarebbe mai celebrato. «Se andrai a ucciderti lo farai con le tue mani» si raccontava che gli zii avessero detto al nipote

121

prima di fargli firmare le carte che mettevano alcuni suoi possedimenti sotto il loro controllo. Con quel tavolino ai margini della festa i conti comunicavano ai loro pari che non c'era da confondersi: eravamo solo i loro braccianti.

Per tutto il pranzo siamo stati gli ultimi a essere serviti, alcune portate le vedevamo soltanto passare, ci era concesso di sentirne il profumo e basta. La sorella aveva aspettato il matrimonio per punire mamma e papà per la loro origine, che era anche la sua, benché lei la rifiutasse. Loro meritavano appena più che niente. Quasi niente. Niente.

Quando i camerieri riportavano i vassoi in cucina senza fermarsi al nostro tavolo, mamma faceva finta di distrarsi e con l'indice seguiva il ricamo sulla tovaglia di pizzo, dai punti cercava di capire se quei disegni erano usciti dalle sue dita oppure no, se era stata lei a ricamarli. «Chistu non l'agghiu fatto io» diceva a ogni nuova portata. «Vidi, vidi» faceva a Vincenza, «qua hanno fatto il punto ermellino e invece ci andava il francese. È fatta male, sta tovaglia.»

All'arrivo degli arrosti, papà ha battuto un pugno sul tavolo. «Focu meu, manco li cani!» Ci avevano portato un unico piatto, dovevamo dividerlo in sei. Il calice del vino si è rovesciato e si è rotto, il vino è schizzato sulla giacca e sulla camicia bianca.

Teresa e Salvatore stavano salutando una vecchia signora arrivata in ritardo, che si era appena seduta a un tavolo poco lontano. A quel baccano si sono voltati di scatto.

Salvatore, senza fretta, zoppicando, è venuto verso di noi e ha chiamato un cameriere. «C-che succede? Dategli quello che chiedono, ci mancherebbe.»

Poi si è rivolto a papà. «Che c'è, q-qualcosa non va nel servizio?»

Papà ha abbassato gli occhi senza dire niente. È stato Salvo, al suo fianco, che non è riuscito a tacere.

«Facite schifu» ha sibilato.

Salvatore è rimasto in silenzio, ha irrigidito la mascella. «Hai d-detto qualcosa?» ha chiesto.

Salvo era paonazzo. «Vieni fuori, tu e la tua gamba torta, e ti dico io cosa ho detto.»

Vincenza e Angelino sono scoppiati a piangere, mamma ha cercato di prendere Salvo per un braccio ma lui si è scostato.

«V-va bene» ha detto Salvatore, tranquillo. «Vuoi andare fuori? E andiamo f-fuori. Così capisci chi-chi è ospite e chi è p-padrone.» Il matrimonio, il non poter sfigurare davanti agli uomini della sua famiglia, gli davano un'arroganza che non gli avevo mai visto.

Ha fatto cenno a un domestico, poi ha indicato la porta finestra che dava sulla terrazza. Si è incamminato appoggiandosi al bastone.

Salvo gli è andato dietro.

Poco dopo, mio fratello è tornato con uno zigomo viola e il sangue che colava dal naso. Da un'altra porta è rientrato Salvatore e con calma, come se niente fosse, si è diretto al tavolo centrale. Teresa lo aspettava. Tutti e due gli uomini della nostra famiglia, seduti uno di fianco all'altro, adesso avevano i vestiti macchiati di rosso. Salvo aveva creduto di poter affrontare Salvatore da uomo a uomo, invece se n'era trovati addosso cinque, Salvatore era rimasto in disparte a godersi la scena. Che ingenuo, mio fratello. Non sapeva che per certi signori l'onore è la mancetta da lasciare alla servitù.

Allora mi sono alzata e sono andata verso Teresa, che conversava felice con alcune invitate. Mi ha vista e ha temuto una scenata, così si è congedata in fretta con un sorriso e mi ha raggiunta.

«Perché?» le ho chiesto, soltanto. Mi riferivo a quello che era appena successo, ma in realtà mi riferivo a tutto, a tutto quello che lei aveva fatto a me e alla nostra famiglia fin dal primo momento in cui era arrivata, e lei lo ha capito. Mi ha rivolto uno sguardo freddo, spietato.

«Senza nessun perché» ha detto. Poi si è voltata ed è tornata dalle sue ospiti sfoggiando il più largo dei sorrisi.

Aveva ragione. La verità è che l'odio non ha motivo, né redenzione.

Papà ha passato il pomeriggio a guardare quella figlia sconosciuta che in quel palazzo si sentiva a casa, che sembrava felice mentre ballava con gli invitati del marito, che scambiava gesti d'intesa con le dame di città. Ma gli occhi di papà per un po' seguivano le sue giravolte e poi si perdevano a fissare il vuoto.

Anche mamma guardava oltre la portafinestra sulla parete opposta, oltre gli altopiani della Presila, oltre i boschi di faggi e di pini larici, e cercava le sue cime. Io, che avevo imparato a leggere i loro silenzi, capivo che la vita, per tutti e due, al matrimonio della figlia maggiore era diventata uguale alla morte. Cosa resta se un figlio ti umilia?

«Farò felici mamma e papà al mio matrimonio» ho detto all'orecchio di Vincenza. Avrei chiesto a Pietro che intenzioni aveva. Mi sarei sposata, ho deciso quel giorno, e lo avrei fatto per mio padre e per mia madre.

Seconda parte

ITALIA

16

Poi a Pietro è arrivata la cartolina della leva militare e all'improvviso, di nuovo, tutto è cambiato.

Era una giornata di fine estate del 1855, la luce lasciava ogni sera una promessa non mantenuta. Andare soldato per i Borbone era l'ultima cosa che Pietro avrebbe desiderato, così credevo che fosse infelice: invece, la notizia della partenza l'aveva reso radioso. «Rimanderemo le nozze, piccola Maria» mi ha detto. «Ma mi hanno destinato a Napoli, il mio sogno di vedere il mondo si realizza in modo impensato.»

Sapeva, al contrario di me, che bastava partire per veder cambiare tutto; avrebbe preferito che questo non significasse indossare la divisa del Regno, ma ne avrebbe tratto comunque il massimo beneficio.

«Se fossi un maschio potrei partire anch'io» dicevo, cercando i suoi occhi.

Pietro si metteva a ridere. «Ma che dici, piccola Maria? Parto io e poi ti porto con me. L'importante è che vada uno dei due, poi andremo a conoscere il mondo insieme. Te lo prometto. E lo cambieremo il mondo, io e te.»

La sera prima di andarsene era venuto a prendermi a casa e mi aveva dato l'anello di fidanzamento: un anellino d'argento senza neppure una pietruzza. Un anello da niente, neanche lontanamente paragonabile a quello che Salva-

tore aveva regalato a Teresa, ma a me era sembrato il più
prezioso dei gioielli.

La mattina dopo, sul far dell'alba, ha raccolto le sue cose
ed è salito sulla corriera. Io ero in piazza insieme a lui e gli
aggiustavo il colletto della camicia, gli sistemavo i capelli
arruffati, uno dei cavalli nitriva e sbuffava, nervoso, in mezzo agli altri, che invece guardavano avanti tranquilli. Io ero
come quel cavallo, impazzita in un mondo indifferente in
cui tutto cambiava sotto la superficie – cambiamenti che soltanto io sentivo, che soltanto io vedevo; sopra, alla luce del
sole, ogni cosa si manteneva uguale e Pietro andava militare tra migliaia di giovani che partivano in silenzio, con la
leva del '55, a diciannove anni appena compiuti, e senza saperlo avrebbero fatto l'Italia.

Ho guardato sparire la corriera mezza vuota, dall'alto,
mentre i cavalli trottavano sbuffando nuvole di fumo e Pietro scendeva verso valle. Nel giro di qualche giorno sarebbe arrivato a Napoli, e forse sarebbe anche morto per un re
che non sapeva nemmeno che faccia avesse.

È folle l'attaccamento che sviluppiamo per gli oggetti. L'a-
nello che Pietro mi aveva infilato all'anulare destro è diventato in quei mesi il surrogato della sua presenza.

La notte lo toccavo e lo baciavo. Mi sentivo stupida, ma
quell'anellino d'argento era una promessa, e una promessa era simbolo di futuro; e a me tanto, allora, bastava. Con
una promessa e l'idea di un futuro avrei potuto vivere altri
cento anni oltre ai miei quattordici. Ma la vecchia Maria, la
bambina libera, di notte mi veniva a trovare per ricordarmi
che quella ormai donna era infelice.

All'inizio ricevevo lettere simili a quelle che Raffaele spe-
diva appena arrivato a Napoli, tanti anni prima. Lunghe
missive che venivano consegnate il venerdì di ogni settimana. Tessevo, e non facevo che pensare al venerdì successivo.

La città era sconfinata, scriveva Pietro, il mare non si po-

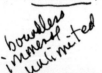

teva descrivere da quanto era bello e smisurato, un giorno avrebbe portato anche me a vederlo.

Poi, col passare del tempo, aveva iniziato a raccontare che, benché fosse solo un soldato semplice, aveva avuto il permesso di frequentare il circolo in cui si ritrovavano gli ufficiali e gli studenti dell'accademia militare di Napoli. Raccontava di un certo Giovanni Nicotera e di un certo Gian Battista Falcone, calabresi, e poi di un tale Carlo che tutti chiamavano per cognome, Pisacane. I quattro erano diventati amici inseparabili, anche se il divario sociale era enorme. Pisacane era molto amico di Gian Battista e di Giovanni, era stato ufficiale dell'esercito borbonico ma aveva disertato perché disprezzava re Ferdinando e lo sfascio verso cui aveva portato il Regno. Era scappato e adesso, in incognito, era tornato a Napoli. Era una testa calda, scriveva Pietro, un idealista, un rivoluzionario, uno che voleva cambiare il mondo.

Mamma mi guardava con quei fogli sempre in mano e sospirava.

«Figlia mia, tieni da filare» diceva. «Non ti far venire la febbre», e mi accarezzava un braccio. «Gli uomini oggi ci sono e domani non ci sono più.» Lei e papà sapevano del fidanzamento e perdonavano a Pietro di non essersi presentato ufficialmente a casa con l'anello solo perché era dovuto partire militare in tutta fretta. Mamma mi metteva in guardia dall'attaccarmi a un soldato, ma Pietro non sarebbe morto, non ancora, avrebbe aspettato che ci fossi anch'io con lui sui monti a combattere, in quel nido d'aquila arroccato nel bosco.

Eppure in quei giorni vivevo con l'angoscia di non ricevere più sue notizie, e per scacciarla imparavo a memoria interi brani di quelle lettere. I suoi amici Giovanni, Gian Battista e Pisacane, raccontava, erano figli di nobili; avevano studiato alla Nunziatella, l'accademia che formava la classe militare e dirigente del Regno delle Due Sicilie, ma tutti e tre, scriveva, erano in carne e ossa quello che lui avrebbe voluto essere. Raccontava anche di quanto si sentissero vicini agli umili, di come dalla Nunziatella andassero a ubriacarsi nei caffè di Castel dell'Ovo insieme agli scaricatori di porto, ai facchini, agli operai. Di come levassero al cielo calici di vino nel nome della giustizia sociale e dell'Italia unita. Sognavano di creare un Paese solo partendo da due Paesi divisi e rivali, un Paese più giusto di quei due. Pietro aveva trovato i compagni che gli erano mancati a Macchia e a Casole, quelli che gli avrebbero permesso di diventare l'uomo che era destinato a essere, ma quelle lettere, traboccanti di un trasporto sconosciuto, mi ferivano.

Rileggevo ogni parola, la sera, alla luce della lampada e, come aveva fatto lui da loro, cercavo di apprenderne di nuove. *Abiura del loro mondo*, scriveva. Come aveva imparato quelle espressioni? Perché me le scriveva con tanta naturalezza? Parlava di cose di cui in paese si riempiva la bocca senza averne consapevolezza e che adesso sembravano diventate per lui questione di vita o di morte. Diceva che l'esperienza della Repubblica Romana e di quella Veneziana del 1849 erano fallite perché avevano guardato solo ai loro confini e non avevano avuto l'audacia – scriveva così, "l'audacia" – di lanciarsi verso la liberazione di tutto il Paese. Parlava del Paese, dell'Italia, come me ne aveva parlato la maestra Donati nei nostri incontri del lunedì: come se fosse cosa fatta, come se dovesse esistere per volere di Dio fin dai tempi antichi e fosse stato solo il volere dell'uomo a tenerla divisa.

Per cinque mesi, scriveva, *le terre sono state liberate dal clero e sono tornate ai contadini! Dovrebbe succedere lo stesso in tutta l'Italia!* E raccontava di Giuseppe Garibaldi, un condottiero forte che aveva combattuto in mezzo mondo, che a chi aveva il coraggio di seguirlo diceva «offro fame, sete, marce forzate, battaglie e morte». Scriveva che la rivoluzione – "rivoluzione" era la parola che scriveva di più – doveva partire dai contadini, dai braccianti, solo dalle masse si poteva formare un esercito che avrebbe liberato l'Italia. *Proprio da noi,* aggiungeva, *perché noi siamo i filandieri, i tessitori, i braccianti, i taglialegna, i cravuneri. Noi siamo il popolo.*

Mamma e papà volevano sapere cosa c'era in quei fogli da cui non mi staccavo mai.

Io scrollavo la testa; rispondevo: «Nenti».

«Eh, sempre nenti dici tu» sospirava mamma. «Tre ore a leggere anziché filare, qualcosa ci deve pur essere scritto là sopra.»

«Robba mia» rispondevo.

Mamma faceva una smorfia e tornava a piegarsi sul telaio.

«Non c'è niente di male...» diceva poi, riprendendo il discorso, interpretando i miei silenzi come infelicità.

Ma la verità era che dopo aver letto le pagine di Pietro io provavo vergogna per quella casa, per la mia famiglia, per la loro piccolezza e mancanza di coraggio. Provavo vergogna per le mie origini. Mi ero trasformata in Teresa?, mi tormentavo la notte. Alla fine provavo vergogna per me stessa, per non aver trovato la forza di scappare. Era stata zia Terremoto a dirmi che dovevo fare come quel seme di pigna, che dovevo tirare fuori il coraggio per volare e salvarmi, ma la verità era che – a differenza di Pietro – non ne ero capace.

Quelle lettere erano il segno che Pietro non si era scordato di me – non ancora, mi dicevo –, ma anche del fatto che la strada che stava percorrendo lo portava lontano da Macchia, lontano da Casole e da tutto ciò che era nostro. Aveva ragione lui: era bastato partire per trovare quello che cercava.

Poi, un giorno, ha scritto che aveva incontrato Raffaele, e con la lettera aveva spedito anche un piccolo ritratto a matita e carboncino. Raffaele, raccontava, non poteva entrare al circolo degli ufficiali, così si incontravano a Castel dell'Ovo, mangiavano pesciolini fritti e pastiera, e bevevano vino bianco scadente. Davanti al castello c'era un vagabondo che in poco tempo era in grado di disegnare ritratti incredibilmente fedeli, ed erano riusciti a farsene fare uno.

Prima di guardarlo ho lasciato che passasse nelle mani di tutti, volevo filtrare attraverso le espressioni di mamma, di papà, di Salvo, di Vincenza e di Angelino che ne era di Pietro. Solo dopo l'ho guardato. Il tratto era precisissimo, sembrava una delle fotografie che un giorno avevo visto girare in piazza, tra i tavolini del caffè Borbone, nelle mani dei "cappelli". Raffaele era diventato un uomo, camicia inamidata e giacca scura, ma aveva occhi malinconici e beffardi che non aveva mai avuto e sembrava che niente potesse fargli male. Pietro invece era Pietro, fiero come un re, il sorriso aperto di chi è sul punto di mangiarsi il mondo, il naso largo e gli occhi buoni. Teneva in una mano il berretto militare; Raffaele invece sorrideva come un attore di teatro, gli occhi piegati all'ingiù e il naso sottile e dritto. Le due chiome folte tiravano, mosse dal vento del mare di Napoli, nella stessa direzione. Erano una bella coppia di amici, ma mi sono chiesta cosa Pietro pensasse davvero di mio fratello, che lavorava da mezzo schiavo per un "cappello", che non aveva in animo di cambiare il mondo, che coltivava il sogno ridicolo di diventare ricco, di diventare come loro, che non si accorgeva che il Regno stava andando in pezzi, abbandonato a se stesso come una cosa che non serve più a nessuno.

Dietro il ritratto, Pietro aveva scritto: *Raff veste come un damerino e impara l'educazione. Parla italiano perfetto, e ha dimenticato il dialetto casolese.*

Scherzava, era ovvio, ma mamma faceva un mezzo sorriso e guardava in su, a nascondere un principio di commozione.

«Come c'è scritto?» chiedeva anche se aveva sentito benissimo. Ripetevo, ma lei si girava a raccogliere lo strofinaccio per non farsi vedere e poi chiedeva, di nuovo: «Davvero ha dimenticato il dialetto, Raffaele mio?».

«Ma', è uno scherzo» faceva Vincenza, e mamma mogia mogia: «Sarà... sarà... se lo dite voi che capite tutto».

«Non crederci» la rassicuravo io, «che Pietro esagera. Se Raffaele, ignorante com'è, riesce a mettere insieme quattro parole affilate in italiano già bisogna gridare al miracolo.»

Ogni tanto Pietro tornava in congedo, ed era una festa. Preferivo le volte in cui non si annunciava, perché era terribile aspettarlo senza sapere quando me lo sarei trovato davanti. Allora compariva all'improvviso, bussando alla porta, come aveva fatto la prima volta che era tornato per presentarsi a papà e mamma: era l'unico che picchiava al portone con tanta forza. Quando arrivava, mentre gridavo a mamma o a Vincenza di aprire correvo alla conca e mi davo una rinfrescata, poi mi ravviavo i capelli davanti allo specchio, cercando di tenere a bada il cuore che galoppava.

Pietro non diventava mai più bello, ed era sempre diverso da come lo avevo immaginato nelle settimane o nei mesi in cui non ci eravamo visti. La cosa che invece rimaneva uguale era l'energia travolgente: «Sto bene, piccola Maria. Forse è incredibile, visto che sono soldato, ma mi sento felice». Diceva proprio "felice", la parola che poteva stare in bocca solo ai pazzi o ai signori.

«Come sarebbe, sei felice?» mi lagnavo, «allora stai meglio senza di me.»

Ma mamma portava qualche dolcetto dei suoi. «Lassalu in pace, povero ragazzo» diceva. «Sarà stanco, e tu gli dai u tormento.»

Però io lo vedevo che gli era successo qualcosa, scriveva e parlava con parole nuove ed era nuovo pure lui. Dopo un po' chiedevamo permesso e uscivamo.

E tutti, per la novità di quel giovane in divisa che si atteggiava a uno di città, in paese gli ronzavano attorno e lo fermavano per sapere com'era la capitale; com'era la vita del soldato; girava voce che fosse stato nominato ufficiale, anche se non era vero; come si mangiava a Napoli; com'erano le donne, con tante scuse per me; quante

persone aveva ammazzato. E proprio le donne di Casole, passeggiando, lo guardavano con occhi di fuoco. Pietro se ne accorgeva e sorrideva a tutte. Avrei dovuto essere gelosa, ma più sentivo che poteva non essere solo
mio più provavo una forza che mi spingeva verso di lui
e quindi stavo zitta.

«Finalmente sono buono a qualcosa» diceva, tirando fuori
lo stesso gran sorriso del ritratto. «Per la prima volta mi sento vivo. Il mondo fuori è grande, dobbiamo andare a prenderci quello che è nostro, Maria.» Poi mi stringeva dentro
un braccio, e con l'altra mano afferrava la mia. «Fammi vedere che c'è a questo dito» sussurrava. «Signorina, voi siete
fidanzata. Chi è il fortunato che vi avrà in sposa?»

Allora mi alzava da terra come faceva i primi tempi e mi
tirava in un vicolo deserto, oppure salivamo in cima alla
torre campanaria. Da lì sopra si dominava la valle e, oltre il
bosco, si vedevano le montagne.

«Quanto mi mancano» sospirava.

Io mi tranquillizzavo: era cambiato, ma in fondo era sempre lui.

Poi mi portava nel bosco, voleva vedere i luoghi in cui
aveva trascorso anni a tagliare alberi e a creare vulcani di
carbone. Dopo il tratturo che saliva alla faggeta cambiava
faccia, e anche modo di parlare. Dentro al bosco, ancora, il
suo passo diventava sicuro e cadenzato finché, piano piano, si zittiva.

Io ci scherzavo. «Tutt'a un tratto t'hai ammutolitu?»

Una volta mi aveva portata a sparare, in una radura. Aveva la pistola d'ordinanza, e per farmi sentire il boato aveva tirato contro il cielo. Mi ero spaventata, non pensavo facesse tanto rumore.

«Dai, prova tu» aveva detto porgendomi l'arma.

Ma a me quel ferro che adesso, dopo lo sparo, era caldo
faceva paura e mi ero rifiutata.

Pietro per scherzo me l'aveva puntata contro.

«*Bum*» aveva fatto.

Senza volerlo avevo fatto un balzo indietro. Ma qualcosa allora era scattato, e avevo voluto tirare.

«Vedi quella ghiandaia?» mi aveva detto. Sul ramo di un larice c'era una bella ghiandaia, bianca e marrone.

«Lì» aveva continuato. *Say*

Non sapevo cosa stavo facendo. Tremavo, ma ho tirato e la ghiandaia, come per magia, è caduta ai piedi del fusto, stecchita. Pietro è scoppiato a ridere, impressionato, non credeva ai suoi occhi. Io non sono voluta andare a vedere quell'uccello che aveva sbattuto le ali un paio di volte prima di fermarsi: avevo sentito, dentro, la sensazione di una pressante pienezza, e ne avevo provato orrore. *bullness*

Oppure, a volte, Pietro faceva un letto di foglie e di aghi di pino e mi sdraiava. Mi baciava, e io volevo che mi toccasse dentro la cammisa, sotto la camiciola, e glielo chiedevo. A ogni ritorno le dita erano sempre più legnose. Mi piacevano così, mi piaceva che mi stringesse fino a farmi male. Quella foga era il segno, pensavo nell'ingenuità dei miei quindici anni, della sua fedeltà.

Poi mi sollevava la gonna e mi toccava le cosce. «Sono gambe da montanara» diceva. «Gambe dure e muscolose», e parlando cercava di infilare i legni delle dita dove non avrebbe dovuto. Lo fermavo. E come facevamo dall'inizio, dopo un po' lo mordevo per farlo smettere.

«Sei cattiva» diceva ancora, come tre anni prima. «Vuoi che torni a Napoli infelice.»

Era vero. Volevo che tornasse a Napoli infelice. Temevo che se gli avessi dato ciò che voleva mi avrebbe dimenticata.

Così, dopo qualche giorno, ripartiva deluso e insoddisfatto. Ed erano lacrime, ogni volta, prima dell'alba, alla fermata della corriera.

Poi tornavano le sue lettere ed erano lettere di felicità. Partiva infelice e a Napoli la fiamma si riaccendeva.

17

I cardi erano fioriti prima del tempo e nell'aprile dei miei sedici anni riempivano i bordi delle campagne con i loro fiori grandi e viola.

«Niente può più farci male» diceva mamma ogni anno al loro spuntare. Era una delle superstizioni della Sila: quei fiori grassi tenevano lontano il demonio, con la primavera le minacce del gelo e della neve erano finalmente alle spalle.

Pietro è arrivato una mattina senza annunciarsi per lettera, irrequieto. Ha bussato alla porta in quel modo solo suo, sarebbe rimasto soltanto due giorni, doveva partire per una spedizione di cui non poteva fare parola con nessuno, insieme ai suoi amici Gian Battista Falcone e Pisacane. Era in preda a un'esaltazione che non gli avevo mai visto, ripeteva che dopo secoli le cose stavano cambiando, che noi non saremmo più stati schiavi. Mamma ha detto più volte di entrare, ma noi restavamo sulla porta, io gli facevo domande precise e lui continuava a ripetere che non era autorizzato a parlare, che quelli che avrebbero partecipato alla missione dovevano mantenere il più stretto riserbo, anche con le persone care, «sarebbe meglio anche con noi stessi» aveva detto.

«Ogni bracciante *possiederà* le terre che ha lavorato per tutta la vita» ripeteva come una promessa. «Verrà abolita la tassa sul macinato, la tassa sul sale. Tutto. Avremo l'uso civico delle terre. Saremo liberi, Mari'.» Mi faceva paura, non avevo mai visto i suoi occhi accendersi di tanta esaltazione, non l'avevo mai visto avvampare per le sue stesse parole. Lo ascoltavo, ma non ho creduto a niente; come diceva papà, le cose da noi non sarebbero cambiate mai. La mia stessa vita, chiusa in quella stanza a tessere, lo dimostrava. Cambiare costava fatica e quella che papà faceva spezzandosi la schiena sul frumento, o che facevamo io e mamma rovinandoci la vista e le mani, non ne consentiva altra.

grano

Ho scosso la testa.

«No. Non cambierà niente» ho detto.

Pietro ha preso quelle parole come un'offesa, ha borbottato qualcosa tra sé e ha fatto il gesto di mandarmi a quel paese. Non era da lui, non lo riconoscevo.

«Tu non capisci» ha detto soltanto. Senza neppure salutarmi mi ha lasciata lì sulla porta.

Il giorno dopo, una vicina di casa ha raccontato a mamma che la sera prima aveva visto Pietro insieme a Teresa sul sentiero che portava fuori dal paese. Era certa che fosse lei, nessun'altra avrebbe potuto permettersi i suoi abiti vistosi. Era uscita per la sua consueta passeggiata serale, aveva detto la sorella, e invece era andata a incontrare Pietro.

Mentre faceva la spia mamma tormentava il tessuto e mi guardava con uno sguardo feroce che mi ha ricordato il giorno in cui, per evitare che mi bruciassi con le pietre arroventate della stufa, ci aveva quasi rimesso un dito. Sapeva che avrei reagito e che sarebbe stato contro un altro pezzo di lei, un'altra figlia, eppure il suo senso di giustizia era più forte.

Prima di affrontare Teresa, però, era dal mio fidanzato che dovevo andare, così ho preso il sentiero verso Macchia, ero sicura che lo avrei trovato al caffè. Pietro infatti era lì, in divisa, con i bottoni dorati slacciati sul petto e il berretto appeso alla spalliera della sedia, e giocava a tressette seduto a un tavolo sotto la pergola.

Non c'è stato bisogno che lo chiamassi, uno dei suoi compari mi aveva vista arrivare dalla salita: Pietro allora si è voltato, ha sorriso e si è sbracciato gioiosamente, poi ha fatto segno di aspettare. Ha rovesciato le carte sul tavolo, ha scolato il bicchiere e si è alzato. Gli altri hanno protestato, ma li ha zittiti con un gesto.

Sapeva tutto, me lo leggeva in faccia.

Mi ha preso per mano e ci siamo incamminati lungo la strada che portava fuori dal paese.

«A Casole la gente parla» ho detto.

Eravamo saliti oltre la chiesa maggiore, quasi in cima a Macchia c'era il pagliaio di uno dei suoi amici. Il portone di legno era socchiuso, all'angolo un mulo stava girato contro il muro, stanco della fatica del giorno; per terra, vicino agli zoccoli, c'erano le palle dure delle feci. Tutt'attorno era pieno di escrementi secchi, lì da chissà quanto tempo.

«E lasciala parlare, non hanno niente da dire. Non posso vedere mia cognata, quando mi pare?» Il fiato sapeva di vino, parlava con foga e con una mano, mentre entravamo nel pagliaio, mi cercava il corpo in un modo nuovo, furtivo, sbrigativo.

«Perché devi vedere tua cognata?»

Mi ha alzata dalle ascelle e mi ha spinta sul fienile.

Ho gridato, per la sorpresa e per il volo, ma lì dentro a parte il mulo non c'era nessuno. I fili di fieno mi bucavano la schiena, la puzza di animale era forte. Con uno strattone Pietro mi ha aperto la cammisa e ha affondato il viso nel petto.

«Quanto sei bella» diceva, e premeva la faccia baciandomi dappertutto.

«Dimmi che fai con Teresa quando vi vedete.»

Ma Pietro mi ha infilato una mano sotto la gonna e ha iniziato ad accarezzarmi le cosce nude. Poi è salito.

«Che fate tu e Teresa?» ho ripetuto, afferrandolo per i polsi e spostando le mani.

«Devo partire, Maria, domani andrò via e non so se ritornerò mai.»

Allora ha iniziato a schiacciarmi col corpo, ho cercato di divincolarmi ma lui era più forte e adesso era troppo pesante. Mi baciava la bocca, le guance, il collo, le orecchie con una furia sconosciuta. Premeva, con la foga dei suoi ventun anni, contro la curiosità dei miei sedici.

C'era qualcosa di spaventoso nei suoi occhi disperati, qualcosa che mi ha ricordato quella sera di tanti anni prima, quando papà aveva fermato la mano a pochi centimetri dal viso di mamma. Avrei dovuto capire tutto, dalla violenza di quei gesti, avrei dovuto fermarlo e uccidere il desiderio.

Ma mi baciava, mi toccava e parlava in preda a un furore rapito e confuso, di Anita Garibaldi, la moglie del condottiero che si diceva avrebbe fatto l'Italia, di cui il suo amico Pisacane doveva avergli raccontato un sacco di cose. Si schiacciava contro il mio petto e diceva che Anita era una donna coraggiosa, che incinta e malata di malaria era partita da Nizza alla volta di Roma, nascosta in un carro merci. «Ha raccolto i capelli in una treccia e l'ha tagliata per spedirla alla madre di Garibaldi» farfugliava. «Si è travestita da uomo ed è andata a combattere al fianco del marito che prometteva solo fame e morte, al tempo della Repubblica Romana. Hanno fatto la Storia, Maria. Quei due insieme hanno mostrato al mondo che ogni cosa è possibile», e più parlava più saliva, con le mani, a cercare il proibito.

«Lo faresti, tu?» chiedeva, pazzo. «Verresti a combattere per me?» Mi fissava con lo sguardo infuocato dell'animale in punto di morte. «Lo faresti tu, Maria?»

Forse, credo adesso, forse è stato in quel pagliaio che per la prima volta mi sono immaginata sulle montagne a combattere, vestita da uomo, con i capelli tagliati da una lama, come santa Marina di Bitinia o come Anita Garibaldi.

Poi Pietro, mentre continuava a premere il corpo contro il mio, dalla tasca posteriore dei pantaloni ha preso un coltello a serramanico e un foglio di carta. Ha appoggiato il coltello sul fieno e con una mano, scuotendolo, ha aperto il foglio: «"Vi sono delle persone che dicono: la rivoluzione dev'essere fatta dal Paese. Ciò è incontestabile. Ma il Paese è composto da individui, e se attendessero tranquillamente il giorno della rivoluzione senza prepararla colla cospirazione, la rivoluzione non scoppierebbe mai"». Si è fermato, ha fatto scattare la lama e me l'ha puntata sotto il collo. «*Mai*, Maria. Capisci? *Mai!* Io invece sono un cospiratore e presto compirò un'impresa memorabile.» Allora ha lasciato andare il foglio e il coltello e si è sbottonato i pantaloni. «Sono un bracciante cospiratore» rideva, da solo, da matto, da ubriaco.

«Di chi sono quelle parole?» ho chiesto.

«Pisacane» ha detto, improvvisamente sbarrando gli occhi. «Il cospiratore di tutti gli italiani.» Era rapito dalle parole dell'amico, che gli guidavano le mani in punti da cui io cercavo sempre più debolmente di allontanarlo; ed era rapito dal mio corpo, che sotto le sue mani diventava caldo e conduceva le sue parole.

«Tu sei pazzo» dicevo, come lui aveva detto a me.

«Senza pazzia non si combina niente» rispondeva Pietro. «E Dio è il più pazzo di tutti... Dev'essere il più pazzo di tutti messi insieme.»

Mi stringeva e io mi sentivo sua, e lasciavo che lui fosse mio. Il mio corpo, che non aveva mai visto e vedeva adesso nudo, in preda alle terribili febbri dell'esaltazione, guidava la sua voce; e la sua voce, insieme al suo sesso, faceva fiorire il mio corpo.

Di Teresa non abbiamo più parlato.

Siamo usciti da quel fienile trasformati.

18

Carlo Pisacane
propoganda of the deed

È stato solo dopo che abbiamo scoperto che Pietro era andato a Sapri, nel Cilento, senza dire niente a nessuno; era partito per farsi massacrare e invece era tra i pochi rimasti vivi.

Aveva partecipato in segreto alla spedizione folle di una ventina di soldati scelti dal suo amico Pisacane, un'impresa suicida sovvenzionata da un banchiere livornese, un liberale che voleva cacciare i Borbone. Il 25 giugno del 1857, da Napoli erano partiti per Genova con un piccolo carico d'armi. Lì avevano <u>dirottato</u> un battello postale, il *Cagliari*: avevano costretto il capitano a navigare fino a Ponza, dove c'era un carcere politico, erano attraccati sventolando la bandiera tricolore e avevano liberato trecento "attendibili" rinchiusi dalla restaurazione del regime. Poi insieme avevano puntato su Sapri, convinti che sarebbe bastato il tiro di un fucile per sollevare grandi masse di contadini in nome della libertà e farle marciare su Napoli per cacciare il re. Volevano fare l'Italia, come qualche anno dopo avrebbe fatto Garibaldi. Ma il momento non era quello giusto, il mondo non era pronto, il marciume del Regno, la corruzione e il degrado erano ovunque ma ancora non avevano iniziato a far puzzare di morte ogni piazza, ogni angolo, perfino ogni letto, così avevano incontrato soltanto rabbia e morte. Erano caduti nell'<u>imboscata</u> dei Borbone, capitanati

ambush

dall'intendente di Salerno Luigi Ajossa che aveva avverti-
to "cappelli" e gentiluomini locali. Questi avevano arma-
to i loro braccianti e col ricatto li avevano costretti a par-
tecipare all'attacco al fianco dei soldati di Ferdinando II.

Dei trecento della spedizione di Pietro in venticinque erano morti subito, trucidati da falci e forconi e roncole e mannaie, e dai fucili dei Borbone. In centocinquanta, invece, erano stati arrestati.

Pietro, Gian Battista Falcone, Pisacane e Giovanni Nicotera insieme a un centinaio d'altri erano però riusciti a scappare. Avevano camminato tutta la notte su per la collina, poi, il
giorno appresso, attraversati Morigerati e le grotte del Bus-
sento, si erano rifugiati a Sanza.

Ma di nuovo la sera dopo erano stati traditi.

Avevano cercato da bere a qualche porta, qualcosa da
mangiare in una casa, poi si erano nascosti nella campagna.
All'improvviso erano arrivate le guardie urbane. Era iniziato un fuoco di fila, ed era finito nel disastro. Pisacane era
rimasto ucciso, come anche Gian Battista Falcone. Giovanni Nicotera era stato arrestato e immediatamente processa-
to, dentro la Gran Corte Criminale di Salerno, condannato
all'ergastolo e rinchiuso nella Fossa.

Solo Pietro, miracolosamente, era sopravvissuto. Era stato
ferito a una gamba dalle schegge alzate dal tiro di una palla di cannone e si era finto morto: coperto del suo stesso sangue e di quello dei compagni, si era voltato su un fianco ed
era strisciato sotto il corpo dell'amico Gian Battista Falcone.
Aveva ascoltato i suoi ultimi respiri, i rantoli della morte che
veniva a prenderselo.

Poi, all'alba, senza più soldati in vista, prima che racco-
gliessero i corpi era scappato.

A fatica aveva camminato sette giorni e duecento chilometri, mendicando cibo e dormendo all'addiaccio, tirandosi dietro la gamba ferita e sanguinante, medicata alla bell'e
meglio da una donna incontrata sulla strada. Lo aveva tro-

vato il proprietario del caffè di Macchia, quando con la prima luce era andato ad aprire. Era ormai moribondo, la divisa lacerata, fili di fieno nei capelli, gli occhi spenti.

Pietro era magrissimo, irriconoscibile, non sembrava neanche più il ragazzo con cui tre settimane prima avevo fatto l'amore. Pareva morto in quel letto, lo guardavo e cercavo di capire dai lineamenti arresi, dall'attaccatura folta dei capelli, dalla piega della bocca, dalla vena che pulsava leggermente nel collo come avesse potuto compiere un gesto del genere. Come avesse potuto tenermi tutto nascosto. Ma ero stata io – lo sapevo – a sottovalutarlo. Pietro adesso, quasi morto, all'improvviso mi sembrava più grande di quanto io fossi in grado di capire. Non avevo idea di come le amicizie napoletane lo avessero portato lontano, né fino a che punto la sua vita fosse cambiata durante i mesi passati nell'esercito, ma lo vedevo dai segni che portava in faccia.

Quel ragazzone avvolto da un panno di lino aveva smesso di essere come le sue cravunere. Adesso era esploso, era diventato un vulcano lui stesso.

Lo guardavo e mi chiedevo chi fosse veramente.

«Sono rimasto vivo solo io... è stato un disastro» farfugliava di tanto in tanto quando si svegliava. Sua madre Francesca e sua sorella Elina, che da quando lui era partito per Napoli vivevano sole nella casa di Macchia, gli bagnavano la fronte e le labbra, e tra le loro mani Pietro nonostante tutto sembrava un bambino, gli occhi gonfi e pesti. Io potevo guardarlo solo da lontano, seduta su una sedia in disparte; non eravamo sposati, non mi era consentito avvicinarmi.

«Gli altri non ci sono più... Pisacane... Gian Battista...» mormorava in preda alla febbre. «Tutti morti... Giovanni è stato arrestato, portato alla Fossa... Là dentro muoiono tutti, morirà anche lui, là dentro torturano i prigionieri... è stato un disastro» ripeteva.

Sua madre lo imboccava per fargli mandare giù qualche

cucchiaiata di minestra e veniva a visitarlo il medico di Macchia, che gli aveva estratto le schegge e disinfettato la gamba come aveva potuto. Andare in ospedale era fuori questione: Pietro, di fatto, per il Regno era un rivoluzionario. Se lo avessero preso lo avrebbero fucilato.

A tratti riprendeva forza, e allora parlava con lucidità. «Lì fuori c'è la Storia» diceva. «Io l'ho visto... l'ho visto con questi occhi che le cose possono cambiare, Mari'.» Ma io la Storia non la vedevo, vedevo solo uno sterminato paesaggio immobile. E vedevo i suoi tradimenti, che non riuscivo a togliermi dalla testa. Certo, non eravamo sposati, ma non potevo fingere di non sentire le voci che giravano per il paese su di lui che, di nascosto, si era incontrato con Teresa. «Tanti e tanti voti si vidirono» sussurravano le comari. «E chi lu sapi che facino...»

Si diceva che Garibaldi stesse per arrivare, le sue gesta erano ormai leggendarie, ma la verità era che quella leggenda era trasportata dalle sue conquiste amorose. Tutti parlavano di lui e di Anita, e i più svelti accompagnavano il nome della moglie con il segno delle corna, alludendo alle donne che il condottiero seduceva in ogni continente, in ogni città, in ogni Paese in cui andava a combattere. D'altro canto la rivoluzione, dicevano gli uomini, poteva farla solo un maschio vero, e nu masculu non era veru sinza tanti fimmine appresso.

Nessuno lo diceva apertamente, ma lo vedevo negli sguardi e in certe occhiate di sguincio delle vecchie sulle porte delle case: tutti sapevano che Pietro era un fuorilegge che aveva attentato alla monarchia, sarebbe bastata la denuncia di una sola persona per fucilarlo. Soltanto il proprietario del caffè lo aveva visto con i suoi occhi, e il medico, ma le voci a Macchia si spargevano più veloci dell'acqua che corre e in poche ore tutti sapevano tutto. Il paese però lo proteggeva. In cambio si concedeva di alimentare su di lui la stessa leggenda che alimentava su Garibaldi: Macchia voleva il suo piccolo Eroe dei Due Mondi. Così Pietro si pren-

144

deva il silenzio sulla sua latitanza e io le corna che le donne sollevavano al mio passaggio.

La cosa peggiore, però, era che anche sua madre Francesca e sua sorella Elina mi trattavano come se la colpa del comportamento di Pietro fosse mia e da un giorno all'altro, quando quelle voci erano diventate insistenti, mi avevano vietato di entrare in casa.

«Per noi sei un'appestata» aveva detto Elina. «Qua a casa non ci puoi venire più.»

Le maldicenze del paese si attaccano – sempre su una donna – e il rischio è che non se ne vadano più, che rotolino addosso a tutta la famiglia. Solo pochi giorni prima era stato arrestato un giovane liberale, il figlio di ricchi massari che si era messo a stampare proclami antiborbonici inneggianti al libero commercio. L'accusa era gravissima, presto sarebbe stato fucilato. Due giorni dopo una bracciante era andata alla Guardia nazionale, trascinata di peso dal padre, derelitta e in lacrime, e lo aveva denunciato per averla presa, contro la sua volontà, in mezzo agli ulivi. Il ragazzo era ricco, se non fosse stato un cospiratore l'avrebbe fatta franca, ma adesso il clima era feroce: era stato condannato alla fucilazione in piazza entro due mesi. La giovane donna dopo qualche settimana aveva scoperto di essere incinta, così il padre l'aveva trascinata, di nuovo, il giorno dell'esecuzione, al cospetto del condannato. Per evitare l'infamia gli si era offerta in sposa davanti a tutto il paese, a capo chino, singhiozzando. Il giovane in punto di morte aveva accettato. «Così Dio mi perdonerà.» In fretta e furia era stato chiamato il parroco perché li unisse in matrimonio, evitando alla ragazza il marchio dell'infamia, prima che il giovane fosse fucilato.

Una mattina, Pietro era ancora in convalescenza, mi sono presentata a casa sua. Ho bussato, ma per me la porta rimaneva chiusa. Allora mi sono messa a battere e a strillare, ma non c'è stato verso.

«Te ne devi andare» gridava la madre di Pietro da una finestra, per assicurarsi che la sentissero tutti. «Qua non sei benvenuta.»

Sono tornata ogni giorno per una settimana finché non è stato lo stesso Pietro a convincere donna Francesca, a suon di imprecazioni e pugni contro il muro. Solo allora hanno timidamente aperto la porta. Pietro era in piedi, appoggiato alla testiera del letto, sulla coperta c'era un libro dell'amico Pisacane sulla rivoluzione contadina.

«Vidi quello che tieni a fari» ho detto, senza entrare. «Qua o mi sposi, o io e te nun ne vidimu chiù. Ci possiamo pure salutare qui.» Ho lanciato uno sguardo feroce a donna Francesca e a Elina e ho sbattuto la porta.

Il giorno dopo Pietro ha provato a muovere i primi passi, la gamba ferita gli reggeva. Si è presentato dal suo vecchio amico Salvatore e gli ha detto che presto sarebbe tornato a lavorare alla cravunera, doveva mettere su famiglia.

Nel mio corpo intanto qualcosa stava cambiando. Ero fiacca, mi mancava il fiato anche solo a fare tre scalini, vomitavo. Ecco, è successo, ho pensato.

Mamma è venuta a saperlo da Teresa, che mi aveva vista prendere fiato appoggiata al muro della chiesa, ed era in preda alla disperazione per questa figlia non sposata e adesso incinta che sarebbe stata la rovina della famiglia.

Ma in quegli stessi giorni c'era un'altra preoccupazione che unita a questa mi toglieva il sonno. All'improvviso, come era accaduto alla maestra Donati, la Guardia nazionale era andata ad arrestare la contessa Gullo e suo marito. Avevano fatto un ridicolo processo improvvisato nella caserma della Guardia nazionale, e Teresa e Salvatore erano stati chiamati a testimoniare che la contessa Gullo aveva svolto per anni attività sovversiva liberale, tramando contro la monarchia.

«Sono molti anni che la contessa va a casa Oliverio, a Casole» aveva detto Teresa davanti al giudice. «Frequenta le case di tutte le tessitrici della provincia. L'ho sentita con le mie orecchie fare affermazioni contro la dinastia dei Borbone e inneggiare all'Unità d'Italia. Alla Costituzione. Allo Statuto Albertino del Regno di Sardegna. A quella che loro chiamano libertà.»

Teresa non si faceva il minimo scrupolo a condannare alla

prigione o alla forca i suoi avversari politici, e adesso che era una Mancuso metteva se stessa e la sua famiglia in una luce ancora migliore. In paese si diceva che la contessa Gullo, da dietro le sbarre del Tribunale e con le mani legate, l'avesse guardata, c'era chi giurava di averle sentito chiederle del vestito che indossava il giorno del suo matrimonio, cucito con la seta dei Gullo. E Teresa, dal banco dei testimoni, aveva voltato leggermente il capo e l'aveva guardata come una cosa che non serve più.

Dopo l'arresto dei Gullo molti liberali erano andati in esilio. Partivano nel cuore della notte, senza farne parola con nessuno, neppure con gli amici più fidati. Mentre il Regno si svuotava, al suo interno tutti erano nemici di tutti, ognuno temeva di essere tradito dal vicino di casa, dal cugino, a volte anche dal fratello per una parola in più. Se dovevamo diventare figli di una stessa Patria, saremmo stati tutti Caino. Così è accaduto che io e mamma ci siamo trovate, da un giorno all'altro, senza lavoro.

Per alcune settimane non abbiamo avuto di che mangiare, la paga di papà era ormai troppo misera dopo l'ipoteca _lien_ sulla casa, e Salvo si era rotto quattro costole e una gamba cadendo da una scala, non poteva lavorare. Abbiamo resistito dando fondo a tutti i risparmi, ai barattoli di conserva, di sanguinaccio, di castagne sotto spirito, alle scorte di grano, agli avanzi di farina. Ma poi è arrivato il momento in cui un "cappello" del paese cercava una bracciante e così, senza neppure poterci pensare, ho cominciato a lavorare nei campi di don Achille Mazzei, il "vicino" di zia Terremoto, mentre i dolori all'addome e le nausee mi levavano le energie.

Don Achille aveva sempre venduto la seta ai Gullo e adesso, con il vento di nuovi commerci, aveva preso coraggio e iniziato a esportarla per conto suo. Così, dopo avermi squadrata dalla testa ai piedi e non aver notato niente che non andava, ha detto che potevo cominciare dal giorno dopo.

mulberry

Una domenica mattina all'alba, senza neppure sapere come si faceva, mi sono ritrovata a potare i gelsi che coltivava per cibare i bachi da seta. Ognuno si occupava del suo filare, _row_ muoveva una pesante scala di legno da un albero all'altro, potava i rami e aiutandosi con un piccolo scalpello strappava dai tronchi il primo strato di corteccia, che poi veniva usato per fabbricare funi. Quando le foglie erano della giusta tonalità di verde andavano staccate a una a una e infilate in un sacco. I sacchi poi venivano portati in una grande baracca di legno ai vermicellari e le foglie disposte sull'anditu, in modo che ogni baco avesse di che mangiare. Dalle foglie del gelso bianco, più morbide e tenere, si otteneva una seta leggera; dal gelso nero, che aveva foglie ruvide e dure, se ne ricavava una più pesante, per le trine e le vele. Osservavo i piccoli bachi che strisciavano e rosicchiavano le foglie e pensavo ai giorni e agli anni che avevo perso, in casa, a tessere la loro bava.

Era un lavoro sfinente, ogni giorno che Dio mandava in terra, dall'alba al tramonto. Mamma la sera scrollava la testa e lo stesso faceva la mattina quando partivo, temeva che la gravidanza mi avrebbe uccisa, all'inizio si era opposta con tutte le forze. Si era proposta lei, invece, impettita e incipriata, le guance rosse di fattibello, ma don Achille aveva decretato che era troppo vecchia. «Non vai bene» aveva detto con quel suo vocione sgradevole. «Meglio tua figlia.» Ma se davvero ero incinta, dicevo per tranquillizzarla, Pietro mi avrebbe sposata e sarebbe arrivato anche qualche ducato dell'esercito. Alla fine mamma aveva ceduto, pregando la Madonna e accendendo ogni notte un cero a santa Marina di Bitinia.

«Figlia mia, per un po' ti dovrai sacrificare» aveva detto papà abbassando gli occhi. Io temevo che quel lavoro sarebbe durato per sempre, non avevo immaginato che esistesse qualcosa di peggio del telaio, e invece c'era: lavorare con la seta era mille volte meno faticoso che produrla. Così ogni mattina percorrevo al contrario il cammino che negli anni a casa di zia Terremoto avevo percorso per andare a scuola. Un'ora su per il trattuto che dal paese conduceva alla Sila, poi altri venti minuti per un sentiero sassoso che con la pioggia si riempiva di fango.

Ogni tanto alla masseria di don Achille arrivavano Teresa e Salvatore, su due cavalli lucenti. Da lontano li sentivo frenare il galoppo, le figure scolpite nel sole che scendeva, nell'aria che finalmente si faceva più fresca, e mi sembrava che non fossero mai stati tanto vivi e felici.

Si fermavano sulla porta a parlare con don Achille, Teresa poi gli chiedeva il permesso di passeggiare tra i filari, accompagnata da Salvatore che la seguiva zoppicando. Si guardavano in giro, io cercavo di nascondermi tra le fronde. Quando finalmente Teresa mi vedeva, arrampicata su un gelso nero, mi indicava. Poi andava via. Ogni volta, dopo quelle visite, don Achille mi raddoppiava il lavoro. Il matrimonio e l'agiatezza che ne era seguita non avevano placato mia sorella. Al contrario, la possibilità di tornare a bere dal calice del potere l'aveva inebriata. Ogni volta che la vedevo lo ricordavo: stava solo mantenendo la promessa di rovinarmi la vita e, pensavo, ce l'avrebbe fatta.

Tornavo a casa seguendo il trattuto che portava in paese e piangevo. Avevo la nausea, così cenavo con un poco di pane bagnato con l'olio e il sale, mi sdraiavo sul letto e prendevo sonno mentre mamma, papà, Vincenza, Angelino e Salvo ancora mangiavano. Vincenza poi si avvicinava e mi sussurrava parole all'orecchio. Mi giravo dall'altra parte e mi riaddormentavo mentre mamma lavava i piatti.

Un giorno, arrampicata sulla pesante scala di legno con la testa tra i gelsi, ho sentito un dolore alla schiena, poi alla pancia, e la sensazione di aver fatto pipì. Sono caduta dalla scala in una pozza di sangue e ho perso i sensi. Il bambino, se c'era stato per quelle settimane e quei mesi, adesso non c'era più. Una compagna di lavoro, per evitare il disonore, mi ha ferita a una coscia con un coltellino e il sangue si è aggiunto all'altro sangue.

Mi hanno caricata su un mulo e riportata in paese. È stato il dottor Bacile, il medico di Casole con i baffoni, a salvarmi, riuscendo a fermare in tempo l'emorragia. «Deve stare a riposo» ha detto a mamma. «Mi raccomando» si è poi rivolto a me, «niente gelsi. E molto latte, e carne ogni tanto.»

Ma io rifiutavo il cibo e le attenzioni, piangevo notte e giorno, non mi alzavo dal letto. Vedevo la mia vita come rovinata, si può perdere anche qualcosa che non si è mai avuto. D'un tratto ero tornata a un'esistenza che non riconoscevo più. Ci si può sentire vecchissimi pur avendo solo sedici anni.

A Pietro, di tutto questo, non avevo detto niente. Dopo tre settimane ho preso coraggio e sono tornata da don Mazzei. Lui era accaldato, gli occhi iniettati di sangue per lo sforzo, mi ha guardata, ha scrollato la testa e con la mano ha fatto il gesto che si fa con le mosche. Ho insistito, allora mi ha presa per il polso e mi ha tirata di forza in una stanza vuota.

«Se non sparisci immediatamente, mi diverto pure io con te» ha detto. La bocca era mezza aperta, le labbra umide di saliva. «Ho visto il sangue, che ti credi.» Ha cercato di afferrarmi, ma mi sono divincolata. «Ti disonoro davanti a tutto il paese, svergognata!» ha gridato.

Sono scappata dalla masseria sapendo che non ci avrei mai più rimesso piede.

Così sono rimasta senza lavoro e papà da quel giorno non ha avuto scelta, ha dovuto fare ciò che per tutta la vita aveva rifiutato: lasciare la famiglia e andare a lavorare come colono stabile alla masseria dei Morelli.

Avrebbe abitato lì, dormendo nel fienile, e oltre a lavorare la terra si sarebbe occupato delle bestie, del latte, dei formaggi, del frantoio, del grano, della farina, di tutto. Sarebbe potuto tornare a casa soltanto una volta al mese.

È partito senza cerimonie, infilando qualche vestito in un sacco di tela dopo averci baciati sulla fronte. Era più magro di quanto fosse mai stato, la fame gli aveva tolto quel poco di pancia che aveva. Mamma l'ha guardato andare via come aveva guardato andare via Raffaele, come aveva guardato andare via Teresa. Non combatteva. Angelino, che ormai era grande, era corso dietro a papà, mamma l'aveva rincorso e trattenuto per un braccio.

«Tornerà presto, Angeli'» aveva mentito.

Tornava di notte, papà, come di notte era tornato zio Terremoto nella capanna di zia, come di notte era tornato Pietro dal fronte, come di notte – e di nascosto – nel Regno si faceva ogni cosa. Scappava dalla masseria soltanto per venire a dormire un po' con noi.

Bussava piano, e guardava la sua stessa casa con circospezione, per scovare cambiamenti.

Non ce n'erano.

Allora con più sicurezza si coricava.

Alle tre e mezzo si svegliava e tornava dal suo padrone.

20

L'amore per noi è qualcosa a cui dai voce solo quando sei in pericolo, perché in tempi normali non c'è.

Era comparso, veloce, in fondo alle lettere di Pietro, quando era andato militare, come saluto, *con amore, Pietro*, e così l'ho sempre preso per quello che era: un messaggio di pericolo.

Nessuno mi ha mai spiegato l'amore, le regole non le ho mai sapute. «Mazzi e panelle fannu i figghiuli belli» diceva mamma per giustificare le botte, e questo era quanto. Soltanto alcune vecchie, quando si passava davanti alle porte aperte delle loro case, ogni tanto nominavano l'amore: l'amore e la morte, da noi nella Sila, sono parenti stretti.

La mattina del nostro matrimonio, anche se l'usanza non lo consentiva, Pietro è venuto a casa e ha lasciato a Vincenza una piccola scatola bianca per me, una di quelle dei gioielli.

«Te', dalla a tua sorella» ha detto, «ma dille di non aprirla fino alla fine della festa», e poi è scappato.

Mamma ha subito voluto sapere cosa ci fosse dentro quella scatolina mentre mi pettinava e mi guardava, in piedi, vestita di bianco. «Quanto sei bella, figlia mia» diceva. «Nessuno nella nostra famiglia è bello come te.» Poi si rivolgeva a Vincenzina. «Vincenzi', aprila, aprila...» insisteva, anche se io non volevo. Ma mamma mi conosceva meglio di come mi conoscevo io stessa, e sapeva che prima di sera comunque l'avrei aperta.

«Ma che vuoi che sia» dicevo, facendo finta di niente. «Anelli coi brillanti di sicuro non ce n'è.»

Il matrimonio è stato la festa più grande che Casole avesse mai visto.

Eravamo nel rudere di una masseria di proprietà di don Donato Morelli, che ce l'aveva affittato per una somma ragionevole, c'erano tutti i braccianti di Casole e di Macchia e ogni tanto qualcuno si avvicinava a papà, gli faceva i complimenti e gli chiedeva come andavano la salute e il lavoro da colono.

Da qualche mese infatti papà non stava bene, il lavoro alla masseria, giorno e notte, senza un minuto di stacco, lo stava uccidendo, e il pensiero dei debiti ancora di più. Tra i vestiti che portava a casa da lavare, Vincenza aveva trovato un fazzoletto sporco di sangue e me l'aveva mostrato. Mamma l'aveva lavato in fretta e furia e non se n'era parlato più. Ma quel giorno papà sembrava godere di perfetta salute, era al settimo cielo dopo avermi accompagnata all'altare e mamma, guardandolo, non riusciva a trattenere la commozione.

Nessuno aveva mai visto Giuseppina e Biaggio tanto eleganti, si erano fatti confezionare gli abiti da una sarta di Serra Pedace: ce li aveva portati Pietro e alla fine aveva chiesto l'onore di acconsentire che fosse lui a pagare. Dalle sue tasche, visto che non era il suo padrone, papà lo aveva accettato. Mamma aveva impiegato mesi a preparare ogni cosa, aiutata dalle donne del paese, e forse nessuno aveva mai mangiato tanto come quel giorno: pasta ca' muddica e alici e tagghiulini chi ciciri, capretto e braciolette, supprizzata e mulingiani chini, tutto annaffiato dal vino rosso del Pollino. Donna Francesca ed Elina erano radiose e sorridenti, finalmente felici che il figlio si fosse sistemato e che nessuno in paese avrebbe più avuto da ridire.

Abbiamo ballato e cantato fino a notte fonda, la tarantella e la viddanedda. Dopo litri e litri di vino gli invitati andavano da Pietro e gli toccavano il gomito.

«Chine tiene a mugliera beddra simpre canta» dicevano, «A mugliere e l'altri è la cchiù meglia», «Nun c'è luttu senza risi, né ziti senza chianti», e si facevano qualche canto propiziatorio.

Poi, a poco a poco, verso le prime ore del mattino sono andati via tutti. Mamma e papà sono rimasti per ultimi, insieme a Vincenzina, Salvo e Angelo. Vincenza continuava a fissarmi con gli occhi lucidi, mentre mamma e papà adesso, senza gli altri ospiti, si sentivano a disagio, non sapevano decidersi a lasciarmi andare. Non appartenevo più alla loro famiglia, ero diventata una Monaco; così, vestita di bianco com'ero, mi guardavano e cercavano di farsi l'idea che nella loro vita da quella sera ci sarebbe stata una figlia in meno. Poi Vincenza, la mia piccola Vincenzina coraggiosa, si è alzata e mi ha abbracciata forte.

«Ti sta bene questo colore, lo sai?» ho detto. Indossava un vecchio abito di mussolina rosa che avevo portato per anni, sul davanti c'era uno strappo ma mamma lo aveva rammendato alla perfezione. «Sta meglio a te che a me.» Lei sorrideva, e con la lingua cercava il muco che le colava sul labbro, come faceva da bambina.

Quando siamo rimasti soli, Pietro si è inginocchiato e mi ha preso la mano della fede.

«Mi concede un ballo?» ha detto. Faceva il cretino.

Erano rimasti lo zampognaro e il suonatore di tamburello, seduti su un muretto a fumare un sigaro. Così abbiamo ballato l'ultima tarantella, lenta, da soli.

Poi Pietro ha sussurrato: «L'hai portata?».

Sapeva che non avrei resistito e che avrei aperto la scatoletta. Dentro c'era una chiave.

«Sì.»

Abbiamo preso il sentiero che si arrampicava in cima alla

collina illuminata dalla luna, e siamo arrivati a Macchia a piedi, di notte.

I grilli frinivano, qualche ranocchia si faceva sentire vicino allo stagno.

Pietro aveva sistemato la piccola stalla dietro casa di sua madre e l'aveva trasformata nella nostra casa.

«Ecco» ha detto quando siamo arrivati davanti alla porta. «Mo apri.»

Era vero, avevo cambiato famiglia.

21

Le cose alla cravunera però avevano iniziato ad andare male e per la Sila girava la voce che presto sarebbe arrivato Garibaldi.

Alcuni braccianti allora avevano preso coraggio e si erano messi a scioperare. Tra questi c'erano dei compagni di Pietro: lui li aveva avvertiti di aspettare quando Garibaldi fosse stato davvero vicino, ma non avevano voluto ascoltare. Era andata bene per tre mesi, Salvatore Mancuso era stato colto alla sprovvista o forse anche lui aveva temuto che le cose stessero veramente per cambiare. Ma l'unica cosa che era davvero successa era che le sue cravunere, sparse per la Sila Grande e la Sila Piccola, senza uomini che le controllavano si erano spente tutte insieme durante una notte di tempesta.

Era stato visto come un terribile segnale di sventura oltre che una promessa di miseria: a memoria d'uomo non si era mai sentito di una cravunera spenta. Così, per far asciugare le cataste e riattivare le braci, qualche scioperante, forse per ripicca, aveva dato troppa fiamma e i camini di rami e di sterpi avevano preso fuoco. Quindici delle venti cravunere erano andate bruciate. Da ogni paese della Sila si vedevano i pennacchi che si alzavano a coprire il cielo, sembrava che stesse finendo il mondo, una sciagura tanto grande non si era mai vista.

Salvatore una mattina si è presentato nel bosco accompagnato da alcuni guardaspalle e impettito come neppure al suo matrimonio. «I ducati persi sono stati t-tanti, l'incertezza per il futuro è g-grande, e chissà se nell'Italia unita sotto i piemontesi si userà ancora il c-carbone per muovere le locomotive o non qualche altra diavoleria f-francese» ha detto ai braccianti. Ha parlato a lungo, molto a lungo, e la sostanza era che chi rimaneva doveva accontentarsi di metà della paga ricevuta fino a quel momento.

Così Pietro, come tutti, dopo quella dimostrazione degli scioperanti tornava a casa con meno denaro e più rabbia. Io cercavo di farlo sorridere ma non c'era niente da fare. L'unica cosa che lo tirava un po' su di umore erano le sue letture. Ogni due mesi, puntuali, in pacchetti tenuti insieme da una cordicella di canapa, due ex ufficiali della leva a Napoli che gli erano rimasti affezionati inviavano libri.

Erano volumi ingialliti e scuciti, che arrivavano insieme a fogli sparsi di una vecchia rivista con gli angoli rosicchiati, si chiamava "Il Politecnico". Pietro passava le nottate a leggere alla luce di candele che si consumavano come il vino, e ogni mattina mi guardava afflitto.

«Siamo al verde, di nuovo», e indicava la base della candela con la riga verdognola alla fine della cera. I ducati finivano presto, doveva scegliere tra vino e letture. Sceglieva le letture, e riempiva le volte di pietra di quelle frasi: "Il popolo deve tenere le mani sulla propria libertà", "La libertà è una pianta dalle molte radici", "L'analisi, nata serva della natura, cresce serva della società", "Nei conflitti della vita il ragionamento è l'arte reciproca di tutte le passioni". Ma soprattutto leggeva e rileggeva i due libri a cui teneva di più: erano due volumi del suo amico Pisacane, e Pietro se li rigirava tra le mani come reliquie o messaggi di Dio. Li teneva appoggiati con le copertine in mostra sulla mensola del camino e continuamente li apriva a caso, come se le pagine gli parlassero con la voce dell'amico. Poi restava a lungo a fissare il fuoco, dalla cravunera riusciva sempre a portare qualche ciocco ficcato nella bisaccia sfidando le guardie.

«Così diventi cieco» gli dicevo, ma non sentiva. Si alzava di scatto, oppure mi svegliava per leggermi un passo, come se da quello dipendesse il nostro futuro, e più ancora quello di tutta la Calabria, dell'Italia che non c'era.

La miseria è la principale cagione, la sorgente inesauribile di tutti i mali della società, voragine spalancata che ne inghiotte ogni virtù. La miseria aguzza il pugnale dell'assassino; prostituisce la donna; corrompe il cittadino; trova satelliti al dispotismo. Conseguenza immediata della miseria è l'ignoranza. La miseria e l'ignoranza sono gli angeli tutelari della moderna società, sono i sostegni sui quali la sua costituzione si incastella. Finché i mezzi necessari all'educazione e l'indipendenza assoluta del vivere non saranno assicurati a ognuno, la libertà è promessa ingannevole.

«Dipende da noi!» esclamava. «Dipende tutto soltanto da noi.» Mi prendeva e mi tirava in piedi, con occhi luminosi e limpidi, con braccia forti e la schiena rotta. Finivamo col fare l'amore alla maniera degli animali, Pietro era afferrato da un trasporto violento e sognante che non riuscivo a condividere fino in fondo. Poi si addormentava, io restavo ad ascoltare a lungo il suo respiro, incapace di prendere sonno.

Era infelice, ed è stato allora che per la prima volta mi ha picchiata.

Quando prendeva la paga e c'era vino beveva, mangiava avidamente e tornava a leggere, col vino che gli accendeva le letture e lo spirito. Mi guardava – ero sporca, le maniche rimboccate sopra i gomiti, la cammisa aperta sul petto per il bollore della pentola, i capelli arruffati, la copia di mia madre – e scuoteva la testa.

«Tu pensi solo a queste piccole cose» diceva, gli occhi striati di sangue, trasformato.

«Si nun manci nun po' pensari» rispondevo io.

Non sapeva che di giorno quando lui non c'era prendevo i libri e ne imparavo a memoria interi paragrafi, li divoravo senza però condividere il suo ottimismo per il futuro. Per non scontrarci mascheravo il mio pessimismo, era capitato che vi facessi cenno e aveva reagito malissimo. «Mi vuoi togliere la speranza» diceva. «E insieme alla speranza muoiono le idee, e senza idee non c'è futuro. Moriremmo cume a tanti virmi se dipendesse da te, come siamo nati. Cume a tanti virmi schifusi.»

Si era rabbuiato, pieno di una rabbia profonda, non aveva parlato per giorni, come quando alla vigilia della spedizione con Pisacane io avevo messo in dubbio tutto. Mi guardava e pensava che non fossi all'altezza di Anita, o di Enrichetta, la folle e guerriera compagna di Pisacane, che per lui aveva abbandonato il marito destando scandalo, che con lui aveva combattuto durante la Repubblica Romana e per questo aveva perso il figlio che portava in grembo. Una sera, a letto – non riuscivo più a tenerlo per me –, mi sono permessa di rivelargli nell'orecchio sottovoce che anch'io avevo portato in grembo suo figlio, e lo avevo perso. Avevo sottovalutato la sua infelicità. «Avrebbe potuto avere i tuoi occhi» ho detto piano, pazza. Pietro mi ha fissata incredulo. Si è alzato, furibondo, ubriaco di vino, mi ha accusata di averglielo tenuto nascosto, di essere sporca, di averlo concepito con chissà chi. Poi ha preso l'acquavite dalla credenza, ne ha scolato un bicchiere e per un po' si è calmato. «Enrichetta almeno l'ha perso per combattere» diceva, seduto a tavola con la testa tra le mani.

Se mi fosse crollata addosso la casa mi avrebbe fatto meno male. Ma era la verità, io l'avevo perso *solo* per lavorare. «L'ho perso per stare dietro a don Mazzei» ho risposto, sicura di aver sbagliato tutto nella vita.

Lui si è avvicinato con gli stessi occhi disperati e osceni di quando mi possedeva, mi ero tirata su a sedere, il fiato che puzzava di acquavite, e mi ha colpita. Uno schiaffo secco, duro, con quella sua mano di castagno, che mi ha fatta cadere dal letto. Non ho sentito subito il dolore, prima è arrivato lo stupore. Non poteva averlo fatto, non potevo essere caduta a terra, il naso e la bocca di sangue. Ma lui, da sopra, mi guardava come fossi un verme che poteva schiacciare. Allora il mondo mi ha risucchiata e tutto è finito. Pietro, il ragazzo a cui mi ero affidata dai miei dodici anni, era morto. Mamma me l'aveva detto che non dovevo credere a nessun uomo. Mio marito era lì sopra e gridava che era disgustato dal fatto che fossi soltanto Maria, che fossi solo una bracciante. Il niente che aveva e che credeva di non meritare era colpa mia dovevo essere punita. C'era, dentro i suoi occhi e in quella mano di castagno, una violenza che attendeva da secoli, sedimentata per generazioni, una violenza che sgorgava dal nero lago del cuore e aspettava una moglie per sfogarsi. Era una spietatezza che non poteva scagliarsi sulla madre né sulla sorella, ed era tenuta in serbo per la nuova venuta.

La mattina dopo Pietro si è scusato, implorante, con le lacrime che gli rigavano le guance. «Ho perso la testa, perdonami.» Ma io avevo capito che da quel giorno avrei dovuto fare i conti, oltre che con quella di fuori, anche con una ferocia che nasceva all'interno della mia stessa famiglia, con un male che covava dentro. Da quel giorno abbiamo preso a dormire insieme, ma abbiamo smesso di fare gli stessi sogni. La mattina lo guardavo. Pietro era Pietro: e non era più lui.

Poi, nel maggio del 1859, all'improvviso è morto re Ferdinando, e il Regno, senza che nessuno avesse il tempo di rendersene conto, è passato nelle mani del figlio Francesco II.

Subito i rivoluzionari hanno ribattezzato il nuovo re Ciccillo; il soprannome del ragazzino passava di bocca in bocca, così come passava l'altro, Lasa, perché si diceva fosse ghiotto di lasagne. Noi, ridendo, dicevamo che se non fosse stato per la moglie, Maria Sofia, Ciccillo sarebbe rimasto chiuso nelle sue stanze a piangere dalla mattina alla sera, non aveva certo la fama del condottiero coraggioso. Ma le cose, per il nuovo re, si sono subito messe male. L'Austria, la sua alleata storica – alleata della tirannide e della restaurazione –, aveva perso la guerra contro il Regno di Sardegna dei Savoia, che quindi aveva annesso la Lombardia. Si diceva che da un giorno all'altro Vittorio Emanuele II avrebbe lasciato l'Eroe dei Due Mondi libero di partire per invadere il Sud e completare l'annessione di tutta l'Italia. Appena salito al trono, Ciccillo già vedeva prossima la sua fine e correva ai ripari. Il Regno era ormai un corpo vicino alla morte ed esalava gli ultimi respiri.

Così un giorno Salvatore, anche se era zoppo, ha ricevuto la chiamata alle armi dall'esercito dei Borbone, che si attrezzava per fronteggiare l'invasione del Nord. Ma Salvatore non aveva la minima intenzione di rischiare la vita per Ciccillo, e una sera si è presentato a casa. Ha bussato, forte, quasi tirava giù la porta. Fuori, con lui, c'erano due spalloni.

«Parti al posto mio» ha detto brusco a Pietro, senza balbettare. C'era infatti una legge che permetteva di arruolarsi al posto di qualcun altro in cambio di una borsa di ducati e dello stipendio che il primo avrebbe guadagnato sotto le armi.

«Ci devo pensare» ha risposto Pietro.

«Fai come credi» ha detto Salvatore. «Anch'io penserò a chi tenere a libro paga e a chi cacciare dalla carbonaia.»

Poi se n'è andato sbattendo la porta.

Da allora Pietro era ancora più agitato. Da quando mi aveva colpita avevamo smesso di toccarci, e anche di parlarci, ma io capivo che era tentato di andare di nuovo soldato, per i ducati e più ancora perché fremeva per lanciarsi dentro la guerra, fremeva per togliersi da Macchia e dalla misera vita che avevamo, fremeva di bruciare, e magari di morire. E anch'io, segretamente, lo volevo. Desideravo che anziché addosso a me andasse in guerra a incendiare il suo ideale, che andasse a sfidare la morte, e non mi importava che lo facesse dalla parte sbagliata, opposta a quella della liberazione dalla dittatura.

Così Pietro è rimasto per una settimana in quello stato, lavorava alla cravunera dalla mattina alla sera, a volte si fermava anche la notte e quando era a casa non dormiva. In una di quelle notti, sapendo che neanch'io riuscivo a prendere sonno, ha cercato di dire qualcosa, ma poi ha desistito.

La sera dopo, a cena, si è arreso.

«Di ducati la cravunera ne dà sempre meno. Se non parto, quel cane di Salvatore mi caccia. È un Mancuso, sono pur sempre dei Morelli, quelli sono capaci di tutto. Lo faccio per guadagnare qualche soldo...» Si è fermato. «Ma quando arriva Garibaldi, diserto e mi unisco alla rivoluzione.»

Dopo tre giorni è partito.

Indossava una maglia sdrucita e un berretto sformato dell'esercito dei Borbone che chissà come era sopravvissuto nel fondo della cassapanca dagli anni della battaglia di Sapri.

22

È stato nella primavera, e più ancora nell'estate, del 1860 che il mondo ha cominciato a cambiare. Se c'è stato un momento in cui le cose si sono avviate verso una discesa inarrestabile è stato allora. Quando tutto esploderà, pensavo mentre cucinavo per me sola, o nel letto vuoto, ci esploderà in faccia, dopo secoli in cui a muoversi sono state soltanto le mosche nelle case.

Nella clandestinità in quelle settimane erano nati i Comitati d'ordine, circoli segreti di nobili, gentiluomini e notabili che alla luce del sole rassicuravano il re sulla loro fedeltà mentre in segreto tramavano per l'Unità d'Italia. Raccoglievano gli "attendibili" costretti all'esilio, che piano piano trovavano il coraggio di tornare ai loro paesi, alle loro case, spinti dal sentimento che le cose si sarebbero irrimediabilmente trasformate.

Il 30 aprile il giornale clandestino "Il corriere di Napoli" aveva scritto che gli "attendibili" e i braccianti dovevano unirsi per fondare un Paese nuovo. Quella prima pagina aveva fatto scandalo. Nobili e braccianti insieme: era un'idea ridicola, folle, che fino a quel momento era sembrata irrealizzabile, caso mai da sussurrare in segreto nelle case. Ma quelle tre parole, "dovranno essere uniti", passavano di bocca in bocca come il vino quando è nuovo e inebriavano i contadini. Saremo tutti uguali, ci promettevamo. Il 5 maggio, quando ero sola da tanto tempo e da troppe settimane non ricevevo notizie di mio marito – Pietro era partito senza parlare, l'assenza di lettere era solo il protrarsi del nostro mutismo –, nell'ebbrezza di quel vino Garibaldi è salpato da Quarto, in Liguria, per Marsala, insieme a Mille sconsiderati, come saremmo stati sconsiderati noi dopo l'Unità, negli anni della guerra civile, a decidere di bruciare come stelle cadenti.

Sbarcati in Sicilia, i Mille si erano trovati contro ventimila soldati e centosettanta navi da guerra, più tre vapori carichi di cannoni. Ma si sentivano invincibili e quindi lo erano, ed erano riusciti a passare, incredibilmente, e a metà maggio Garibaldi si era proclamato Dittatore della Sicilia. A Palermo aveva emanato un decreto rivoluzionario: le terre pubbliche, comunali e statali, sarebbero state divise in parti uguali tra i braccianti che le coltivavano. Era quello che aspettavamo da una vita. E la giustizia, trasportata sulle ali del Dittatore, prometteva di arrivare anche da noi un giorno, e come un uragano avrebbe spazzato tutto. Era la più dolce delle illusioni. Ero corsa come una pazza a Casole per dare la notizia a mamma e ai fratelli, ma l'avevano già saputa da papà, che aveva approfittato dello sconforto del conte Morelli per prendere una giornata di riposo e passare qualche ora con la moglie. Nessuno riusciva a credere a quello che era accaduto a poche miglia da noi. Non c'era latifondo, terreno o campo in cui i contadini calabresi non si abbracciassero ed esclamassero, per la prima volta senza paura, a voce piena: «Siamo liberi! Abbiamo vinto! La schiavitù è finita!».

Ma ancora tanto c'era da aspettare – tantissimo, un tempo infinito che si sarebbe fatto attendere sempre, e ancora, e alla fine non sarebbe arrivato. L'unica cosa che c'era, per la verità, era l'entusiasmo, e l'entusiasmo se fa volare rende ciechi. Così, era bastato un decreto per accecare le falene, e da quel momento i garibaldini avevano cominciato ad attirare braccianti come un magnete fa con le scaglie di metallo. Garibaldi era il nostro liberatore, un dio sceso per riscattarci da vite vissute nell'oppressione.

È stato in quei giorni che Pietro è tornato a scrivere, e in quegli stessi giorni – vinta dall'euforia – ho deciso di perdonarlo, dopo mesi da quello schiaffo. Non avevo mai risposto alle sue scuse di quella mattina, lo facevo adesso leggendo le sue lettere.

Il suo ardore lo percepivo tra le righe, perché non poteva rischiare di farsi scoprire dalla censura borbonica, che leggeva ogni singola missiva.

Vedi che avevamo ragione?, scriveva, come se la guerra avesse spazzato via tutti i nostri silenzi. *Io e te eravamo pazzi, Maria, ma i pazzi vincono anche quando perdono. E io e te vinciamo, mia piccola Maria. Io e te insieme.*

Io allora rispondevo, era ancora vivo e da tempo non desideravo più la sua morte. Rispondevo che a Macchia andava tutto bene, che sua madre e sua sorella Elina lo aspettavano, di non correre rischi, che pazzi io e lui lo eravamo di sicuro. Lui scriveva parole d'amore. Sentiva che sarebbe tornato e sarebbe stato all'improvviso, prima che lo arruolassero contro Garibaldi, e sarebbe accaduto presto: scriveva che erano già centotrentamila i soldati di Ciccillo che si stavano preparando per quella marcia al contrario, da Napoli verso sud, per fermare la rivoluzione delle camicie rosse.

Francesco II, credendo di tenere buoni i braccianti, il 25 giugno aveva annunciato la Costituzione e concesso una finta libertà alla stampa, come anni prima aveva fatto suo padre; e come lui aveva sottovalutato il popolo, dando per scontato che abboccasse. Così, a una velocità prima impensabile, nel Regno si diffondeva clandestinamente il manifesto dello scrittore napoletano Luigi Settembrini, che si faceva beffe di quelle concessioni. Anche gli analfabeti si rigiravano tra le mani quel foglio, che poi finiva cacciato in una tasca o bruciato, lo imparavano a memoria, lo recitavano nelle cantine, nei campi, nei boschi, nelle case.

Se il governo vi dà le armi, voi pigliatele. Se vi è stampa libera, voi scrivete e dite coraggiosamente che s'ha a fare l'Italia. Se potete riunirvi, voi riunitevi. Pigliate insomma ogni arma che vi danno, per rivolgerla contro di essi.

Rivolgere tutto contro quello che eravamo stati fino ad allora, armarci contro noi stessi, questo era quello che ci dicevamo in quelle settimane. E così, come un segno del destino, proprio in quel periodo, insieme agli altri esuli è tornata la maestra Donati – la parte migliore di me.

Ci siamo incontrate per caso, in piazza a Macchia, e lì per lì non ci siamo riconosciute. Il pensiero di lei all'inizio tornava, nei sogni, come un sollievo, poi col tempo è diventato più come una sensazione, una presenza luminosa che mi faceva risvegliare serena. Camminavo accompagnata da mia suocera Francesca, la sporta in mano, per raggiungere il mercato. La maestra è uscita all'improvviso da un vicolo, con un vestito di seta verde, magrissima. Le spalle sotto lo scialle erano appuntite, le braccia ossute, il viso pareva un teschio. Erano cinque anni che non ci vedevamo ma sembrava ne fossero passati trenta. La Fossa l'aveva stravolta, perfino nell'andatura portava i segni delle torture, camminava appoggiata a un bastone e sorrideva da sola, fissando a terra, con lo sguardo di chi ha perso tutto. Ci siamo scontrate, e per il colpo ha rischiato di cadere.

D'istinto l'ho sorretta credendola un'anziana e per un lungo istante ci siamo guardate negli occhi. Lei li ha subito di nuovo abbassati senza riconoscermi, il matrimonio doveva aver cambiato molto anche me. Ma quella donna aveva una fierezza dolce che mi ha fatto venire in mente l'uva spina, e quei lunedì di un'altra epoca, pieni di sogni, di libertà e di progetti. Era lei, l'ho chiamata, e solo allora mi ha riconosciuta, come svegliata di colpo. Ma ha sorriso con un sorriso amaro.

«Sei cresciuta» ha detto con una voce sottile, alzando una mano come per farmi una carezza. Poi mi ha chiesto di me, se «continuavo ad applicare la mia intelligenza su ogni cosa». Ho raccontato del matrimonio, di Pietro, della leva, dei suoi ideali, dei nostri sogni, ho detto qualcosa sulle letture che continuavo a fare, rubando a lui i suoi libri preziosi. Mi aspettavo che quei racconti la facessero contenta, invece mi ha lasciata parlare e alla fine ha alzato il bastone e l'ha puntato a fatica verso il centro della piazza: lì c'era suo marito che l'aspettava.

«Tornerà presto, vedrai, il tuo Pietro» ha detto.

Poi si è afferrata più saldamente al bastone e lentamente ha raggiunto il giudice Donati. Mi ha lasciato lì a chiedermi che fine avesse fatto il mio passato.

In quelle settimane i giornali cambiavano nome come si cambia la legna nel camino. Il giornale napoletano "Diorama" è diventato "Italia"; sono nati "Il nazionale", "L'avvenire d'Italia", "L'opinione nazionale", "La nuova Italia". Garibaldi, dopo Palermo, in pochi giorni ha preso Milazzo: era un'onda inarrestabile che stava per travolgere tutto.

È stato allora che è cominciato il tradimento.

Quelle sono state le settimane in cui molti borbonici, fiutando come cani da caccia la fine della dinastia di Francesco II e insieme dei loro poteri, degli averi, dei privilegi, della loro stessa vita, hanno cominciato a cambiare casacca, sangue, pelle, a cambiare dio. Non solo i nobili o i galantuomini, anche i militari, i cardinali, i vescovi, i parroci, gli speziali, chiunque detenesse un seppur minimo potere o vantaggio o autorità o privilegio; addirittura l'ammiraglio Vacca, il capo delle flotte militari borboniche, da un giorno all'altro ha abbandonato le sue navi e ha cominciato a frequentare i circoli segreti dei liberali a cui aveva dato la caccia negli ultimi anni. Improvvisamente i difensori della conservazione imbracciavano i fucili della rivoluzione. Eccola l'Italia, pensavo io davanti a quei disinibiti svolazzi, ecco perché siamo condannati a una guerra perenne per la vita, il fratello contro il fratello, il padre contro il figlio, l'uno contro l'altro, tutti contro tutti. Stava nascendo, lo vedevo io come lo vedevamo tutti, un popolo di civette e quel popolo sarebbe stato l'italiano. Eravamo uccelli che si mimetizzavano, che sopravvivevano imparando l'arte di colpire alle spalle, di sorprendere nell'ombra, di rubare agli altri un seppur minimo vantaggio. Eravamo approfittatori e spergiuri, negavamo l'evidenza. Niente per una civetta vale un giuramento, neppure Dio, e anche il papa lasciava che gli italiani si scannassero tra loro piegando la croce e gli altari ai suoi interessi. Cosa vale il Signore senza la terra su cui esercitare la signoria?

Ma proprio mentre la rivoluzione arrivava in Basilicata, ancora prima che Garibaldi sbarcasse sul continente; proprio mentre i comitati segreti formavano gruppi armati e nel piccolo borgo di Corleto Perticara si riunivano centinaia di rivoltosi, armati e vestiti di camicie rosse, sventolando bandiere tricolore; proprio mentre marciavano sul municipio, abbattevano i simboli borbonici e giuravano fedeltà a Vittorio Emanuele II e a Giuseppe Garibaldi; proprio mentre, il 18 agosto, l'intendente della provincia di Potenza, Cataldo Nitti, firmava un verbale che stabiliva il trasferimento della sovranità e della tesoreria al municipio e per la prima volta si aveva l'impressione che il potere stesse *davvero* passando nelle mani del popolo; proprio mentre il presidente del Tribunale civile rinunciava alle sue funzioni e il sindaco e i consiglieri trasferivano la rappresentanza a un governo provvisorio, proprio in quelle ore – mentre si smembrava ogni morale, si decomponeva ogni valore, perdeva corpo ogni credo – papà moriva, in silenzio, da solo, nella masseria di don Donato Morelli dove per anni aveva lavorato come colono.

23

Avevano portato a casa il corpo su un carretto trainato da un mulo, sotto un lenzuolo corto che non copriva niente. Papà era lì, immobile, se n'era andato nella notte per un malore dovuto al troppo lavoro, al poco cibo, alla lontananza dalla famiglia, ai debiti, mentre si stava facendo la rivoluzione in cui non aveva mai creduto fino in fondo. Lo guardavo, illuminato dalla luce delle candele nella stanza dove per una vita avevamo mangiato e dormito, dove adesso sedevano addossate ai muri alcune donne del paese a pregare e a piangere; mi sono avvicinata all'orecchio e gli ho parlato piano. «Avevi ragione, papà» gli ho detto, «da noi le cose cambiano solo per non cambiare mai.»

Il giorno del funerale, il 19 agosto 1860, mentre noi figli portavamo la bara a spalla, Garibaldi sbarcava a Melito Porto Salvo. Proprio quando deponevamo il feretro, circondati da tutto il paese ma senza la prima figlia, nella terra maledetta che papà aveva coltivato e che aveva sperato fino all'ultimo di possedere, proprio in quelle ore i soldati dell'esercito borbonico deponevano le armi spontaneamente, attirati come falene verso il fuoco fatuo delle promesse del Liberatore, e si formava un esercito di colonne armate fatto di guardie nazionali traditrici, soldati borbonici sbandati, volontari garibaldini, paesani, preti e studenti dei seminari. E mentre la banda di Casole suonava la marcia funebre, quelle colonne entravano nei borghi accompagnate dalle fanfare delle bande locali; armi in pugno occupavano i palazzi del governo, leggevano il decreto di decadenza della dinastia borbonica e assumevano il potere. «In nome di Garibaldi e di Vittorio Emanuele II.»

Mamma era disperata, continuava a ripetere che senza il suo Biaggio non ce l'avrebbe fatta, senza di lui non c'era ragione di campare. Vincenzina, al suo fianco, la sorreggeva, soffiandosi il naso e asciugandosi gli occhi. Quando la bara era stata calata Salvo aveva avuto un sussulto e aveva cercato di bloccarla, ma non c'era niente che si potesse bloccare.

Così, mentre la cassa veniva ricoperta di terra il solo generale borbonico rimasto a combattere, il generale Ghio, con diecimila uomini si spostava sul fiume Corace per un estremo, disperato tentativo di ricacciare indietro il futuro.

E proprio mentre il padrone di papà, Donato Morelli, civetta imperiale e ormai ex capo degli amici del re Borbone, veniva a casa dopo il funerale senza levarsi la tuba per ricordarci che il debito dell'ipoteca non si estingueva con la morte del padre e che fino all'ultimo tornese avrebbe dovuto essere onorato dai figli, proprio quello stesso pomeriggio suo fratello Vincenzo, altra civetta imperiale, cambiava definitivamente casacca e veniva riconosciuto come liberale. Così il comitato antiborbonico di Cosenza – infiltrato da quelli che presto sarebbero diventati i nostri nuovi padroni del Nord – gli chiedeva di raccogliere i disertori delle truppe regie, di organizzarli in una milizia regolare e di distribuire i gradi militari. Vincenzo Morelli non ci aveva pensato un momento e aveva detto sì: pur di mantenere tutto avrebbe guidato la guerra contro la sua stessa casa, la trasformazione della civetta da borbonica a savoiarda aveva raggiunto il compimento. Ora serviva un po' di sforzo per l'ennesima messinscena, e il sacrificio di molti giovani idealisti. Poi tutto sarebbe tornato come prima.

È stato allora che Pietro, come altre migliaia di falene, ha disertato ed è tornato a casa. La notte del 28 agosto, quando papà era stato seppellito solo da nove giorni, Pietro ha bussato alla porta in un modo che non era il suo: tre tocchi lievi.

Io non dormivo, o dormivo male, come sempre ormai da quando era partito e papà se n'era andato. È comparso con gli occhi sbarrati e persi di chi aveva camminato senza cibo per giorni, la giubba larga sul corpo scarno, il berretto calcato in testa e una bisaccia sulle spalle che sembrava enorme. Non era Pietro, era zio Terremoto quando appariva dal buio.

Prima ancora di mangiare, prima ancora di bere, senza domandare niente, mi ha portata sul letto e mi ha presa. E mentre mi prendeva io piangevo perché non lo riconoscevo, per lo sforzo di ricominciare a fidarmi di lui, per il fatto che fosse vivo e ritornato. Come un fantasma dentro al buio, Pietro mi ha riportata sulla terra. È stato un attimo, il tempo di vestirci e mangiare qualcosa di caldo, il tempo di lavarsi e di riposare un po', fianco a fianco sullo stesso materasso.

«Quanto è comodo» aveva detto Pietro, «non me lo ricordavo più.»

Un bacio affrettato, i vestiti puliti, e prima dell'alba è ripartito per il fronte sul fiume Corace per fare la sua parte contro il generale Ghio e diventare un garibaldino, e realizzare inconsapevolmente la segreta macchinazione dei Morelli.

«Ci vediamo presto, Maria» ha detto sulla porta, quando il cielo iniziava appena a rischiarare. «E saremo liberi, saremo italiani.» Mi ha baciato le mani e la fronte ed è scomparso come solo poche ore prima era riapparso.

Due notti dopo, il 30 agosto, era il mio compleanno e un terribile terremoto ha scosso tutta la provincia. Il campanile della chiesa di Macchia è crollato, e così alcune case.

«Quando cade una monarchia» ci dicevamo vagando in mezzo alle macerie, «la terra si scuote dalle fondamenta.»

E quella stessa notte, interpretando il terremoto come un segno di buon auspicio, senza che io potessi saperlo Pietro è uscito in esplorazione insieme a un'avanguardia di sei compagni dal campo militare in cui era appostato. Dopo una lunga marcia, nel buio sono spuntati i bivacchi dei soldati borbonici. Senza pensarci, gridando «Viva Garibaldi!», Pietro si è avventato sul nemico in cerca dello scontro frontale. Ma i nemici, al solo udire le voci, hanno alzato le braccia al cielo e senza neppure l'onore delle armi hanno deposto i fucili. L'esercito borbonico – come ogni città e ogni paese del Regno, sfatto di degenerata corruzione – era disgregato dall'interno, travolto dalla piena della rivoluzione che spingeva i soldati a farsi disertori e rivoluzionari.

Era stato Pietro a raccontarmi quella strana notte vittoriosa di terremoto, in una lunga lettera che un commilitone trasferito a Catanzaro aveva lasciato al caffè di Macchia. La civetta Donato Morelli possedeva una macchina telegrafica da campo, e Garibaldi aveva usato quella per comunicare ai Savoia la prima vittoria calabrese.

> *Dite al mondo, che ieri coi miei prodi calabresi feci abbassare le armi a diecimila soldati comandati dal generale Ghio. Il trofeo della resa fu dodici cannoni da campo, diecimila fucili, trecento cavalli, un numero non minore di muli e immenso materiale da guerra. Trasmettete in Napoli ed ovunque la lieta novella.*
>
> G. Garibaldi

Il 31 agosto a mezzogiorno in punto il generale si era affacciato al balcone di palazzo Morelli, lo stesso in cui Teresa si era sposata, lo stesso in cui papà era stato umiliato.

Quel giorno c'ero anch'io, c'eravamo tutti, braccianti e miserabili della Sila, col naso alzato ad aspettare le parole del generale. Sapevamo, si diceva in ogni vicolo e in ogni strada, che quel discorso avrebbe cambiato la Storia. Lo aspettavamo da sempre, il nostro sangue era fatto di quell'attesa, la nostra eroica follia e la ferocia disperata, la volontà sanguinosa e suicida covata sotto la pazienza. La sete di terra era scritta nei cognomi delle nostre famiglie – gli Oliverio, che avevano coltivato olive; i Terrazzano, che si spezzavano la schiena con gli aratri; gli Zappari, che sapevano solo usare il badile; i Pecoraro, che stavano dietro agli animali –, e da secoli aspettava di esplodere.

Il generale è uscito, con una gran barba e i capelli biondi, fiero e in camicia rossa, a fianco della civetta imperiale don Donato Morelli, alto e scuro, con un lungo mantello nero sulle spalle, e ha parlato.

«A chi prenderà le armi» ha detto Garibaldi in un silenzio irreale «e appoggerà la rivoluzione e l'Italia unita sotto Vittorio Emanuele, prometto solennemente la redistribuzione delle terre. Il dimezzamento del prezzo del sale e del macinato. L'abolizione delle tasse comunali. Il riconoscimento degli usi civici delle terre. Potrete fare legna, pescare, cacciare, raccogliere verdura e frutta come cittadini liberi.»

È risuonato un gigantesco boato. Eravamo noi, adesso finalmente sentivamo di esistere. Ecco, era stato detto, e da quel momento non si poteva più tornare indietro. A testimoniarlo il lanciare vociante di cappelli, il gridare festoso ed esagerato al cielo.

«Evviva! Evviva! Evviva Garibaldi!» gridavamo abbracciandoci, io e Salvo e Vincenzina, Carmelina e Tonio e tutti i presenti. «Evviva la libertà, evviva il futuro!»

Era così che finiva la schiavitù?

Ma mentre quelle promesse correvano di bocca in bocca e nel tempo di un soffio raccoglievano cinquantamila tra i nostri fratelli, cugini, padri, mariti pronti a partire e a farsi massacrare per la causa dell'Italia unita, la civetta imperiale Donato Morelli veniva nominata prodittatore provvisorio dalle stesse mani santificate di Garibaldi. E se lui era la civetta allora noi, con gli occhi fissi a quel balcone, eravamo i cervi e gli stambecchi che si immobilizzano davanti alla luce fatua di un lume.

24

La guerra doveva continuare e Pietro, insieme ai nuovi cinquantamila stambecchi, doveva risalire le Calabrie, la Campania, la Terra di Lavoro e arrivare a Napoli, assediare la capitale e cacciare Ciccillo.

La sera mi scriveva e la rete di volontari, sparsa per tutto il Sud, mi recapitava le sue lettere più velocemente del servizio postale del Regno e di nuovo, tra le sue parole, dal pericolo compariva l'amore.

Cosenza, 31 agosto 1860

Piccola Maria mia,

sono sette giorni da quando sono partito per questa campagna difficile, irregolare, e la fatica si fa sentire. Abbiamo scarpinato per i nostri monti, portando a spalla tre barche. Ci puoi credere? Ci siamo caricati tre barche sulla montagna. Mi hanno assegnato alla brigata Sirtori, mi sono distinto per il dialetto con cui faccio da tramite fra i taglialegna e i pastori. Con noi ci sono anche montanari del Nord, soprattutto lombardi e piemontesi, che salgono bene ma non capiscono niente di quello che dice la nostra gente. «Sono entusiasta del fantastico costume dei montanari calabresi!» ha detto ieri Garibaldi in persona, dopo averci passato in rassegna. Maria mia, vorrei dirti solo cose belle ma la verità è che siamo sprovvisti di tutto. Dovresti vedere come i nostri fratelli calabresi ci porta-

no scarpe (molti tra noi non le hanno, sono andate rotte o perdute), pantaloni, camicie, arnesi da cucina, polvere e piombo, armi, coperte, muli, cavalli. Così è questa guerra: da un lato un esercito di centoventimila soldati equipaggiati di tutto punto e dall'altro noi, spinti solo dall'ideale e con la pancia vuota. Eppure, tra una pancia piena e una vuota – quante volte lo abbiamo detto io e te? –, vince quella vuota.

Noi ce l'abbiamo già fatta, ci puoi credere? Tutto quello per cui abbiamo vissuto si avvera. Trentun agosto 1860, palazzo Morelli: segniamo questo giorno! Puoi immaginare la gioia di far parte di questa marea invincibile? Se Pisacane fosse con noi sarebbe senza parole. Ora ti saluto, sono venuti a chiamarmi. Ti scriverò sempre, ogni sera se riesco.

Con amore
Tuo,

Pietro

Cosenza, 1° settembre 1860

Mia cara Maria,

poche ma gloriose notizie, perché il tempo qui nel campo è tiranno. Non sono ancora morto, anzi mi sento più vivo che mai. Purtroppo mi tocca condividere la brigata con don Achille Mazzei, da cui tu lavorasti al gelseto, che si dà tante arie di rivoluzionario e non sa neanche impugnare il fucile dalla parte giusta. Tutti qui da noi lo considerano per quello che è: un approfittatore dell'ultimo momento, buono solo a salire sul carro dei vincitori. Non è detto che prima o poi non finisca trafitto da una palla delle nostre, a vedere l'odio che si attira.

Il nostro generale Sirtori è sbarcato a Sapri con quattromila uomini, partono alla volta di Salerno divisi in due colonne, con i generali Medici e Cosenz. Il nostro amato re Ciccillo ha ordinato che le sue truppe si concentrassero a Pagani e a Nocera, a quattordici miglia da Napoli, e lì ha stabilito il quartier generale. In due giorni, ventimila soldati napoletani si sono raccolti dentro la capitale. Siamo ai supremi momenti, Maria. Presto saremo a Napoli, presto prenderemo la città e cacceremo il re Lasagna. Non sarà facile, spero di rimanere vivo. Tu prega, anche se non ti piace.

Che bello sarebbe se tu fossi qui con me, la sera, quando si fa l'accampamento e si chiacchiera, fumando (per chi ha un mezzo sigaro), scordandoci per un momento della grandezza di quello che stiamo compiendo, e si sentono tutti gli accenti, non solo quelli del Nord, ma quelli dal mondo intero. Arriva un ordine in inglese, poi un comando in tedesco o in ungherese (è pieno di ungheresi, ragazzi robusti e volenterosi, vorrebbero che il generale liberasse il loro Paese dal giogo austriaco), lì una risposta nel suono armonioso dello spagnolo e in quello rauco della Danimarca. Insomma, il mondo intero combatte per noi.

Ti lascio, che è arrivato il rancio, e se riusciamo a inzuppare un tozzo di pane in un po' di brodaglia siamo felici.

Dai tanti baci a mamma, e tienine quanti ne vuoi per te.

Con amore

Tuo,

P.

Cosenza, 2 settembre 1860

Mia cara piccola Maria,

i fatti avvenuti sono così meravigliosi che vanno oltre qualunque speranza. Il re è partito da Napoli alle cinque del pomeriggio con una fregata spagnola, e per quanto si sia adoperato non una nave da guerra ha voluto seguirlo. Te lo immagini, Maria?, in quella vasta e rumorosa città non un grido, nessuna commozione alla lettura di un avviso del prefetto di polizia che annunciava la partenza del re. Una dinastia cade dopo centoventisei anni e le botteghe si aprono, il popolo accorre alle sue faccende come se nulla fosse. Noi partiamo, adesso, su un vapore. Saremo a Napoli tra poche ore a combattere contro i settantamila che Ciccillo ha lascia-

177

to a presidio della città. Ma c'è una notizia, venuta per telegramma a noi soldati, che ha agitato e mosso il popolo napoletano: Garibaldi entrerà in città il giorno 7, arriverà con la strada ferrata da Salerno sul treno di mezzogiorno. E allora sarà ufficiale: saremo liberi dalla schiavitù.

Maria, non perdere tempo. Insieme a queste mie parole ci sono i denari per la corriera. Salta su quella di domani senza pensarci. È la volta, è arrivata! Vedrai Napoli, vedrai Garibaldi, e vedrai me. Io ti aspetterò la sera del 6 alla stazione. Ti riconoscerò perché sarai la più bella; tu riconoscerai me dalla camicia rossa e dal gran fucile a due canne, in queste settimane di guerra credo di essere cambiato tanto da non riconoscermi io stesso. Vedo la fame nelle guance dei miei compagni e la so nelle mie. Ma siamo felici. Napoli è nostra! Mia e tua.

Con amore
Tuo,

Pietro

PS Non ti preoccupare, ho già organizzato il nostro pernottamento in casa di un commilitone di quando fui a leva.

25

Ho preso la corriera la mattina presto e dopo tre ore ero a Cosenza. La città era come in festa, liberata e felice, sprigionava un'energia grandiosa.

La diligenza per Napoli non partiva che alle dodici, la carrozza era piena di giovani che come me andavano ad assistere con i loro occhi all'arrivo di Garibaldi nella capitale, a «essere presenti mentre la Storia si faceva». Ma fino a Paola era stato un supplizio, non c'erano strade e non c'erano ponti; la corriera, trainata da quattro cavalli, procedeva su mulattiere aperte da zoccoli d'asino e per lunghi tratti sul greto di fiumi senza argini. Un paio di volte ci siamo fermati vicino a casupole che si reggevano su palafitte e io, come altri, ho vomitato anche l'anima, in preda alla nausea per i sobbalzi. Era un viaggio terribile. Il vetturale ha fischiato e due passatori vestiti di stracci per cinque monete hanno traghettato prima la carrozza con tutti i cavalli, poi ognuno dei passeggeri, vetturale compreso, a spalla, sull'altra sponda. A quel punto abbiamo proseguito più agevolmente e a Sapri abbiamo preso la via consolare, una strada militare che si inerpicava sulle colline del Cilento. Ci fermavamo a pranzo e a cena a mangiare qualcosa di secco per sistemare lo stomaco, gli uomini che se lo potevano permettere bevevano un po' di vino. Dopo tre giorni eravamo a Napoli.

Pietro mi aspettava alla stazione della corriera. Ci siamo abbracciati e sì, era cambiato e sì, era magrissimo, ma era così felice di vedermi, e per l'impresa a cui si era adoperato era così trasformato che, nonostante l'ora, insisteva per portarmi in giro per la città. Io però ero distrutta dal viaggio, così siamo andati direttamente a casa del suo ex commilitone. La moglie era una donnina tanto gentile e premurosa; ci aveva aspettati sveglia, insieme al marito, vestita di tutto punto, i capelli acconciati. La casa era illuminata da un paio di lampade a parete, noi parlavamo a bassa voce nel corridoio per non svegliare i bambini. Quando finalmente ci siamo ritrovati soli, Pietro non mi ha dato nemmeno il tempo di togliermi i vestiti.

La mattina dopo siamo usciti di buon'ora: piazza Plebiscito, Chiaia, il mare. Era la prima volta che lo vedevo, Pietro dopo una svolta mi ha tappato gli occhi e poi me li ha scoperti, e quella vastità d'argento mi ha tolto l'aria, era come un'incognita tra me e il mondo, era un invito, una promessa, era un rischio. Subito ho pensato che fosse il contrario delle montagne, che erano ferme, gigantesche, sicure. Ma la città era piena di gente già pronta per la festa, tutti si salutavano con vistosi cenni del capo e grandi sorrisi, come quando il futuro è a un passo e l'unica cosa da fare è prendere la rincorsa. Sui palazzi erano appesi stendardi e bandiere con la croce di casa Savoia; a ogni angolo, palo, muro, perfino per terra lungo i marciapiedi era attaccato il proclama di Garibaldi:

> *Figlio del popolo, è con vero rispetto ed amore che io mi presento a questo nobile e imponente centro di popolazioni italiane, che molti secoli di despotismo non hanno potuto umiliare, né ridurre a piegare il ginocchio al cospetto della tirannide.*
>
> *Il primo bisogno dell'Italia era la concordia, per raggiungere l'unità della grande famiglia italiana; oggi la provvidenza ha provveduto alla concordia con la sublime unanimità di tutte le provin-*

ce per la ricostruzione nazionale: per l'Unità Essa diede al nostro Paese Vittorio Emanuele che noi, da questo momento, possiamo chiamare il vero padre della patria italiana.

Lo ripeto, la concordia è la prima necessità dell'Italia. Dunque, i dissenzienti di una volta, che ora sinceramente vogliono portare la loro pietra al patrio edilizio, noi li accogliamo come fratelli.

Infine, rispettando la casa altrui, noi vogliamo essere padroni in casa nostra, piaccia o non piaccia ai prepotenti della terra!

native building development

masters of our own house

Giuseppe Garibaldi

Il generale sarebbe arrivato nel primo pomeriggio con il treno da Salerno insieme al sindaco, al comandante della Guardia nazionale e al ministro dell'Interno Romano. Così, alle dodici, insieme a un fiume di gente, io e Pietro ci siamo incamminati verso via Toledo. Era una corrente rapida, prepotente e meravigliosa. Quando qualcuno, nella calca, si accorgeva che Pietro era un garibaldino si faceva largo, gli correva incontro e si sgolava per indicarlo ai passanti; poi lo abbracciava, lo strapazzava, lo tirava per la giubba. Pietro sorrideva a tutti e mi dava da tenere il fucile, pesantissimo, dovevo appoggiare il calcio a terra per reggerlo, e si faceva fare tutto, felice come mai lo avevo visto: rideva a ogni toccata di spalla, a ogni battuta, a ogni domanda, a ogni bacio.

«È mia moglie» diceva, «quella donna con l'arma», e tutti si voltavano e baciavano anche me, si complimentavano, mi stringevano la mano. «Pare tanto graziosa ma è feroce» rideva Pietro.

Tutto a un tratto i vapori hanno sparato venticinque colpi di cannone: era il segnale. Garibaldi stava arrivando lungo la strada del Piliero, su una carrozza che in mezzo a tutta quella gente appariva minuscola. Le persone erano ovunque; c'erano i contadini accorsi dalle campagne, chi con vecchi fucili a pallettoni chi con roncole, chi con forconi, chi a mani nude, chi con pentole e mestoli per fare baccano, e tutti gridavano «Viva Garibaldi!», «Viva l'Italia una!», «Viva Vittorio Emanuele!». Tutti, nessuno escluso, erano vestiti di rosso, anche solo un fazzoletto al collo, e stavano ammassati sui balconi, sulle porte dei caffè, sui tetti delle carrozze e su quelli delle case, i ragazzini arrampicati sui lampioni, i più piccoli in sella al cavallo di un soldato della Guardia nazionale. Ognuno faceva per sé e per le persone con cui stava, cercando di tenerle vicine, di non perderle in mezzo alla folla.

D'un tratto il generale si è affacciato al balcone del palazzo verso cui tutti stavamo guardando e prima c'è stato un boato, gigantesco, irreale, come se fosse scoppiato un vapore, poi d'improvviso il generale ha alzato un braccio ed è calato il silenzio.

A quel punto ha sorriso come se quel sorriso fosse per ognuno e solo per lui, ha gonfiato il petto e ha iniziato a parlare: «Io ho sempre confidato nel sentimento dei popoli» ha tuonato. «E quando si tacciava per temeraria la mia impresa, chi pronunciava tali parole non comprendeva che cosa significhi il concorso unanime, concorde, spontaneo di tutti i cittadini, che vince e trionfa nelle più ardue e audaci imprese!» Di nuovo un enorme boato e migliaia, infiniti applausi che risuonavano.

Pietro mi ha stretta con le lacrime che gli rigavano le guance, poi d'un tratto dalla massa di persone è spuntato un ragazzino, non doveva avere più di quindici o sedici anni, ed è venuto fuori che erano grandi amici.

«Viscovo!» ha gridato Pietro appena l'ha visto, mentre il Dittatore continuava a parlare.

Il ragazzo, malmesso come tutti i garibaldini, si stava facendo largo tra la folla, commosso anche lui, con la sua tromba in mano.

Come ci ha visti l'ha sollevata. «Monaco!» ha urlato. «Che grande festa! E chi se l'aspettava.» Allora è venuto verso di noi e ci siamo stretti in un abbraccio come se ci conoscessi-

182

mo da una vita. Appena Garibaldi ha finito di parlare Pietro ha detto: «Suonaci qualcosa, Viscovo».

Così il ragazzo ha messo l'anima a soffiare dentro quella tromba, e nel raggio di qualche centinaio di metri tutti si sono voltati. Davvero aveva un dono, mentre suonava scompariva nello strumento, piccolo e magro com'era. La tromba adesso era il centro della piazza, sollevava al cielo quella vittoria collettiva. Viscovo era un trovatello, raccolto dai garibaldini in Sicilia, e nella musica forse più ancora che nell'Italia aveva scoperto la ragione per campare. «Più nell'Italia che nella tromba» aveva invece detto a Pietro una volta. «Ma magari alla fine di tutto troverò un lavoro, farò il bandista.»

Quella melodia malinconica riempiva la piazza, mentre il Dittatore aveva lasciato il balcone e io sentivo, come tutti, di appartenere a uno spirito più grande che ci univa e commuoveva, quella musica non era una musica, lo sentivamo tutti, erano i vagiti della Nazione che nasceva. È stato grazie al fiato di Viscovo che per la prima volta mi sono sentita italiana. Eravamo tutti insieme, signori, braccianti, militari e galantuomini, a sognare lo stesso sogno. E mentre pensavo quelle cose guardavo quel giovane senza barba e dai capelli arruffati e lo vedevo, chissà perché, come il figlio che io e Pietro ancora non avevamo avuto.

La sera, la città era illuminata a festa.

Lungo via Toledo i bersaglieri sono stati portati in trionfo, hanno sfilato quattromila carrozze con i fanali accesi, piene di belle signore con bandiere al collo e sciarpe tricolori. Ma Pietro si doveva imbarcare, come del resto gli altri suoi compagni; c'era da andare a Capua, proseguire la battaglia e sconfiggere una volta per tutte l'esercito del re asserragliato dentro la fortezza di Gaeta.

Così, piano piano, ci siamo diretti al porto.

Lì, gli enormi vapori erano collegati alla terraferma da

passerelle di legno traballanti. Un commilitone, dal ponte di un vapore, ha riconosciuto Pietro.

«Ehi!» ha gridato, con un accento che non avevo mai sentito. «Ti sei portato la tusa!»

Pietro allora mi ha preso il viso tra le mani.

«Ci vediamo presto, piccola» ha detto. «Per allora, Macchia sarà già liberata e potremo avere ciò che è nostro. Aspettami, perché un giorno mi vedrai arrivare come un uomo libero.»

Poi si è incamminato sulla passerella, il fucile in spalla lungo quasi quanto lui.

A metà si è voltato e ha alzato un braccio.

Io ho fatto lo stesso.

La strada per tornare alla casa dei suoi amici la conoscevo, l'indomani mattina avrei preso la corriera per Cosenza.

26

Sopra Valle, 7 ottobre 1860

Maria mia,

sono vivo. *A Santa Maria, a Sant'Angelo, a San Leucio, su tutta la linea, vittoria, dopo dieci ore di battaglia. A sinistra, tra le gole di Castel Morrone, il maggiore Bronzetti ha tenuto la stretta contro i borbonici con un mezzo battaglione, loro erano sei volte più numerosi.* **Lui è morto, insieme a molti suoi uomini, ma il nemico non è passato. Dovrò spiegarti come ci godiamo il riposo, noi che siamo sopravvissuti. Anche il generale Sirtori, il comandante in capo delle nostre truppe, se lo gode un po'. Lo sai, Maria mia, che voglio un gran bene a questo generale? Mi pare di vedere in lui il padre che non ho mai avuto. E pure lui, mi sembra, mi tratta come un figlio. A un suo ordine, lo so, sarei capace di partire lancia in resta** *e arrivare in capo al mondo.*

Ma dove vanno le anime dei nostri morti, Maria? Io non faccio altro che chiedermelo. È vero, però, che sul campo la morte non pare nemmeno più morte. È solo una cosa tra un'infinità di cose. Ci sono dei morti dei Borbone che giacciono nelle loro divise grigie e sono ancora pieni di ferocia nelle facce mute. Uomini grossi e quadrati, in quelle uniformi eleganti. Le loro fiaschette d'acquavite, chi le tocca, sono ancora mezze piene. Dovevano aver mangiato e bevuto bene, prima di venire alla battaglia contro i nostri digiuni. Sulla cima del Monte Carlo uno di loro ha scovato un minuscolo campetto chiuso

da un muro a secco, probabilmente opera di qualche pastorello. Ci
si è messo dentro e non c'è stato verso di scacciarlo, anche quando,
fuggiti i suoi, è rimasto solo. L'hanno dovuto finire come una belva
rabbiosa, perché non smetteva di tirare baionettate. Tranquillo come
uno che ha compiuto il suo dovere, ora giace dalla parte del cuore e
pare che dorma. A vederlo c'è una processione, ma tutti con rispet-
to. È una fortuna finire così, piuttosto che di vecchiaia in un letto!
Non è forse quello che ci siamo sempre detti io e te?

   Tuo per sempre,

                                                              Pietro

Ma Pietro, mentre combatteva, non sapeva che nei paesi
che aveva lasciato le cose non andavano come credeva, che
il mondo non si faceva ricondurre docilmente sulla strada
che sembrava segnata, che le battaglie di noi stambecchi venivano cancellate dalle forze contrarie delle civette. Da noi
niente stava cambiando – niente di niente –, e niente per la
verità era cambiato in nessun posto. Mai era avvenuta la
spartizione delle terre, mai l'annullamento delle tasse, mai
era stato introdotto l'uso civico delle terre, tutto era uguale
a prima dell'arrivo del Liberatore, come se niente fosse accaduto, come se non fosse stata che una meravigliosa illusione durata il tempo che dura una festa.

Si erano mossi solo i signori, che tornavano a distribuir-
si lavori, favori e proprietà. E con l'ondata del rientro degli
"attendibili" anche i Gullo, altre civette, erano tornati, da
liberali e liberatori, e così almeno avevo potuto riprendere
il lavoro di tessitrice.

Era dalla terra, però, che forse incredibilmente qualcosa
stava iniziando a muoversi, e questa volta da solo. In molti
paesi, in tutto il Sud, i contadini si erano organizzati e avevano impugnato le falci, le roncole e i forconi. Volevano sapere perché le promesse pronunciate da Garibaldi dal balcone di palazzo Morelli non erano state mantenute. Così era

accaduto a Casalduni, vicino a Benevento, e a Pontelandol-fo, il paese dove la sorella era cresciuta con i conti Tommaso e Rosanna Morelli. I braccianti si erano ribellati contro i soldati dell'esercito dei Savoia, che nel frattempo avevano occupato il Sud dichiarandosi liberatori quando invece facevano la guardia ai possedimenti dei signori contro la furia del popolo. I contadini allora avevano attaccato in massa, a mani nude, gridando al cielo, in una mano la falce e nell'altra il rosario. Io, quando l'avevo saputo – la notizia era corsa di paese in paese, e dalla Terra di Lavoro era presto arrivata in Calabria Citeriore –, fremevo. Mi immaginavo quei contadini come degli eroi. Dei veri eroi. Ma i soldati, a differenza loro, avevano i fucili e avevano cominciato a sparare. E dopo aver sparato avevano cominciato a uccidere. E uccidere, e uccidere.

Allora si era scatenata la furia. Per giorni e per notti c'erano stati scontri durissimi e i braccianti, in preda a una ferocia antica e cieca, avevano ammazzato quaranta soldati. Tre giorni dopo – tanto ci aveva messo a caricarsi l'onda, come quelle grandi che avevo visto al porto di Napoli – era arrivata la rappresaglia: l'esercito regio, adesso comandato dal generale Cialdini, era tornato a Casalduni e a Pontelandolfo con tremila uomini e aveva fatto scempio di case, masserie, chiese, locande, mercati.

I soldati, con le loro eleganti divise carta da zucchero, entravano in ogni luogo sacro e profano, sfondando porte, botole, finestre e rubavano tutto: le statue di legno e gli altari di marmo del Settecento, le tele di Luca Giordano, i candelabri d'oro, i lampadari d'ottone, la scultura di marmo con lo stemma di Pontelandolfo, gli ex voto della chiesa madre di San Salvatore. Alla fine Cialdini aveva raggruppato mille braccianti scelti a caso tra i malcapitati che imploravano pietà fuori dalle case, li aveva strappati alle mogli e alle madri e li aveva fucilati nella piazza maggiore, davanti al resto del paese. I corpi tumefatti erano caduti come spighe falciate. Poi, senza curarsi dei bambini che scappavano da ogni parte, degli anziani intrappolati nelle case, delle donne con i neonati in braccio, avevano incendiato tutto, raso al suolo due paesi, per cancellare le prove della rappresaglia. Quello era il metodo dell'esercito dei Savoia: eliminare la memoria della rivolta. Così che nessuno, mai, potesse prenderla a esempio. Il peccato di quella gente era aver chiesto ragione di una promessa che aveva mandato cinquantamila ragazzi a morire per consegnare il Sud ai Savoia. Ma era soltanto l'inizio e in quelle settimane ogni cosa stava solo nascendo: le civette avevano appena spalancato gli occhi nella notte.

Era stato Giovanni, il figlio di don Tonio della bottega, a riportare a casa l'edicola votiva.

L'aveva trovata a Benevento, in un cumulo di cianfrusaglie al bazar Caserma di Gesù, dove erano finiti gli oggetti razziati dalla chiesa madre di Pontelandolfo. L'aveva riconosciuta subito, per via dell'immagine di santa Marina di Bitinia, come la gemella di quella che da piccolo vedeva in casa nostra. Così l'aveva aperta e dentro ci aveva trovato le lettere che con grafia stentata papà, nel corso degli anni, aveva scritto insieme a mamma alla figlia che erano stati costretti a dare in adozione.

Vincenza mi aveva chiesto di andare a casa, e un po' tremando me le aveva mostrate. Mamma, come sempre, era nella sua poltrona, e mentre le passavo a una a una guardava me e la bambola ancora appesa sul camino.

Lei e papà, per tutto il tempo che Teresa era stata dai conti Morelli, le avevano inviato lettere piene d'affetto a cui lei non aveva mai risposto. Da un certo punto in poi, dopo che ero nata io e la sorella aveva già dodici anni, in ogni lettera c'era la richiesta di accettare anche me, la figlia piccola che i conti desideravano prendere con loro. Ma Teresa non aveva voluto.

Potrete stare inzieme, e anche tua sorella Maria avra la vita privileggiata che hai tu. Potrà studiare, e avere il futturo che qui non possiamo darle, scriveva papà, con quella sua calligrafia tremante. *E poi sarete in due, vi farete compania.* C'era papà in quei fogli, adesso era come se non se ne fosse mai andato, vedevo i suoi occhi, tra gli errori di ortografia sentivo la sua voce. Mai avrei immaginato che avesse fatto una cosa del genere, lui che era tutto lavoro e concretezza. Ma i genitori ai figli nascondono sempre un pezzo di mondo. Adesso li vedevo, curvi sui fogli, mamma che dettava e papà che scriveva. Ho guardato mamma, stava sorridendo. Poi i conti Morelli avevano deciso di prendermi in ogni caso, e Teresa allora aveva smesso di mangiare, di dormire, perfino di parlare. Batteva i piedi e faceva la pazza, buttava per aria tutto quello che le capitava a tiro. Aveva preso la bambola di porcellana che i conti avevano comprato per me e aveva cercato di distruggerla. Eccola lì, appesa sul camino con un'orbita vuota, senza braccia e senza naso.

L'unica volta che erano andati a trovarla, Teresa gliele aveva restituite tutte, quelle lettere. Allora mamma e papà prima di ripartire si erano fermati alla chiesa di San Salvatore di Pontelandolfo, che si diceva facesse i miracoli, a pregarlo perché la figlia cambiasse idea e a lasciargli in offerta l'edicola di santa Marina di Bitinia con tutte le lettere che le avevano scritto. E alla fine la santa la grazia gliel'aveva fatta davvero, anche se poi i conti a Napoli erano andati per morirci e non mi avevano mai presa. Adesso sulla credenza erano tornate tutte e due le edicole della santa, come era stato prima che io nascessi.

Teano, 27 ottobre 1860

Maria mia,
    ieri abbiamo assistito a questo momento storico: il generale ha consegnato l'Italia nelle mani di Vittorio Emanuele. Ieri sera non si faceva che parlare, tra noi, allo stremo delle forze, di come sem-

brava di vivere seicento anni prima, quando Carlo d'Angiò veni-
va qua da Roma benedetto dal papa che gli vendeva la corona di
Manfredi, la corona delle nostre terre del Sud.

Ho ancora negli occhi la scena di oggi. Una casa bianca a un
bivio, uomini a cavallo con giubbe rosse e altri con giubbe nere, il
generale a piedi sotto dei pioppi che cominciavano a perdere le fo-
glie. Poi, d'un tratto, un rullo di tamburi, la fanfara reale del Pie-
monte, e tutti a cavallo. Poi ancora un galoppo, alcuni comandi, e
tutti che acclamavano: «Viva! Viva il re!». Da dove mi trovavo ho
potuto vedere Garibaldi e Vittorio darsi la mano, e sentire il salu-
to immortale: «Salute al re d'Italia!».

Eravamo a mezza mattinata, Maria. E abbiamo fatto l'Italia. Il
generale parlava a fronte scoperta, il re accarezzava il collo del suo
storno. Nella mente del generale passavano di certo pensieri cupi,
l'ho visto io come l'hanno visto tutti. E cupo era anche quando il
re ha spronato via e si è messo alla sua sinistra. Anche il mio buon
generale Sirtori, a cui voglio tanto bene, teneva la testa bassa. Que-
sta mattina Garibaldi non è andato a colazione col re. Ha detto di
averla già fatta, ma poi ha mangiato pane e cacio conversando nel
portico di una chiesetta, circondato dai suoi amici, rassegnato. Ras-
segnato a cosa? Viene da pensare che non sia un buon auspicio, e
che questa guerra l'abbiamo combattuta per altri fini. Ma sono di-
scorsi che facciamo tra noi, la sera, vinti dalla fatica, perché nes-
suno può fissare lo sguardo sul sole che nasce. A parte te, mia pic-
cola guerriera Maria. Ogni notte sogno di abbracciarti. Dài mille
baci a mamma, e dille che abbiamo vinto. Che suo figlio ha vinto!
Tuo,

Pietro

Napoli, 2 novembre 1860

Maria, mia cara,
il generale Sirtori in persona, con tanto di onore, oggi mi ha fat-
to tenente per meriti di guerra. Non potrei essere più felice, torno
a casa vivo, con l'Italia fatta e con un titolo al valore.

Oggi stesso, poi, tuonava da lontano il cannone. Bombardavano Capua, e noi non ci siamo più. Gli artiglieri di Vittorio Emanuele non avranno molto da fare, la guarnigione di Ciccillo non aspetta che un motivo onesto per arrendersi. Ma Griziotti, un nostro colonnello, due giorni fa l'aveva detto al generale: «Arriveranno i piemontesi e con poche bombe faranno arrendere la città, poi diranno che tutto quello che abbiamo fatto noi senza di loro non varrebbe nulla». E sai cosa ha risposto Garibaldi?, l'ho sentito con queste mie orecchie: «Lasciate che dicano. Non siamo venuti per la gloria». Io, Maria mia, di gloria non ne voglio neppure un grammo. Di giustizia invece a tonnellate, perché ci sono secoli da risarcire. E io e te dobbiamo vivere non da signori, ma nemmeno più da servi, che da servi abbiamo vissuto abbastanza.

Vado, si sta spegnendo il lume e la luna oggi non è più grande di un'unghia. Guardala anche tu, e pensami.

Tuo,

Pietro

27

Il 17 marzo è nata l'Italia e presto tutti si sono resi conto che quella che sembrava una rivoluzione non era che una messinscena.

Sapevo che quando Pietro fosse tornato avrebbe trovato la situazione come in quei mesi non avevo avuto il coraggio di raccontargli nelle mie lettere. La verità era che ogni cosa funzionava ancora peggio di prima, i paesi e le città erano immersi in una cieca e lenta distruzione, la miseria era ovunque e noi eravamo sempre più servi.

Donato Morelli era diventato il padrone non soltanto della Sila ma delle Calabrie intere, di quella Citeriore come di quella Ulteriore: era rimasto mimetizzato, e al momento giusto era scattato fuori tirandosi dietro gli antichi alleati. Così, chi comandava erano le famiglie di sempre: i Mancuso, i Gullo, i Falcone, i Parisio, i Mazzei. Niente era cambiato, e il modo migliore per disinnescare una rivoluzione era farla. Adesso, poi, solo loro potevano commerciare con il Nord Italia. Le famiglie di "cappelli" che erano rimaste borboniche, o che non si erano volute mutare per tempo in civette, erano infatti sull'orlo del fallimento. Mio cognato Salvatore Mancuso, per esempio, non vendeva più il carbone delle sue cravunere a Napoli, ma a Torino: era l'unico da cui i piemontesi compravano le commesse, che erano triplicate.

Lo stesso facevano i Gullo con i loro tessuti, i Mazzei con i bachi da seta, i Morelli con il legname, il frumento, l'acciaio e le metallurgie. Stavano tutti diventando ancora più ricchi.

Salvatore aveva preso a fare lunghi viaggi in quello che era stato il Regno di Sardegna, e spesso con lui andava anche Teresa. Tornavano vestiti alla moda del Nord, ogni volta portando una nuova diavoleria, che con finta noncuranza mostravano a tutti: fotografie stampate delle vette delle Alpi o del palazzo reale di Torino; una macchina per bollire il caffè "a percolazione"; un telescopio con cui si potevano contare i crateri sulla gobba della luna; un paio di occhiali, o *lunettes*, come li chiamavano loro; un gioco di società con novanta numeri e cartelle da quindici, la tombola. La gente parlava di quegli oggetti con ammirazione e invidia, a me invece non facevano né caldo né freddo, mi sembravano delle gran minchiate.

Un giorno avevo anche incontrato la maestra Donati.

I nostri sguardi si erano incrociati mentre camminavamo sui lati opposti della strada. Questa volta l'avevo riconosciuta subito, si era rimessa in salute, sembrava anzi non essere mai stata meglio, così avevo alzato un braccio in segno di saluto. Anche lei mi aveva vista, ma prima che potessi attraversare aveva distolto lo sguardo. Aveva abbassato la testa, si era stretta al braccio del marito ed era scappata via. Ero rimasta a pensare a quella scena per giorni. Per me la maestra era una seconda madre, e il suo comportamento mi feriva. Così mi ero messa a chiedere in giro e alla fine avevo capito: a Italia fatta, come tutte le civette, anche i Donati avevano preso a cibarsi dei toporagni, delle talpe, degli scoiattoli, delle faine e delle upupe che noi eravamo. A lei e a suo marito era stata data la possibilità di mettersi negli affari dell'acciaio insieme ai Morelli, e l'avevano colta. Ripensavo ai suoi discorsi, alle sue parole sussurrate, ai pomeriggi a casa, al viaggio a Catanzaro, e provavo odio per me stessa, per essermi fidata, per aver creduto per tutti quegli anni che solo nei suoi insegnamenti avrei trovato la salvezza. Dov'era finito *Jacopo Ortis*, dov'erano Mazzini e l'*Adelchi*, dov'erano gli ideali di uguaglianza e di giustizia? Dovevano essere, come tutto il resto, solo una pantomima, belle parole vuote. Ma la cosa più difficile da ammettere era che se anche la maestra Donati era diventata una civetta, dopo essere stata perfino in prigione per atti sediziosi, significava che non era rimasto più nessuno che poteva salvarci. Eravamo noi i veri italiani, pensavo. Noi – i ragazzi come Pietro che erano andati volontari a combattere perché l'Italia nascesse davvero –, e non loro.

Quando Pietro è tornato dal fronte, ferito a una spalla, non veniva trattato né come un liberatore né come un eroe, pur essendo rientrato da vincitore e con una medaglia appuntata su quel che restava della sua camicia rossa.

Era disperato.

Macchia, come tutto il resto attorno, era in preda a un silenzioso sfacelo, che stava sotto gli occhi di tutti e ancora di più si sentiva: feci, vomito, immondizia riempivano i bordi delle strade e le case senza che più nessuno se ne facesse carico. Se il Regno non aveva mai pensato a noi, adesso l'Italia ci rifiutava. Chi incontrava Pietro per strada, al contrario di quanto accadeva quando veniva in congedo, gli faceva un sorriso di circostanza e appena passava scrollava la testa. Lui e quelli come lui erano i responsabili della loro rinnovata sventura, erano stati quei cinquantamila a consegnare il Regno nelle mani dei Savoia e la Calabria in quelle dei Morelli.

Passavano i giorni e Pietro, come gli altri suoi compagni tornati vivi dalla guerra, non se ne faceva una ragione. Era rimasto anche senza soldi, i ducati invece di guadagnarli i volontari li avevano spesi, per gli stivali, per i pantaloni, per un fucile comprato da un pastore o da un massaro, per le casse da morto in cui i compagni li avevano seppelliti.

Dopo qualche settimana, però, di restare con le mani in mano Pietro non ne poteva più, anche se tutto avrebbe voluto tranne che ricominciare a lavorare per Salvatore. «Col mio lavoro per i Gullo potremo mantenerci per un po'» gli dicevo, ma non mi ascoltava neanche. Cercava nelle botteghe, nelle masserie, e riceveva solo porte in faccia.

Così era stato costretto a presentarsi a casa di Salvatore, accompagnato da me, con la spalla fasciata e il berretto in mano, per la seconda volta.

Il domestico venuto ad aprire ci ha lasciati ad aspettare sui gradini per un tempo infinito e Salvatore, pur di non farci entrare, si è abbassato a mostrarsi sulla porta. *self importance arrogance*

Ha guardato Pietro con aria di sufficienza e, senza neppure salutarlo, gli ha chiesto cosa era venuto a fare.

«Devo lavorare» ha risposto Pietro, mastriando col berretto.

«E da me che vuoi?»

Non erano più amici, non erano più niente. Per Salvatore, Pietro adesso era uno sconfitto, anche se era tornato da vittorioso e con una medaglia al valore: era stato sconfitto dai fatti e poteva tenersi la consolazione della medaglia. Salvatore senza muovere un muscolo invece aveva vinto e si sentiva un grande italiano. Pietro, che aveva combattuto, aveva perso, e dall'Italia si sentiva rifiutato.

Salvatore stava per tornare dentro, così Pietro ha infilato una gamba nella porta per non farla chiudere. Il disprezzo con cui Salvatore ha guardato la fasciatura, che si vedeva sotto la camicia aperta, lisa, era il disprezzo dei fatti verso gli ideali, verso le parole, il disprezzo degli storpi per gli storpi. *cripple lame* Dietro le sue spalle è comparsa Teresa, ci osservava con occhi luminosi, vivi. Perderemo sempre, ho pensato. Perderemo. Sempre. Ma alla fine Salvatore il lavoro a Pietro gliel'ha dato, anche se pagato ancora meno dell'ultima volta.

«Hai già preso i ducati della mia leva che poi hai disertato per raggiungere Garibaldi» ha detto. «Se vuoi, accontentati di quello che ti do.»

Così, con la spalla ancora ferita, Pietro è tornato a fare l'unica cosa che sapeva fare: è tornato nel bosco a fare il carbone.

Due mesi dopo, una mattina, è arrivato il postino. Quando arrivava non erano mai buone notizie.

E infatti, con la faccia sconsolata, portava per la quarta volta una busta gialla con il timbro dell'ennesimo ufficio per la guerra e lo stemma del Regno d'Italia.

Pietro era appena tornato dal turno della notte: stava a casa il meno possibile, lavorava senza sosta, cercava di uccidersi con il lavoro visto che non era riuscito a farlo in guerra. Si è seduto al tavolo e ha aperto la busta col coltellino che teneva in tasca.

È rimasto a fissare quel foglio ingiallito e a rigirarselo tra le mani. Era la cartolina della leva militare, Vittorio Emanuele stava arruolando i garibaldini tornati vivi ai loro paesi.

Un'altra convocazione per un'altra leva, per un'altra guerra. Questa volta al fianco di chi ci aveva traditi. Dopo due leve sotto i Borbone e una guerra vinta da garibaldino, adesso veniva richiamato dall'esercito del Regno d'Italia. La realtà, che avevamo conosciuto come necessità e poi come tragedia, adesso si presentava come farsa.

«Non posso campare così» diceva lui. «Vogliono la mia vita? Se la prendano. Vengano e mi ammazzino.»

Presto ha smesso di leggere e in casa anche di parlare, il lavoro alla cravunera e la notizia della leva gli toglievano le energie; pur di non stare in paese si offriva per i turni di notte, anche se questo significava svegliarsi allo scoccare di ogni ora per controllare la brace.

Odiava i paesani, che considerava traditori, odiava la sua stessa casa, la sua famiglia, odiava tutti. L'unico posto in cui stava bene era il bosco, il suo mondo chiuso.

Finché una sera, mentre lavavo i piatti in cui avevamo cenato, Pietro ha parlato.

«Fra poco verranno a cercarmi per arrestarmi per diserzione. Vorranno portarmi in Piemonte, chiudermi in carcere a Fenestrelle. Ma io non torno a fare il soldato per quei codardi dei Savoia. Nessuno può arruolarsi quattro volte.»

La mattina dopo, senza dire niente neanche a me, ha lasciato il paese per il bosco. Aveva intenzione di unirsi a una banda di briganti.

Avrebbe fatto la guerra a quelli che l'avevano tradito e ora cercavano la sua morte.

28

Da quando Pietro non c'era più io andavo nel bosco a respirare.

C'era invece un enorme larice, contorto e scuro, cresciu-to sopra uno spuntone di roccia, per secoli aveva resistito ai fulmini, aveva profonde cicatrici e i rami più vecchi erano spezzati ma ogni primavera, quando i merli ritornavano a fare i nidi, si rivestiva di fiori gialli e rossi che risvegliava-no gli amori delle ghiandaie.

Da piccola, quando dal bosco lo vedevo insieme a zia Terremoto, inclinato e solitario su quella rupe, ero sicura che fosse nato da un seme nascosto da uno scoiattolo in vi-sta dell'inverno. Quell'albero era una promessa mantenu-ta. Poi, con Pietro al fronte, quando vedevo quel larice non potevo fare a meno di pensare a un soldato, storpio e feri-to, ma pur sempre in piedi. Era lì che andavo, adesso. At-traversavo il bosco e salivo in cima alla rupe, mi arrampi-cavo tra gli aghi che al tramonto si accendevano al sole, mi sedevo a cavalcioni sulla biforcazione tra due rami e lascia-vo che la luce mi colpisse in faccia.

Prendevo con me la sporta e, come facevo con zia Terre-moto, tornavo a casa con un po' di legna rubata, rami e pi-gne secche per accendere il fuoco. La notte andavo in un campo di grano a valle a spigolare, raccoglievo funghi e castagne, pescavo qualche trota nel torrente. Mi prendevo, rubando, quello che era mio.

Arrivava la primavera, e un tiepido sole saliva a scaldarmi. Le ghiandaie, i merli, le beccacce, i picchi rossi tornavano dalle nostre parti. Le betulle, all'inizio del bosco, aprivano i rami a un tenero verde.

Capitava che Pietro comparisse all'improvviso per fare provviste e per fare l'amore. Ogni tanto veniva con lui un compagno, si chiamava Marchetta, lo aspettava nascosto per tutto il tempo dietro un muricciolo poco distante. Portavano legna, castagne e funghi e ripartivano con fiaschi di vino, forme di cacio e salsicce.

C'era un ordine che si annunciava con l'arrivo della primavera ed era più grande di noi, più grande di me, di Pietro, dei Morelli e dell'Italia, più grande del mondo, un ordine che ogni anno riportava le cose al loro posto. Anche se niente, in realtà, sulla superficie era pacifico come sembrava: le rivolte dei contadini partite da Pontelandolfo arrivavano anche nelle Calabrie, in Basilicata, in Sicilia, in Capitanata, negli Abruzzi, in Terra di Lavoro. Armati di forconi, i braccianti si prendevano gli usi civici che Garibaldi aveva promesso. Occupavano le terre e le dividevano in parti uguali. Allora iniziavano gli scontri. Il governatore Morelli inviava i bersaglieri e a decine i braccianti venivano fucilati, le loro case razziate, i paesi incendiati. Era una guerra tra oppressi e manipolatori, una guerra civile e qualcuno, anche dalla nostra parte, doveva combatterla.

Io però sentivo che presto sarebbe accaduto a *me* qualcosa di male, anzi di orribile.

Pietro non dava più notizie e da molto non tornava, io avevo perso l'appetito e nel sonno venivo visitata da incubi terrificanti: ero intrappolata, gridavo e dalla bocca non usciva suono, ero additata in paese per fatti che non avevo commesso, solo perché ero la moglie di Pietro.

Mi svegliavo di soprassalto inzuppata di sudore. Erano premonizioni. E infatti poco dopo è accaduto che una mattina le guardie sono venute a casa e mi hanno portata via.

Stavo filando, avevo messo a bollire delle verdure con un pezzetto di carne di maiale, dovevo forzarmi a mangiare e poi speravo sempre che Pietro da un momento all'altro sarebbe entrato per prendere rifornimenti da portare alla banda.

I soldati hanno buttato giù la porta, ho cercato di resistere ma erano in quattro, senza neppure lasciarmi il tempo di parlare e senza dire niente mi hanno ammanettata. Poi mi hanno trascinata fuori per i capelli.

In quel momento le campane battevano le dieci, i vicini erano affacciati – chi da una finestra, chi da uno spiraglio della porta, chi da dietro una tenda. Nessuno parlava, quattro bambini che stavano giocando in mezzo alla via con una palla di stracci si sono fermati, immobili ci guardavano passare.

«Che volete?» gridavo io alle guardie. «Che volete da una povera donna sola?»

Ma il comandante ripeteva solo che rispondevano agli ordini di Fumel, il colonnello mandato in Calabria per fare la guerra ai briganti.

Con gli occhi di mezzo paese puntati addosso, mi hanno caricata su un cavallo e ci siamo avviati lungo la strada che usciva da Macchia. Dopo il cimitero abbiamo preso il sentiero del Cannavino, dentro il bosco, il Monte Guarabino ci guardava; poi abbiamo seguito una mulattiera fino a Celico, un paesino di pastori. Una volta a Celico, abbiamo svoltato dentro il convento di San Domenico, che Fumel aveva requisito per farne il suo quartier generale.

Io ero stremata. Non riuscivo a smontare da cavallo e una guardia l'ha preso per un moto di ribellione. Ha cominciato a battermi, ma il comandante l'ha fermata. Mi hanno tirato giù a forza e mi hanno condotta in un chiostro con una fila di porte di legno che si aprivano su una lunga parete.

Nel muro accanto alla porta di quella che sarebbe stata la mia cella c'era una nicchia con l'effige di san Domenico. Il santo aveva occhi buoni, un uccellino stava appoggiato sulla mano destra, lui lo guardava come per incoraggiarlo a volare.

È stato allora che mi hanno tolto le manette e mi hanno spinta in quello che un tempo doveva essere il cubicolo di una monaca. La follia che c'era fuori, in quello che era stato il Regno e adesso era l'Italia, era entrata nella mia vita.

Hanno chiuso a due mandate e se ne sono andati.

Sopra la porta c'era un piccolo crocifisso di legno, colpito dall'unico raggio di sole che filtrava da una minuscola apertura, quasi al soffitto, sulla parete opposta. Poi i miei occhi si sono abituati all'oscurità, era una stanza stretta e su un lato c'era una branda con un materasso sfondato.

Per tre settimane nessuno è venuto a parlarmi, nessuno mi ha spiegato perché dovevo dormire su quella branda che puzzava di piscio e di sterco, in quella cella umida e malsana. Sono riuscita a non impazzire pensando alle cose salde della mia vita, a mamma, a Vincenzina, a Salvo, ad Angelino. Due volte al giorno le guardie aprivano il portone e lasciavano una tazza d'acqua e un piatto di minestra. Ognuna aveva il suo modo di bussare. Una doveva essere giovane, diceva «buongiorno» quando apriva; un'altra invece picchiava sul legno e grugnendo lanciava il piatto per terra. A volte si rompeva, sempre si rovesciava. Io mi accovacciavo e leccavo la brodaglia dal pavimento.

Poi un pomeriggio sono venuti a chiamarmi.

Mi hanno strattonata nel chiostro e gli occhi all'improvviso sono stati feriti dalla luce. Ma i mandorli erano in fiore, il loro profumo riempiva l'aria dopo un tempo infinito e mi ha strappato un sorriso, i petali, bianchi e rosa, erano stati portati dal vento fin sotto gli archi del corridoio. Il sole stava calando e il cielo che non vedevo da settimane era di un azzurro reale.

Fumel aveva occupato la stanza che doveva essere stata della madre superiora, anche lì c'era un crocifisso, enorme, sulla parete dietro la scrivania. Il colonnello aveva fama di violento ma a vederlo era un ometto magro, la fronte alta su cui spiovevano pochi capelli, la barba e gli occhi ravvicinati in un viso appuntito. Quando sono entrata mi ha fatto cenno di sedermi e le due guardie sono rimaste alle mie spalle. Alla destra della scrivania c'era una porta chiusa, sorvegliata da una terza guardia.

«Così voi siete la moglie di Pietro Monaco» ha detto il colonnello, con accento piemontese. Io non ho risposto. «Sentiamo un po'... Da quanto tempo non vedete vostro marito?» ha continuato.

Di nuovo, non ho risposto.

Una delle guardie mi ha colpita a una spalla, e mi ha procurato un dolore sordo e un'esclamazione involontaria, «Uh», ma Fumel ha alzato un braccio.

«Da quanto tempo non vedete vostro marito?» ha ripetuto.

«Nun mi ricurdo.»

«Come avete detto?»

L'ho guardato. «Non ricordo» ho detto.

«Ah, non ricordate...»

Fumel si è messo un paio di lenti sul naso e ha letto qualcosa da un foglio.

«E come mai non ricordate? Ma forse non avete molta voglia di parlare.» Per un po' è rimasto pensieroso. «Perché a me risulta che vostro marito è un disertore, che è andato a vivere sulle montagne e da lì colpisce le nostre postazioni di bersaglieri.»

Si è levato le lenti e mi ha guardato con occhietti minuscoli.

«Cosa dite, signora Monaco, ho ragione o ho torto?»

«Torto» ho risposto.

Fumel ha sorriso, poi ha appoggiato le braccia sul tavolo

e si è spinto in avanti. «Eppure qui c'è una persona pronta a giurare che ho ragione.»

Si è girato verso l'uomo di guardia alla porta e ha fatto un cenno.

Quello, immediatamente, è scattato ed è uscito.

È tornato poco dopo, preceduto da una donna.

Era elegante, con un mantello di panno verde scuro, orecchini scintillanti e la faccia imbellettata. Si muoveva in un modo conosciuto. L'ho guardata bene, mentre si avvicinava.

Era Teresa. Non potevo credere a quello che vedevo. Cosa ci faceva lì mia sorella Teresa?

Il colonnello ha fatto un altro cenno e la guardia ha portato una sedia.

Teresa allora si è seduta, con calma, vicino a lui.

«Signora Monaco, conoscete questa donna?» ha chiesto il colonnello.

Non ho risposto.

«Secondo me sì» ha detto lui.

Com'era possibile che Teresa fosse al fianco di chi stava razziando le nostre terre?

Fumel ha inforcato nuovamente le lenti e si è messo a leggere una lunga lista di nomi di paesi, villaggi, valli e montagne della Sila: erano gli spostamenti di Pietro delle ultime settimane, riportati con una precisione spaventosa. Come facevano a sapere tutto? Sapeva anche che presto sarebbe sceso a fare rifornimenti, parlava di una masseria in una valle che portava alla cava dell'Orso, nella foresta di Gallopane.

«Se collaborate sarete liberata oggi stesso» ha detto Fumel.

Ma io, di tutte quelle cose, non avevo idea.

Ho alzato gli occhi su Teresa. Lei mi fissava trionfante, una luce di vittoria la circondava. Conoscevo quello sguardo. Era stata lei, ho capito subito. Lei aveva rivelato tutto ai Savoia. Doveva essersi incontrata molte volte con Pietro da quando lui aveva preso i boschi. Molte più volte di quante Pietro si fosse incontrato con me.

Fumel mi ha dato il tempo per riflettere e per parlare.

«Bene» ha detto alla fine, di fronte al mio silenzio.

Poi si è rivolto alle guardie.

«Riportatela in cella. E non riservatele nessun trattamento di favore.»

Teresa ci seguiva a qualche metro di distanza, sentivo i tacchi che risuonavano sulla pietra del chiostro.

Dopo che la guardia ha aperto la porta della cella, Teresa ha parlato: «Avete sentito cosa ha detto Fumel. Non riservatele nessun trattamento di favore».

Allora la guardia mi ha spinta dentro in malo modo e invece di andare via mi ha seguita e ha sbattuto il portone alle sue spalle.

Mentre il compagno da fuori chiudeva con due mandate, quello mi ha afferrata per i polsi e con una spinta mi ha sdraiata sul letto.

In un attimo era sopra di me, cercava di slacciarsi i pantaloni della divisa.

È stato allora che mi sono risvegliata e ho trovato le forze che da settimane erano assopite. Quella guardia non era uno sconosciuto, quella guardia era Pietro quando di nascosto incontrava Teresa.

Ho iniziato a scalciare, fortissimo, e al ragazzo è caduto il berretto; gridavo, chiedevo pietà, imploravo, ma non erano che scuse per picchiare più forte. Così, mentre si slacciava i pantaloni, io sono riuscita a liberare un braccio.

Gli graffiavo la faccia, indemoniata, tiravo schiaffi alla cieca, lui si è piegato portandosi le mani al naso. Ho sfilato un ginocchio e gli ho assestato un colpo, secco, in mezzo alle gambe. Si è accasciato di lato, come una marionetta a cui avevano tagliato i fili. Con un colpo sordo, ancora accovacciato, è piombato a terra.

Allora mi sono rimessa in piedi e dall'alto gli ho tirato il primo calcio nella schiena, più forte che potevo, poi un altro, poi un altro ancora, chiamando a raccolta la rabbia che non avevo mai sfogato, poi di nuovo un altro sulla testa, scalciavo senza guardare, come se dovessi ammazzarlo. E forse lo avrei fatto davvero se il compagno non avesse aperto.

Quello allora a fatica si è alzato.

«Solo con gli animali come te ti puoi accoppiare» ha detto con la voce rotta, sputando a terra.

Teresa la traditrice era fuori, immobile, la sua sagoma si stagliava nella luce. Era rimasta tutto il tempo dietro la porta ad assaporare la mia rovina.

stand out
stagliarse
savor

stambecchi
alpine ibex

29

Mi hanno liberata quaranta giorni dopo, era mattina. Non mi avevano più cercata, le guardie portavano cibo e acqua e poi sparivano. Avevo trascorso quei giorni in preda a febbri fortissime, tra il sonno e la veglia non smettevo di immaginare gli incontri d'amore tra Pietro e Teresa. Come avevano potuto, per tutto quel tempo? Come poteva mia sorella tradirmi così, come poteva mio marito? Ma era dall'inizio, pensavo, fin da quei primi pomeriggi al caffè Borbone a Casole, che mi avevano lasciata in disparte.

Poi, una mattina le guardie sono entrate annunciando che ero libera. Credevo fosse una trappola, ho cercato di reagire, e invece hanno solo tenuto aperta la porta aspettando che uscissi. Ho esitato come esita il prigioniero spaventato dalla libertà.

La luce era accecante, mi hanno scortata fino all'uscita del convento, il sole di fine maggio era già alto, bucava il cielo chiamando l'estate. La strada per Macchia era lunga, non avevo un cavallo né un mulo e a malapena mi reggevo in piedi per il poco che avevo mangiato in quei mesi. Ho tagliato nel bosco per la stessa via che avevamo percorso all'andata e sono entrata in paese stremata, per miracolo, cinque ore dopo.

Ma la notizia della mia liberazione era arrivata prima di

me – chissà come, forse un massaro o un pastore che mi aveva vista attraversare i boschi –, perché quello stesso pomeriggio Marchetta, il compagno più fidato di Pietro, si è presentato a casa.

Io ero accucciata sul letto e mi stringevo le ginocchia, dopo aver mangiato un piatto di pane, cicorie e salsicce che aveva preparato mia suocera Francesca. Pensavo a Pietro e pensavo a Teresa, e ogni cosa, della mia vita e del mondo, mi sembrava sbagliata.

Marchetta ha scolato un bicchiere di vino e ha preso un pezzo di formaggio da cui avevo grattato la muffa, poi è scappato via. Il messaggio era che Pietro voleva vedermi dopo pochi giorni, il 27 maggio, alla fontana fuori dal paese. Sicuramente ero sorvegliata, ha detto Marchetta, gli uomini di Fumel sapevano che avrei incontrato mio marito. Dovevo usare la massima prudenza.

Pietro stava nascosto dietro un largo ulivo, con la luna quasi piena brillavano le canne del fucile e si intravvedeva il cappello di panno nero. Ci eravamo incontrati con Marchetta dove la strada cedeva agli ulivi, mi aveva portata da lui e poi era tornato di guardia.

Pietro era cambiato da quando viveva dentro il bosco, aveva la barba lunga e occhi piccoli e inquisitori che non gli conoscevo. La sua freddezza mi faceva paura, mi rendeva di ghiaccio.

«Mari'» ha sorriso, i tre quarti di luna hanno illuminato i denti bianchi. Mi ha accarezzata su una guancia, le dita ruvide e i palmi callosi. «La prigione ti ha fatto male» ha detto. Anche la voce era diventata cavernosa.

Io mi sono scostata, non volevo essere toccata da quelle mani che mi tradivano. L'ha capito, perché ha cercato di prendermi dolcemente e mi ha tirata a sedere in mezzo ai tronchi contorti. Ma prima che parlasse lui dovevo parlare io. Ho alzato una mano per fermarlo.

«Sanno dei tuoi spostamenti» ho detto. «C'era Teresa con loro, è stata lei a raccontare tutto a Fumel. Vi siete visti tante volte in questi mesi, so tutto.»

«Infame!» è sbottato.

Mi ha fissata, poi ha guardato la luna. «Qualche volta...» ha ammesso, ora sbriciolava nel palmo un pugno di terra. «Era lei che mi faceva cercare, con la scusa di mandarci rifornimenti. Ci vedevamo...» Ha lanciato lontano la terra che teneva in mano. «Poi mi chiedeva dei nostri movimenti, per farci recapitare le provviste.»

Sentirlo ammettere di averla incontrata mi ha fatto diventare una delle minuscole creature che strisciavano nel terreno. Mi vergognavo per avergli sempre creduto nonostante tutto, per la mia ingenuità. «Ti ha tradito» ho detto. «E tu hai tradito me.»

Lui ha posato il fucile, si è sfilato il gilè e la camicia e li ha stesi sulla terra dura e bruna dell'uliveto. Di nuovo mi accarezzava le guance con quelle dita di legno, credeva di azzittire le mille voci che mi abitavano.

«Sei bella, Mari'. Dentro il bosco mi scordo quanto è bella la faccia di mia moglie.» Voleva saziare la sua sete.

Ma non avrei più lasciato che Pietro mi riconducesse, dal mio pianeta deserto, per le sue vie segrete, alla terra. L'ho scostato.

D'un tratto, da dietro una siepe è comparso Marchetta.

«Sta arrivando la Guardia» ha detto. «Via, via!»

Pietro ha imprecato, si è rimesso in fretta camicia e gilè e si è alzato.

Mi ha rivolto un'ultima occhiata, poi è sparito tra gli ulivi prendendo la via del bosco.

Per rientrare in paese ho seguito una mulattiera che la Guardia nazionale non poteva conoscere perché tagliava in mezzo ai campi. Sapevo che Salvatore era partito per Torino, così, invece di tornare a casa, una volta a Macchia ho preso la strada che portava da Teresa. Era arrivato il momento; erano stati gli eventi a portarmi a quel punto, non ero stata io.

Ho bussato col battiporta, ma nessuno ha risposto. Dopo un po' ho bussato di nuovo, più forte.

Dall'interno è arrivata la sua voce.

«Pietro?»

Chiamava mio marito.

«Pietro, sei tu?» ha domandato, di nuovo, con un tono implorante da traditrice. La lussuria doveva averla resa stupida.

Io non ho risposto, lei ha aperto e si è trovata di fronte me.

Solo un lampo nello sguardo ha rivelato la sorpresa. «Che vuoi?» Mi guardava con gli occhi della civetta.

«Fammi entrare.»

Ha preso a gridare aiuto, a chiamare le guardie con tutta la voce che aveva in corpo, urlava come un'assatanata che in casa sua c'era la moglie di un brigante e doveva essere arrestata.

L'ho spinta in casa.

«Zitta, adesso!» ho urlato.

Sentivo che la ferocia stava montando.

Avevo subìto, e subìto ancora, e ancora, per tutta la vita. Ma mentre subivo, me ne rendevo conto adesso, c'era una parte di me che si preparava a quell'incontro. La vendetta si stava presentando nella furia con cui avevo spalancato il portone, nel modo nuovo in cui la guardavo, e stupiva anche me. Ero io, eppure ero trasformata. Non avevo più paura di lei. La fissavo e volevo che mi dicesse perché aveva umiliato la sua famiglia, perché aveva voluto distruggerci, perché non era venuta al funerale di suo padre, volevo sapere quando aveva lasciato colare via il sangue che scorreva nelle nostre vene per sostituirlo con un altro, che non era suo e non era nostro. Quella casa così grande, così ricca, diversa da tutto ciò che noi avevamo sempre avuto, ne era la prova.

Il portone era rimasto socchiuso, d'un tratto alle nostre spalle è arrivata una domestica che aveva sentito gridare.

«Vado a chiamare le guardie» ha detto, ed è corsa via.

Teresa si è lanciata sul portone per sbarrarlo, così che io non potessi scappare. Non aveva capito che io di scappare non avevo più voglia.

«Questa volta non ti libereranno» ha ringhiato. «Povera ingenua. Questa volta faranno con te tutto quello che devono fare.»

Con uno scatto improvviso si è avventata contro di me e mi ha afferrata per il collo.

«Perché mi odi... dalla prima volta che mi hai vista?» cercavo di parlare con voce strozzata, mentre lei stringeva sempre più forte. «Perché... hai sempre... voluto tutto per te?»

Lei non rispondeva, era una maschera malefica di piacere. *evil*

Sono riuscita a prenderla per i capelli e ho tirato forte, con tutta la forza che avevo, strappandole un urlo di dolore. Lei ha portato le mani alla testa e io mi sono divincolata.

«Lo so che sei stata tu a venderci a Fumel... a farmi arrestare... a tradire Pietro.»

Eravamo una di fronte all'altra adesso, due nemiche pronte a tutto.

Gli occhi di Teresa erano infossati dentro le orbite, si erano colorati di giallo; la testa, rinserrata nel collo, cominciava a confondersi con le spalle e con le braccia.

«Lo sa anche Pietro che l'hai venduto. Mi ha raccontato tutto. Tutto.»

Le braccia di Teresa si aprivano, diventavano ali piumate e bianche. La bocca era piegata in un ghigno disperato, come il becco adunco e affilato di una gigantesca civetta imperiale.

Ha allungato un braccio e da sopra una cassapanca ha preso un coltellaccio da campo. Gli occhi erano rotondi e impassibili e gialli, sbatteva fulminea le palpebre.

Si è avvicinata e ha sferrato un colpo.

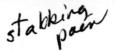

Ho sentito una fitta improvvisa al fianco, la lama mi aveva presa di striscio. Poi ha allargato le ali per spiccare il volo, un volo impazzito, tirava fendenti in ogni direzione. Uno mi ha colpita al braccio, ho provato un lampo di dolore.

Con un altro scatto improvviso, quell'enorme civetta mi ha spinta contro il muro, mi ha stretta alla gola e mi ha puntato la lama sotto il mento.

«Tu non vali niente» diceva, con i grandi occhi gialli sbarrati. «Sei una serva ignorante», e più parlava, con quel suo fiato malefico e quel becco adunco, più spingeva la lama contro la carne. Aveva già tagliato, lo sentivo, e stava penetrando.

Presto sarei morta, ho capito, uccisa dalle mani di mia sorella.

«Sono libera...» ho sussurrato allora, con il filo di voce che mi restava. «Libera.»

Ho trovato la forza di scuotermi da quella presa piumata e le ho strappato il coltello, poi l'ho spinta contro il muro del camino.

Lei è riuscita a non cadere ed è stata svelta ad afferrare l'attizzatoio, con una bordata me l'ha conficcato nel fianco. La fitta di dolore è stata atroce.

Io però adesso tra le mani stringevo il coltellaccio.

Allora è successo, ed è stato inaspettato. All'improvviso dentro di me è divampato un incendio, e mi ha annebbiato la vista. Mi sono ritrovata scorticata e a nudo, di fronte a una corazza indistruttibile. L'uncino dell'attizzatoio mi aveva arpionato la carne viva, e sotto la carne aveva scoperto un fuoco che bruciava: quella che vedevo ero io, era l'immagine più vera di me stessa che avessi mai visto. Ero una quercia che conosceva il sacrificio della siccità ma adesso era in grado di esplodere, libera verso il cielo, con lunghi rami pronti a riempirsi di foglie e di fiori.

Allora ho colpito.

E ho colpito, e ho colpito.

E ancora, e ancora, e ancora, con la vista annebbiata e il fuoco che bruciava.

Ho colpito per tutte le volte che mi ero sentita un essere scuoiato e mite, un'essenza scarnificata, una donna insignificante e già morta. Tutta quell'angoscia, che avevo tenuto dentro per chissà quanto tempo. Come avevo fatto a non farla uscire, come avevo fatto a non sentirla entrare?

Teresa ha combattuto, poi è crollata a terra stremata e si è accartocciata su se stessa, una pozza di sangue si allargava sotto di lei.

La civetta imperiale l'aveva lasciata sola, era volata via, di lei rimaneva soltanto quella posa innaturale.

Era bella, adesso, come non lo era mai stata, i lineamenti finalmente riposavano in pace, luminosa come le cose che se ne vanno.

Ero diventata feroce senza accorgermene, come si diventa vecchi o pazzi. Avevo ucciso? Dovevo scrivere il mio nome tra quello dei nemici? Sono corsa al portone, ho fatto scorrere il chiavistello e sono scappata fuori.

Ho preso il tratturo per il bosco su cui non sarei più tornata.

Terza parte

NEL BOSCO

30

È la morte che dà grandezza, dopo di lei non c'è niente. La nascita no, la nascita è un miracolo, per la morte invece c'è sempre una spiegazione possibile.

— Si può uccidere qualcuno che ha il tuo stesso sangue?, continuavo a ruminare mentre mi addentravo nel bosco. Avevo commesso il più antico dei peccati, ma il bosco mi soffiava sul collo e sulla schiena e mi avvolgeva con un mantello invisibile, finché non si è richiuso alle mie spalle. La colpa era in me, era nella mia famiglia, era in quello che ne era stato del Regno, oppure era nell'Italia? La responsabilità era solo mia oppure andava divisa per mille, per tutti noi?

Ho strappato dalla gonna delle strisce di stoffa per fasciarmi la gola, il braccio e il fianco feriti. Salivo, col fiato spezzato, lontano da ruderi e mulattiere, come perseguitata: davanti avevo la vetta del Monte Volpintesta, seguivo la sua sagoma gigantesca come una stella polare, ma era al bosco di Colla della Vacca che dovevo arrivare, e mancava ancora tanto.

Non sentivo più il dolore, né la fame, né il freddo, in un giorno di cammino ho superato Camigliatello, poi Sculca. I tetti delle case dei paesi li vedevo se mi arrampicavo per le alture, cercando aria, uscendo dalle faggete. Parlavo da sola, le parole mi abituavano al tempo che scorreva differente tra le montagne e le nuvole, mi aiutavano a sentire i muggiti di una vacca che partoriva in un pascolo vicino, un lupo che ululava, un torrente che correva tra le rocce più giù, in una forra dove mi lanciavo per dissetarmi.

Col buio, quel giugno, veniva la pioggia.

Iniziava al tramonto e andava avanti fino all'alba, una pioggia sottile e continua che degli aghi dei larici, delle pigne e delle foglie dei faggi faceva un unico ammasso scuro che lavava i pensieri e alla fine mi sembrava benedetto. Cercavo cenge o grotte per ripararmi, mi accucciavo e prendevo sonno stringendomi nella cammisa. Mangiavo erba e foglie tenere, masticavo cavallette e succhiavo chiocciole crude. Se vedevo un nido di tordo mi arrampicavo, rubavo le uova e le bevevo. Mi dissetavo con l'acqua della pioggia, lanciandomi sui cuscini dei muschi, e di notte diventavo anch'io terra di bosco, un seme che la pioggia fecondava.

Da un arbusto di maggiociondolo ho costruito una fionda come quelle che da piccoli facevano Raffaele e Salvo. Allora cercavo di colpire pernici e picchi neri, allocchi e gallinelle d'acqua, ma ero lenta e volavano via. Da sopra vedevo una distesa infinita di boschi, poi partivano le rocce argentate e la montagna d'acciaio, come la pelliccia di un lupo. Senza rendermene conto sono entrata nel bosco di Colla della Vacca, c'era una faggeta di giganti alti cinquanta metri e larghi due, erano gli alberi vecchi trecento anni di cui avevo tanto sentito parlare. Sapevo che Pietro e i suoi compagni erano lì, ma come trovarli?

Poi, una mattina, con la luce, in un rudere avevo visto due fucili abbandonati.

Il tetto era crollato, i muri erano macchiati di fumo e segnati da fori di pallottole. Doveva esserci stato uno scontro a fuoco, c'era ancora della brace sotto la cenere e qualche fiammifero buono avvolto in un fazzoletto. Ho aperto uno dei fucili: era carico. Me lo sono messo in spalla, ho preso i fiammiferi e ho continuato a salire.

Da giorni avevo lo stomaco talmente vuoto che i crampi mi straziavano. Finché un pomeriggio, in mezzo a una radura, è comparso uno stormo di gallinelle. Ce n'era una, irrequieta, che continuava a svolazzare su e giù, e a cambiare ramo.

L'ho puntata.

Volava a zigzag, faceva evoluzioni e picchiate, si posava e si rialzava, scompariva al di là delle punte degli alberi e tornava più rumorosa di prima. Alla fine è venuta verso di me, a venti metri, poi a dieci, come se volesse sfidarmi. L'ho puntata di nuovo. Ma un'immagine del sangue di Teresa mi ha frenata. Non ho tirato.

Il sesto giorno ho mangiato foglie di faggio e pinoli. Dalla spossatezza non riuscivo a camminare, avevo la vista annebbiata, ogni suono mi rimbombava nelle orecchie, il sole che filtrava tra i rami mi colpiva in testa e mi rammolliva le gambe. Sono stramazzata al suolo. Avevo bisogno di mangiare qualcosa, davanti agli occhi ballavano visioni di formaggi e di carni di ogni tipo. Stavo per perdere conoscenza, appoggiata al tronco di un pino, quando sopra di me è passato di nuovo quello stormo di gallinelle. Aiutandomi col calcio del fucile, a fatica mi sono tirata in piedi.

Ho aspettato che tornassero con la canna alzata, accecata dal sole. Quando sono arrivate – erano una decina – ho chiuso gli occhi. Allora ho tirato una fucilata alla cieca: un boato assordante è rimbalzato tra i fusti. Le compagne sono volate via con un unico frusciare d'ali.

Ma la più grande, forse la madre, si è avvitata su se stessa e qualche piuma è volata leggera. L'agghiu fatta, ho pensato. Ho tagliato tra gli alberi per raggiungere il punto in cui ero sicura che fosse caduta, ho cercato dappertutto, come una pazza, ma non c'era. Non l'avevo colpita.

È stato Marchetta a trovarmi, due giorni dopo.

Ero in mezzo a una radura, svenuta, con il sole che mi spaccava la testa. Aveva seguito le mie tracce, i fucili erano il suo e quello di Jurillu.

31

L'accampamento era nel fitto di un bosco di larici alti, la terra era ricoperta di aghi accumulati in molti inverni, la neve non li aveva macerati.

Da Sculca, l'ultimo paese, si doveva tagliare fuori dalla mulattiera e prendere per una pietraia che sembrava portare solo alla parete di una roccia e invece scendeva verso un torrente in secca. Attraversato quello si saliva per una faggeta che non finiva mai. Da lì c'era un altro giorno buono di cammino. L'<u>astore</u>, il capovaccaio e il nibbio, loro sì sapevano dov'era l'accampamento e anche qualche cervo, o qualche capriolo, di quelli che si perdevano tra le rocce in cerca d'acqua. Ma i bersaglieri e i montanari della Guardia nazionale lì non ci sarebbero mai arrivati.

Pietro e i compagni avevano occupato un gruppo di tre ruderi in una piccola radura. Le porte sfondate si guardavano, in mezzo c'era il cerchio grande e nero del fuoco.

Quando mi ha vista arrivare con Marchetta e l'arma in spalla, Pietro era seduto su un masso con il fucile smontato in mano, guardava attraverso le canne vuote. Si è alzato di scatto e ci è venuto incontro.

«Ti ha trattata bene, stu animali?» ha detto. «Sei magra,

Mari', mangia qualcosa», e subito mi ha portato del pane e del formaggio.

Le donne di solito non erano ammesse tra i briganti, se non come drude – accompagnatrici dei guerrieri dei boschi, come zia Terremoto –, ma Pietro sapeva che non mi sarei accontentata di essere una druda e poi la voce dell'uccisione di Teresa era già arrivata dentro la Sila, ero un'assassina, avevo ucciso una nemica e questo faceva di me qualcuno da rispettare. Pietro sapeva, come sapevano tutti, ma mai me ne ha fatto parola.

Prima di accendere il fuoco, quella sera, ci siamo messi uno di fianco all'altro per prendere l'ultimo residuo di calore del giorno dove il sole era da poco calato. Era un rito per chiedere protezione per la notte, ma la schiena e la nuca dopo essere stati rivolti a est erano davvero più fredde del viso e del petto. «Così ti orienti anche quando il sole tramonta» ha detto Pietro. «La temperatura scende e da est, invece, si alza l'umidità.»

Abbiamo messo ad arrostire salsicce su un ramo a forcella e tagliato pane nero. Ci siamo seduti in cerchio, attorno al fuoco, ognuno su un masso piatto. Eravamo otto: Pietro e io; Salvatore De Marco, detto Marchetta; Salvatore Celestino, Jurillu; Gennaro Leonetti, Drago; Vincenzo Marrazzo, Demonio, e i fratelli Saverio e Giuseppe Magliari di Serra Pedace. Erano tutti ex soldati dei Borbone sbandati, passati poi a fare l'Italia con Garibaldi e alla fine richiamati dall'esercito dei Savoia, che avevano disertato. Pietro era il capo.

Drago ha tirato fuori due orci di pelle di capra pieni di vino e l'alcol presto ha iniziato a riscaldare i discorsi, insieme ai corpi: Ferdinando diventava il più grande re del mondo; Demonio aveva visto un cervo grosso quanto il picco del Botte Donato; Jurillu aveva trovato cartucce a palle che tiravano a novecento metri, e con quelle aveva ucciso un lupo di centocinquanta chili; Napoli era una città falsa e orribile in confronto a Cosenza, e Garibaldi era il più valoroso

warlord *mercenary* *leader*

condottiero che il mondo avesse mai conosciuto, anche se non possedeva un decimo della furbizia di Cavour; Vittorio Emanuele era un idiota fortunato che si era ritrovato tra le mani un Paese senza rendersene conto; e loro, quella banda di briganti e disertori, loro erano gli unici eroi. «Noi siamo i veri italiani» diceva Marchetta. Ero in mezzo a quella comitiva di sconosciuti e mi sentivo al mio posto, nel mio luogo. Ridevo, di quelle loro trovate e dei loro giochi, e le mie risate li facevano continuare. Demonio, che per alzarsi aveva fatto cadere il sigaro tra le bestemmie degli altri, è salito su una pietra e ha aperto le braccia. Tirava vento e quel suo movimento ha portato odore di fieno e di tabacco, e di vino.

«Guardate qua» ha detto. «Ecco come sono vestiti i veri eroi d'Italia.» Portava giacca e pantaloni di panno nero, una larga cinta di pelle di capra, scarponi di cuoio di vacca e in testa un cappello a cono con la falda larga e floscia.

«Scinni da stu palcu!» ha gridato Marchetta, e gli ha tirato un sasso.

«E tu, tu chi preferisci, tra Vittorio Emanuele e Francesco II?» mi ha chiesto Drago tra le risate.

«Nessuno dei due» ho risposto.

«Uno u divi scegliere» ha insistito, prendendo un sorso dall'orcio di pelle. «Per forza.»

«Ciccillo.»

«Cic-cil-lo» ha ripetuto Drago. Tutti sono scoppiati a ridere per il modo buffo in cui aveva pronunciato il nome dell'ex re.

«Ciccillo.»

«E allora tu da oggi sei Ciccilla. Tutti qui teniamo il soprannome, pure tu ne devi tenere uno.»

Gli altri hanno applaudito. «A Ciccilla! A Ciccilla!» brindavano. Pietro mi scrutava e alla fine ha riso con gli altri. È così che da quella notte sono diventata Ciccilla.

Poi è venuto a piovere, una pioggia fitta che è finita presto, ma lo stesso non sono riuscita a dormire.

Mi rigiravo sul mio giaciglio di foglie, arrivava l'odore del mirtillo reso più intenso dall'umidità. Dalle doline che ci sovrastavano giungevano i richiami dei barbagianni e degli allocchi che frustavano le ali per andare a caccia. Da terra, nascoste nelle fessure di una roccia, i fruscii delle volpi in fuga, i gemiti dei caprioli, simili a lamenti di neonati. Poi, come è finita la pioggia, è iniziato il frinire secco e legnoso dei grilli e quello caldo e interminabile delle cicale.

Pietro si alzava e ravvivava il fuoco, quando tornava nel rudere mi alzavo io. Il cielo nel frattempo si era liberato e la luna, a metà, brillava sui fucili e io vicino a lui non ci volevo stare. Teresa – il suo fantasma – era ancora tra noi. Camminavo al buio per l'accampamento, avevo già imparato a riconoscere il terreno senza luce: rocce dure, galestro, terriccio, fango indurito, tappeti di foglie marce. Ma quando pioveva tutto cambiava: gli odori si accentuavano, i suoni si attutivano, il frinire smetteva, il riverbero della luna era acquoso e lucente, uscivano da infinite cavità lombrichi fosforescenti e millepiedi verdi, le falene tagliavano impazzite l'aria attorno al fuoco, gli scarabei si affacciavano dai loro buchi. Solo a notte fonda il bosco ha iniziato a riposare. Ci ha raggiunti un picco di silenzio che è durato due ore, fino alla nuova alba con le notizie di un nuovo mattino: le striature nel cielo e il verso del picchio. Gli altri hanno iniziato a svegliarsi e io mi sono sentita colpevole: non avevo partecipato al sonno.

Prima che gli uomini si alzassero, ho preso il coltello di Pietro e mi sono tagliata i capelli. Cortissimi, come un uomo.

Nessuno nel bosco poteva rimanere quello che era. Le ciocche castane cadevano e in ognuna c'era un pezzo di vita che se ne andava: l'infanzia a Casole, salire sul tetto di casa e nascondermi nella villa comunale e sulla torre campanaria; la giovinezza bruciata a filare per i Gullo; l'amore con Pietro nel pagliaio; il figlio, lasciato nel gelseto dei Mazzei;

papà, il suo funerale; mamma, che dopo l'Unità aveva ripreso a filare come una benedizione; Vincenza che al mio matrimonio mi guardava come faceva da bambina quando si infilava nel mio letto.

Ho raccolto le ciocche, ne ho fatta una treccia e l'ho sotterrata. Che rimanesse nel bosco di Colla della Vacca che per la seconda volta mi battezzava.

32

Nel bosco c'è la pazienza del tempo fermo, la tarantola si trova nello stesso punto del giorno prima, le zampe fuori dalla tana a prendere il calore del sole, l'allodola è di nuovo lì. È la pazienza del predatore che aspetta ore e giorni, immobile, come morto, prima di attaccare; è la stessa dell'uomo che prega. Così facevamo noi, in attesa del momento giusto per colpire.

Una mattina di inizio agosto, una settimana prima della festa dell'Assunta, io e Pietro siamo andati a fare provviste da un massaro amico. Camminavo davanti e facevo l'andatura, Pietro era più allenato e mi stava sotto. Passavamo vicino a larici adulti con la corteccia spessa che grondava resina, la terra era coperta di un fango scuro e scivoloso e a un certo punto è stato come se avessi calpestato una pigna marcia. Ma dopo due passi ho sentito una scossa vicino alla gamba insieme al boato di uno sparo. Pietro aveva fatto saltare la testa a una vipera che mi era strisciata accanto. Adesso l'animale era a dieci metri da noi, con la testa esplosa e la coda che si dibatteva ancora. Tra le rocce che salivano, alla nostra sinistra, un frusciare di foglie: era la compagna che scappava.

«Vipere nere» ha detto Pietro. «Se ti mordeva eri muorta.»

«Non l'ho vista», e intanto mi guardavo attorno.

«Il bosco parla da sotto le suole.» Non c'era alternativa tra dominare ed essere dominati. «Si stavano accoppiando» ha aggiunto, indicando i resti dell'animale.

È bastato quello. Mi ha tirata per un braccio, ho opposto resistenza, allora mi ha spinta contro il tronco di un vecchio faggio. Io non volevo più il contatto col suo corpo, mi dimenavo, scalciavo, facevo con mio marito come avevo fatto col soldato nella prigione di Fumel. Ma lui era più forte e mi faceva sentire sbagliata. Senza allentare la presa ha tirato fuori il coltello e ha inciso il fusto; sulla punta di un dito ha raccolto la resina e, tenendomi ferma la testa, me l'ha spalmata sotto il naso.

«Respira» diceva, «e statti tranquilla.» Mi parlava piano, dentro l'orecchio, poi tornava a pulire la resina e a spalmarne di nuova. L'effetto si è fatto sentire subito, perché mi sono calmata e mi sono seduta per terra.

Allora Pietro mi ha cercato la bocca mentre mi stringeva al collo come una bestia affamata. Giurava di amarmi, diceva di aver sbagliato tutto e implorava perdono per i suoi tradimenti, ringraziava Dio di averci fatto ritrovare, diceva che ero la donna più coraggiosa che fosse mai nata e lui, per avermi in sposa, l'uomo più fortunato; diceva che senza di me era impazzito, e la sua voce si faceva sempre più bassa e dolce e minacciosa. Sapevo che avrei dovuto ribellarmi ma la verità, me ne rendevo conto adesso che sentivo il suo odore, era che la sua mancanza si era scavata come una ferita. Mi erano mancati la sua voce, le parole, gli entusiasmi, il coraggio, il suo slancio. Senza la sua approvazione, senza il suo corpo – lo sentivo adesso mentre mi accarezzava –, io non ero io. «Sei mia» diceva, e mi prendeva. «Pure vestita da uomo sarai sempre e solo mia, Ciccilla» sibilava, mentre mi stringeva il seno nelle mani, si aggrappava alle cosce come all'ultimo spuntone di roccia prima dell'abisso, mi apriva i pantaloni e con dita tremanti cercava l'ultima fessura prima della caduta. Io ho lasciato che prendesse a piene mani.

È stato allora che abbiamo incontrato Bacca.

Su una balza di roccia ho visto la testa grigia di un grande lupo che ci fissava. L'ho indicata a Pietro e lui subito ha detto: «È femmina». Ma dovevamo proseguire per la masseria e abbiamo tagliato dentro una pietraia. Salendo si arrivava in una radura a strapiombo: sotto, in lontananza, compariva la tela d'argento di uno stagno d'acciaio. Dovevamo salire per poi scollinare. Da sopra si vedeva il bosco che scendeva e terminava in un prato. La masseria era lì in mezzo.

Abbiamo scalato una cengia che portava fuori dal sole puntando a nord, poi Pietro davanti a me ha indicato sotto di noi nel punto in cui poco prima ci eravamo fermati a osservare lo stagno: la lupa era lì e di nuovo ci guardava. Ora la vedevo bene anch'io: aveva una grande chiazza bianca che le divideva in due la fronte allungandosi sui fianchi e una curiosa macchia rossiccia sul dorso. Anche così, da lontano, si capiva che era giovane, aveva il pelo lungo e folto e le orecchie aguzze, ed era enorme. Stava immobile, come se conoscesse le sorprese dell'uomo da quella distanza. Solo dopo ha iniziato a scartare la testa di lato, a fingere di osservare qualcosa verso lo stagno: si era stancata di quel duello a distanza. All'improvviso si è voltata e in tre o quattro falcate era già sparita tra le rocce sollevando onde di aghi.

La sera, una leggera foschia disegnava sui tronchi linee biancastre.

All'accampamento abbiamo fatto il fuoco e messo ad arrostire una forma di pecorino che ci aveva dato il massaro: dovevamo decidere chi avremmo colpito. Avremmo chiesto denaro, in parte l'avremmo tenuto per finanziare la banda e in parte distribuito ai braccianti dei territori di Macchia Sacra, Carlo Magno, Perciavinella, Valle dell'Inferno e tra quelli che lavoravano per i signori di Serra Pedace, Casole, Macchia, Aprigliani, Celico, Rogliano, fino a San Giovanni in Fiore – la nostra zona di influenza.

Quando è stato il mio turno di proporre il nome della civetta da colpire non ho avuto dubbi.

«I Gullo» ho detto. Il bosco parlava per me, la guerra mi toglieva la colpa.

Era la mia prima azione. Sono stata accontentata.

Abbiamo preparato una lettera di minacce con la richiesta di duemila ducati: sarebbe stata recapitata a un manutengolo che lavorava in una masseria non lontana da Spezzano. Ma eravamo in guerra e la voglia di ballare ci esplodeva tra le mani.

Jurillu allora ha tirato fuori la ciaramedda, gli altri lo accompagnavano con i fischietti a paru di canna e intonavano canti che esaltavano la lotta per la sopravvivenza e lo scontro tra l'uomo e gli animali. «Adesso suona» gridavo, «suona per quelli che se ne sono andati e per quelli che devono venire. Suona, Jurillu, suona!»

Mi avvicinavo a Pietro, inebriata dalla luna, dall'aria fredda e dal vino.

«E tu canta, Pietro. Balla, Pietro, balla!»

E Pietro mi faceva girare, lì intorno al fuoco e ai suoi compagni, al centro della radura, nel cuore del bosco di Colla della Vacca.

Poi ci siamo messi a cantare tutti insieme la canzone dei briganti, quella che cantava zia Terremoto e che non avevo più dimenticato.

> *Diciott'anni, o mio Signore,*
> *sono belli da portare.*
> *Com'è bella da donare*
> *questa vita quand'è in fiore.*
> *Il brigante contadino*
> *l'ha falciato l'oppressore,*
> *come un filo d'erba dritto*
> *disarmato dalla morte*

dorme un sonno di bambino
coricato alle tue porte.
O Signore, tu lo puoi:
dagli il cielo degli eroi.

Cantando giravamo in tondo, celebravamo la vita. Poi ognuno si è perso a seguire i propri pensieri al suono della legna che si spaccava nel fuoco o al richiamo di un allocco.

D'un tratto, nell'oscurità Marchetta ha avvistato due occhi luminosi.

Subito si è alzato e ha afferrato il fucile, potevano essere dei gatti selvatici o un branco di lupi. Si diceva che per la Sila girasse un orso gigantesco che nessun'arma era in grado di uccidere. Quei due occhi continuavano a fissarci dal buio.

Quando Marchetta ha puntato, pronto a tirare, l'ho fermato. Ho preso un ramo e l'ho acceso al fuoco. Lentamente mi sono avvicinata a quegli occhi con la torcia stretta in mano.

La lupa che avevamo avvistato quel giorno era lì, e più avanzavo più emergeva la sua sagoma: era enorme, la grande testa alzata orgogliosamente verso la luna.

Ho fatto qualche passo e la lupa invece di avanzare è indietreggiata, abbassando la testa. Mi sono fermata, e lo stesso ha fatto lei. Poi ho continuato e lei ha ripreso la sua marcia all'indietro, con la testa e la coda basse. Non voleva attaccare. Più che di cibo sembrava in cerca di compagnia. Allora ho alzato la torcia al cielo e sono tornata a passi lenti verso il nostro fuoco. La lupa, diffidente, mi ha seguita.

«Ie nu lupu stranu» ha detto Jurillu. «È come a nu cane enorme.»

Non c'è stato neppure bisogno di dirlo, abbiamo deciso che sarebbe rimasta con noi.

«Bacca» ho detto. «La chiamiamo come il segno rosso che ha sul dorso.»

33

Le notizie di ciò che accadeva in paese dopo qualche ora arrivavano sulle montagne attraverso una rete di massari, pastori e manutengoli che ci sostenevano nella guerra civile.

Il conte Alfonso Gullo, il marito della signora per cui io e mamma avevamo lavorato una vita intera, aveva ricevuto la lettera: qualche giorno dopo ha fatto sapere che non avrebbe pagato e che invece ci avrebbe denunciati al comandante della Guardia nazionale.

Non aspettavamo altro. Era deciso.

Il 15 agosto era la festa dell'Assunta, la patrona di Macchia, e noi avremmo sfruttato la confusione per colpire. Siamo partiti in tre, io, Pietro e Marchetta, un fucile, una pistola e un coltello ciascuno, e la sera siamo arrivati nel campo di ulivi all'ingresso del paese. Come tre ombre siamo scivolati sotto il muro che delimitava il giardino dei Gullo, ci siamo arrampicati e siamo saltati dentro. Poi ci siamo nascosti dietro una siepe di lauroceraso.

Nella casa era festa. Non c'era solo la famiglia del conte Alfonso, con la contessa che si alzava da tavola e si sedeva al pianoforte a suonare per gli invitati, c'erano anche le famiglie dei fratelli, i padroni del concio di liquirizia di Sollazzi, una delle industrie più ricche della provincia.

Al di là della siepe non c'era strada o piazza senza gruppi di paesani che cantavano e bevevano per l'Assunta, ambulanti vendevano crocette di fichi secchi, mandorle e miele, pitte con l'uva passa e mostaccioli col mosto, e i ragazzi lanciavano petardi. Ecco, stava arrivando il momento. Al tre abbiamo sparato insieme contro le finestre: tre colpi di fucile da un'oncia e tre di pistola da mezza oncia. I vetri sono andati in frantumi, la contessa Gullo ha iniziato a gridare come indemoniata, le mani nei capelli, lo sguardo al cielo, il marito correva da un lato all'altro della casa, i fratelli scappavano a nascondersi. Ma non volevamo ferire nessuno, era solo un avvertimento a chi fino a quel momento aveva comandato e adesso doveva iniziare a ubbidire.

«Via, via» ha detto Pietro. Era già tutto finito.

In un momento abbiamo scavalcato la siepe, eravamo sulla strada dietro la curva che portava fuori dal paese, già in mezzo alla terra dura che scendeva all'uliveto. Abbiamo tagliato dentro il bosco facendoci guidare dalle stelle, siamo arrivati all'accampamento alle prime luci dell'alba con le ghiandaie che mandavano il loro richiamo dai rami degli abeti, qualche scoiattolo che si arrampicava su un tronco e si guardava attorno, con la brina che iniziava a sciogliersi. Bacca ci aspettava vigile, le orecchie alzate e la coda dritta.

Dopo qualche giorno anche nel bosco di Colla della Vacca è arrivata la notizia: la Guardia nazionale aveva incendiato la nostra casa di Macchia. Francesca, la madre di Pietro, per miracolo era scampata alle fiamme, non aveva salvato niente ed era dovuta andare a vivere con la figlia Elina e suo marito.

La nostra casa bruciava insieme alla nostra misera dignità, insieme ai pochi risparmi degli anni passati a filare, a farsi marcire i polmoni in mezzo al carbone. Niente prove, niente accuse, nessun processo, la Guardia nazionale savoiarda arrivava e nella notte bruciava tutto.

«Nooo» gridava Pietro, e bestemmiava. «Mu facivi na vampata!» Ma era solo l'inizio e loro erano disposti a tutto pur di vincere la guerra civile. Eccolo, pensavo, il destino di noi italiani: o fai il ruffiano, il predatore, la poiana e la civetta; oppure fai il ladro, il delinquente, il brigante, lo stambecco.

«Evviva l'Italia» ho detto. «Il Paese dove tutti sono in guerra con tutti. Se questa è la giustizia, alla giustizia preferisco mio padre.»

Quella sera, al tramonto, avevamo già cotto l'ultima spianata di pancetta quando un grande nibbio, appostato sul ramo di un larice, ha dato una rumorosa scrollata d'ali ed è venuto a scipparmi il piatto di latta da cui stavo mangiando.

Era da un po' che quell'uccellaccio girava attorno all'accampamento, doveva essere affamato o pazzo, perché quando calava il sole i nibbi di solito erano al riparo. Lui no. Qualche giorno prima Jurillu aveva salvato un leprotto dall'assalto di una volpe; l'aveva trovato sanguinante e zoppo, l'aveva preso e lo teneva in una scatola di cortecce di faggio, ma il leprotto era sparito e Jurillu aveva pensato che se lo fosse preso il nibbio. Quella sera, invece, io ero rimasta senza cena. Forse, ho pensato, il rapace aveva scelto me perché in quei giorni tenevo u sangu e sentiva l'odore del mestruo, pensava che stessi morendo e fossi inoffensiva. O forse mi stava sfidando perché ero donna. Per un po' l'ho cercato nell'oscurità con il fucile in mano, ma non c'è stato niente da fare, era sparito.

«Ti sei fatta fregare da un uccello» rideva Marchetta. Ma io mi ero già messa in testa che me l'avrebbe pagata, le leggi della montagna ormai mi scorrevano nel sangue.

Il giorno dopo ero stata tutto il tempo con gli occhi al cielo, e l'avevo trovato in un bosco lontano. Nessun altro della sua specie viveva nei paraggi, forse li aveva cacciati tutti per essere il padrone. Doveva avermi vista, perché aspettava che passassi per sbattere le ali, due metri di apertura, poi saliva oltre il picco della montagna e si infilava nella crepa di una roccia. All'improvviso si buttava dalla cresta, fende-

231

va l'aria e spariva di nuovo. Era diventato la mia ossessione. Bacca ululava al cielo.

La sera seguente, di nuovo, si è presentato a pochi metri dal nostro fuoco e di nuovo ha tentato, pazzo, scendendo in picchiata, di strapparmi la ciotola. Ma questa volta ero preparata e non ci è riuscito.

«È davvero gruossu» ha detto Drago. «Uno così non l'avevo mai visto. È niuro come la pece.»

Era grande, con le penne scure striate d'oro.

«Dev'essere un metro» ha detto Jurillo. «Forse nu metro e mienzu. E cinque chili li pesa tutti.»

La notte non ho dormito, u sangu mi faceva male. Anche Bacca guaiva e si agitava. Ogni tanto una civetta scandiva il tempo, io mi alzavo a ravvivare il fuoco, risparmiavo il turno agli altri. Tornavano fatti e luoghi che credevo dimenticati. Raffaele che bruciava le veline dei disegni; mamma alla finestra che cercava con gli occhi le montagne su cui adesso io vivevo; Teresa al suo matrimonio, poi riversa a terra nel sangue; Napoli chiassosa all'arrivo di Garibaldi; la maestra Donati, per strada, che per la vergogna evitava il mio sguardo. Ogni tanto Bacca guaiva, tirava su la testa per cercarmi e poi si rimetteva giù.

Mi sono alzata di nuovo, sono andata a rovistare nella giacca di Pietro e ne ho cavato un mezzo sigaro. Mi sono messa a fumare. Poi l'ho spento e ho cercato di dormire. Almeno un paio d'ore avrei dovuto farle.

Ma alle quattro ero già in piedi, il fuoco si stava spegnendo, gli altri dormivano ancora, Jurillu russava come un cinghiale. Dopo aver ravvivato la brace mi sono bagnata la faccia con l'acqua di una botte. Ho riscaldato il caffè sul fuoco e con lo straccio unto ho oliato le canne al fucile, poi ho infilato in tasca due pezzi di pane e riempito la borraccia. Bacca era impaziente, saltellava sulle zampe e si stiracchiava. Almeno lei, forse, aveva dormito un po'.

Il vento freddo della notte mi schiaffeggiava, mentre salivamo per il sentiero che conoscevo a memoria, seguendo la posizione e la forma delle costellazioni. Il terreno gelato scricchiolava. Ogni tanto Bacca correva avanti, poi tornava, e prima di vedere lei vedevo il suo fiato che si condensava in vapore. L'autunno era vicino. Bacca si fermava e mi aspettava e allora sentivo il suo respiro.

Dove la montagna si apriva verso valle si è affacciata la prima luce dell'alba. Dopo tutto quel camminare in salita, all'improvviso ho sentito caldo, era un raggio di sole che mi colpiva in faccia, un paio di allodole hanno trillato da un cespuglio. Eravamo arrivate nel posto in cui il giorno prima avevamo visto il nibbio. Mi sono seduta su una pietra ad aspettare, il fucile sulle gambe, e ho mangiato un po' di pane. Bacca aveva trovato qualcosa, o aveva sentito il volo del predatore, perché ha smesso di scavare e ha tirato su le orecchie. Dopo un attimo anch'io ho sentito il battere delle ali gigantesche. Ho alzato la testa e il nibbio era lì sopra, ci aveva viste. Mi sono tirata in piedi ma lui è subito sparito.

L'abbiamo ritrovato dopo due ore. È arrivato alle nostre spalle, dalla cima di una rupe, in picchiata, con le ali ferme. Mi stava sfidando. Con un colpo è risalito, ho puntato il fucile ma ormai era fuori tiro. Ho sparato lo stesso, volevo fargli sentire il botto, renderlo meno sicuro. Bacca non se l'aspettava e al boato ha fatto un balzo fuori dal sentiero. Ma il nibbio, che era altissimo, si è lasciato andare verso il basso come in caduta libera e per un momento ho creduto di averlo preso.

«Vai vai, Bacca, vai!» ho gridato. Ma Bacca sapeva che non l'avevo colpito e non si è mossa. Poi l'uccellaccio è scomparso dietro la cima della montagna, non si sarebbe più fatto vedere per un pezzo.

Avevo sbagliato a sparare. Mi sono sdraiata su un letto di foglie secche e ho bevuto, poi ho mangiato il resto del pane e anche Bacca ne ha preso un po'. Ho raccolto dell'acqua nel fondo dello stivale e l'ho fatta bere. Ci siamo sdraiate una di fronte all'altra, in mezzo ai rami filtrava una lama di sole e si posava sugli aghi ingialliti. Ci siamo addormentate. D'un tratto mi sono svegliata sentendo un solletico al collo, un ragno dalle zampe lunghe cercava di infilarsi sotto il cappello. Bacca non c'era più. Si era arrampicata in alto: doveva aver avvistato il nibbio. Ho preso il fucile e l'ho raggiunta.

L'uccello era lì – maestoso e nero, appollaiato su un abete giallastro – e ci fissava, il sole stava iniziando la sua discesa. Avevo tenuto un pezzo di pane apposta per lui, ho alzato il braccio e gliel'ho mostrato. Allora il nibbio ha spiccato il volo e con due battiti d'ali si è lanciato. Sapeva che o c'era il pane o c'era il fucile, così ha tentato il tutto per tutto.

Quando stava per raggiungerci, Bacca ha saltato come per azzannarlo e io ho sollevato le canne che reggevo con l'altra mano. Allora l'uccello ha virato, e con uno scarto e due botte d'ali è tornato su, altissimo, fuori tiro. Ho sparato comunque: due colpi che hanno risuonato per tutta la valle. Ma il nibbio ha continuato il suo volo ed è andato a posarsi su una roccia in alto. Stava lì e non si muoveva. Bacca ha aperto la strada. C'era una mulattiera che portava lassù, ci siamo arrampicate.

Siamo arrivate da dietro, sporgendosi verso valle si vedeva il becco adunco e nero. Dovevano essere le due del pomeriggio, avevamo tre ore di strada per l'accampamento, non ci rimaneva molto se non volevamo tornare col buio. Bacca si è sporta e con la zampa ha fatto cadere qualche rametto. Il nibbio restava immobile. Guardava la valle come se fosse il padrone. Anch'io ho lasciato cadere qualche rametto e uno l'ha sfiorato. Lui ha allargato le ali e ha spiccato il volo. Ma dopo un attimo ha perso quota, batteva a vuoto. Nel fuoco di prima l'avevo colpito.

Ho sparato di nuovo e il nibbio si è rovesciato, mostrando al cielo le piume dorate. L'avevo ucciso. È piombato a

234

terra con un tonfo sordo, qualche piuma ancora svolazzava nell'aria.

«Ti ho ammazzato» ho detto. «Stasera abbiamo da mangiare.»

Ma appena l'ho detto mi è presa una grande tristezza: insieme a lui se n'erano andati il bosco, il cielo e il sole. Eravamo stati compagni e adesso non c'era più.

Siamo scese e l'abbiamo raccolto.

Era pesante. Forse sì, era cinque chili. L'ho aperto e l'ho pulito dalle interiora, le ho lanciate a Bacca che le ha divorate. Ho infilato il nibbio nella bisaccia e siamo tornate all'accampamento con la nostra preda.

34

Vivevo secondo i cicli naturali del sole e della luna, secondo quelli delle stagioni, come aveva vissuto zia Terremoto, come aveva vissuto nonna Tinuzza. Era metà ottobre e con l'autunno la Sila si preparava a dormire; sul Monte Volpintesta, per chi viveva nei villaggi di montagna, nelle settimane prima del freddo salivano farina, pezze di fustagno e vino; e ne scendevano carri con provole, burrate, ricotte, castagne, mastelli e altri oggetti cavati dal faggio. Da quando vivevo nel bosco, a colpirmi più di tutto era la luce. Si presentava timida, col sorgere del giorno, ma appena il sole superava i fusti scoppiava dentro il cielo e bruciava tutto. Ogni mattina fissavo quel miracolo con occhi bene aperti: era una luce che si sottraeva all'ingiustizia, che rinnovava la forza di lottare. E noi, passato il giusto tempo, dovevamo mettere a segno la vendetta.

Non c'era giorno che non ricordassi la nostra casa, i mobili e gli oggetti bruciati, la nostra vita andata distrutta, anche se adesso mi sembrava vissuta da un'altra persona. Avremmo applicato la stessa giustizia che il Regno d'Italia usava con noi: i Gullo non possedevano soltanto la filanda ma anche stalle e masserie: avremmo preso quelle.

La mattina siamo partiti in otto, armati di tutto punto, solo Bacca è rimasta all'accampamento, di guardia. Abbiamo camminato un giorno intero, attraversato la faggeta di giganti e alle due del mattino siamo arrivati alla contrada di Piano dei Santi, fuori Macchia. Non c'era il freddo della montagna, l'aria era ancora quella profumata di biancospino e di cardi, il cielo pulito brillava di stelle. Era una strana notte ferma, una notte in cui non sarebbe accaduto nulla di buono.

Le stalle del conte Gullo erano tra le più grandi della provincia, insieme a quelle dei Mancuso: quattro costruzioni lunghe e basse, in fila. Abbiamo bussato al portone di quella più vicina alla strada principale.

Poco dopo, trafelato, ha aperto il colono, Gabriele Miceli; dormiva nelle stalle insieme alla madre, alla moglie e ad altri due giovani braccianti. A vedere lui mi è venuto in mente papà, che nelle stalle dei Morelli ci aveva dormito da solo senza neppure il conforto della famiglia. Il colono aveva gli occhi pieni di sonno e di fronte ai fucili puntati non ha alzato le braccia in segno di resa. Ha capito subito perché eravamo lì. Come tutti i contadini, lui e la sua famiglia stavano dalla nostra parte, e se potevano ostacolavano i padroni e la Guardia nazionale.

Ci siamo guardati. La masseria era grande e di tutta quella ricchezza c'era da fare un gran fuoco. Per cominciare abbiamo scelto il pagliaio, alto e stretto, a forma di torre.

«C'è qualcuno? Ehi, c'è qualcuno?» ha gridato Pietro.

Poi dalla costruzione principale, quella dove dormivano i coloni, abbiamo fatto uscire tutti. Abbiamo tenuto Gabriele con noi, gli altri li abbiamo chiusi in un piccolo magazzino di fianco alla stalla.

Jurillu, Demonio e Drago si sono subito dati da fare dentro il pagliaio, appiccando tanti fuochi separati, mentre io e Marchetta tenevamo al sicuro Gabriele, e Pietro stava di guardia ai prigionieri del magazzino.

Presto tutto è avvampato. Il calore era terribile, ogni cosa si è accesa di luce: la campagna e il prato più oltre, il ghiaione che saliva, il contorno del Volpintesta. Non c'era vento quella notte, così le fiamme volavano dritte verso l'alto: presto il tetto e l'intavolato hanno ceduto, le assi esplodevano con fragore di tuoni. Il colono guardava andare in rovina il luogo in cui aveva lavorato per una vita e ci pregava di spergiurare, nel caso in cui ci avessero preso, che lui aveva fatto il possibile per evitarlo.

«Il possibile e l'impossibile» ha detto Marchetta strizzando l'occhio. Ma non era più solo il lavoro di Gabriele, a bruciare insieme ai suoi quattro tornesi guadagnati: adesso era anche quello del padrone, il fuoco li rendeva uguali. E il lavoro, lui lo sapeva, lo avrebbe comunque mantenuto, visto che era tutto da ricostruire.

Mentre il fuoco finiva di compiere la sua opera siamo rimontati a cavallo e siamo partiti insieme al colono per la contrada Gaudio, dove c'era la masseria principale di don Alfonso.

Gabriele ha bussato al portone col batacchio, una, due, tre volte. Poi ha suonato la campana, finché da una finestra non è arrivata la voce del mulattiere.

«Chi è, a quest'ora?» ha detto.

«Giuse', apri. Sono Gabriele.»

«Gabriele?» ha ripetuto quello, con la voce chiusa dal sonno.

«Miceli. Il colono di don Alfonso.»

Come il mulattiere è sceso e ha aperto, noi ci siamo lanciati dentro in cerca di don Alfonso e della moglie. Abbiamo guardato in tutte le stanze ma non c'erano.

«Sono fuori paese» ha detto il mulattiere. «Don Alfonso ha avuto un contrattempo, sono partiti prima della cena.»

C'erano soltanto un bracciante, sua moglie Saveria e la figlia di Alfonso, Virginia Gullo, che da poco aveva compiuto un anno e dormiva beata tra le braccia di Saveria.

Pietro e Marchetta mi hanno guardata. Ero l'unica donna, chiedevano a me che fare. Appeso al muro del salone, sopra un grande camino, c'era uno dei proclami che il re distribuiva alle civette e faceva appendere ovunque.

I colpevoli del reato di brigantaggio, i quali armata mano oppongono alla forza pubblica, saranno puniti colla fucilazione.
Vittorio Emanuele II, re d'Italia

«Prendiamo la bambina» ho detto.

Ho tirato fuori la lettera di riscatto con la richiesta di seimila ducati e la dichiarazione che avremmo continuato a combattere la guerra civile e a rapire i traditori finché non ci fosse stato dato quello che ci era stato promesso dal Regno d'Italia: l'uso civico delle terre, l'abolizione delle tasse sul sale e sul macinato e la divisione delle terre demaniali.
L'ho letta ad alta voce e l'ho inchiodata di fianco al proclama del re. Poi, di fretta, siamo andati via.
Il 4 novembre, dopo undici giorni, i Gullo hanno pagato i seimila ducati e la bambina è stata liberata senza un graffio.

35

Nelle notti d'autunno le montagne spingevano nel bosco l'odore ghiacciato della neve che cadeva in cima, la terra scricchiolava come vetro e la brina ricopriva gli arbusti con i suoi disegni bianchi. Pietro si svegliava e metteva due o tre tronchi nuovi nel fuoco, quando la fiamma tornava ad alzarsi si sfregava le mani e ci soffiava dentro. Girava le palme verso il calore e si massaggiava la faccia.

«Presto nevicherà» diceva, «e ci serve un posto al coperto. Dovremo dividerci in piccoli gruppi.»

Temevo la sua vicinanza, ma allo stesso tempo la desideravo. In quei mesi, dopo l'avvicinamento dei primi giorni, non avevamo vissuto in intimità: ci scrutavamo da lontano, ruotavamo l'uno attorno all'altra ma stavamo distanti, come due lupi che si fiutano e sanno che l'altro potrebbe attaccare. A volte quando i compagni erano lontani Pietro mi corteggiava, cercava il contatto col mio corpo come quando eravamo fidanzati, ma non lasciavo che prendesse ciò che voleva. Bacca ormai viveva tra noi, mangiava dalle nostre mani e beveva da una secchia sempre piena. Ogni tanto spariva, anche per tre o quattro giorni; poi tornava col muso impregnato di sangue fino alle orecchie, se aveva ucciso una volpe o un cinghiale, e col pelo inzuppato quando nuotava nel torrente Fiego o nel Crati per cacciare le trote. Ne portava in dono all'accampamento, ma nel tragitto le straziava sotto i denti e alla fine erano immangiabili.

«Tiene cchiù cervello di te» scherzava Marchetta con Drago quando Bacca riappariva dopo giorni, saltellando come un cane. «Lei se si impegna impara a leggere, tu no.»

In effetti Drago non era mai andato a scuola, e nemmeno Jurillu. Tutti e due, dopo aver combattuto per i Borbone avevano raggiunto Garibaldi sul fiume Corace, come Pietro, in quell'agosto caldo del '60. Erano idealisti svelti come stambecchi, ma analfabeti. Demonio e i fratelli Magliari sì, avevano avuto un'istruzione, ma nessuno aveva fatto la strada di Pietro, che si era guadagnato una medaglia dal generale Sirtori e che, per il cervello fino e la lingua sciolta, era destinato al comando.

quick

Tutti, nella Sila e in pianura, parlavano della banda di Pietro Monaco – l'unica che aveva due capi, dicevano i maligni: Pietro e sua moglie Ciccilla. La mia fama, me ne rendevo conto, cresceva di giorno in giorno. In Calabria e nel resto d'Italia si raccontava di una donna terribile e feroce che viveva nei boschi e combatteva contro gli italiani. Mi dipingevano come una specie di mostro della foresta, mezzo animale mezzo donna, un essere che portava morte e distruzione, il terrore dei bersaglieri. Nei paesi fiorivano leggende sul mio nome, così quando comparivamo da un massaro amico ero sempre io quella che i bambini, con le madri appresso, uscivano a guardare.

«Iè una fimmina normale» sussurravano i più piccoli quando mi vedevano, un po' sollevati e un po' delusi. «Dicevano che Ciccilla era alta cume a na montagna e forte cume a un orzu.»

Io sorridevo e scrollavo la testa, ma erano i loro occhi pieni di ammirazione a farmi capire chi davvero ero diventata. Mi chiedevo come reagisse mamma quando per strada qualcuno la avvicinava e la trattava col riguardo a cui non era abituata, per quella figlia che era sempre stata strana, na malu spiritu come la nonna Tinuzza.

Ma anche i giornali si occupavano di me, e di me più ancora che di Pietro, e non soltanto i giornali italiani. Ero diventata conosciuta senza neppure saperlo proprio nel momento in cui avevo deciso di nascondermi, e di tutta quella fama non sapevo che farmene. I giornali scrivevano che comandavo una banda numerosissima di feroci briganti, assassini spietati. Falsità. Una cosa, però, era vera: ero l'unica brigantessa d'Italia, tutte le altre donne erano drude, io invece non accompagnavo nessuno. Comandavo, insieme a mio marito. Così, la fama di Ciccilla si era sparsa rapidamente in Francia, in Austria, in Inghilterra.

Un giorno un manutengolo ci ha portato due giornali, Marchetta ha letto i titoli ad alta voce, a caratteri grandi, sulla prima pagina, senza sapere cosa significassero. *Ciccilla, la bête humaine*, e tutti insieme abbiamo alzato i calici. *The new nightmare of Italy: Ciccilla*, e ce li siamo scolati. Pietro stava in disparte e un po' ne soffriva, alla fine alzava il calice con noi e brindava.

Raffaele Falcone, il fratello di Gian Battista – il ragazzo calabrese che a Napoli aveva introdotto Pietro a Pisacane, l'amico col quale poi Pietro era andato a farsi massacrare a Sapri –, era appena stato nominato comandante della Guardia nazionale, e in poco tempo si era conquistato la fama di sterminatore di briganti.

«Ecco un'altra civetta imperiale» aveva esclamato Pietro disgustato. Raffaele, come il fratello, aveva sempre creduto che la rivoluzione si facesse unendo il popolo e i braccianti, e lasciando indietro la nobiltà e i gentiluomini che rappresentavano il passato, il Settecento, le corti, la corruzione. Ma cambiato il potere, come un pecorone o una civetta aveva cambiato anche idea e la verità era che di bande di briganti ne aveva già sgominate parecchie, fucilando e poi straziando i cadaveri, e incendiando le masserie, i fienili, le proprietà di chi collaborava: la banda Palazzo della zona di Corigliano e Rossano; la banda di Gaetano Rosa Cozza di Acri; quella di Camponetti di Longobucco; la banda Lavalle di Terranova e Tarsia; la banda di Repulino del territorio di Cassano; quella di Vincenzo Chiodo di Soveria Mannelli e di Leonardo Bonaro; di Pietro Paolo Peluso e di Salvatore De Marco detto Francatrippa, di Serra Pedace. Aveva ucciso senza pietà, senza rimorsi, così come aveva ammazzato un esercito di braccianti, coloni, pastori, taglialegna, cravunari che a quelle bande portavano viveri, armi e informazioni.

Anche Raffaele Falcone compariva sulle pagine di giornale, era il suo metodo ad averlo reso famoso: tagliava le teste dei capibanda e le infilzava ai pali. Poi prendeva i pali, ancora gocciolanti, e li piantava all'ingresso dei paesi, così che i braccianti potessero vedere cosa significava fare la guerra civile. Naturalmente tutti ci pensavamo, alla possibilità di finire infilzati su un palo. Ma io pensavo anche che i miei occhi non si sarebbero chiusi né di fronte alla terra né davanti al cielo; e, ai mocciosi che sarebbero venuti a spiare la mia testa straziata, quegli occhi spalancati avrebbero mostrato che si poteva vivere da schiavi oppure combattere e diventare liberi. Ma la verità era che noi pensavamo soltanto alla guerra e al nostro piano finale: il rapimento dei Morelli, quello che sarebbe stato il nostro ultimo atto, il più grandioso. Sarebbe stato vincere la guerra civile in Calabria, poi le altre regioni del Sud ci avrebbero seguito. Avremmo ottenuto con la forza il mantenimento delle promesse di Garibaldi. Poi avremmo deposto le armi.

Ma era arrivato il momento di cambiare zona, dopo il rapimento di Virginia Gullo restare nel bosco di Colla della Vacca era pericoloso. I bersaglieri di Raffaele Falcone erano già entrati nel bosco a cercarci: potevano nascondersi dietro ogni roccia, dentro ogni caverna.

Così ci siamo preparati a un lungo viaggio per attraversare la Sila, leggeri, con poche provviste – avremmo trovato da mangiare durante il cammino. Abbiamo superato le valli dei fiumi Neto e Garga e dopo aver scalato il Monte Altare e il Sordillo abbiamo tagliato le foreste secolari della Fossiata e del bosco di Fallistro. Al tramonto facevamo il fuoco e dormivamo qualche ora, prima dell'alba ripartivamo col freddo che diventava pungente.

Siamo arrivati alla valle del Trionto una mattina col primo sole, e di fronte a noi è comparso il Botte Donato con la cima innevata. Bacca apriva la via, e noi le andavamo dietro. Abbiamo tagliato verso le valli del Crati e del Savuto, a destra c'erano monti percorsi da forre e boschi fittissimi, a sinistra montagne scavate da gole profonde, invase di faggete e muschi. Dopo dieci giorni abbiamo lasciato i paesaggi ampi della Sila Grande per entrare in quelli tormentati della Sila Piccola, poi finalmente si è alzata la sagoma minacciosa dello Scorciavuoi e in fondo la forma del Monte Gariglione. Era lì che dovevamo arrivare. Abbiamo tagliato la valle e a notte fonda siamo entrati nella gola del Soleo, un posto così buio che veniva chiamato Manca del Diavolo. Lì avremmo fatto i nuovi accampamenti. La notte ci siamo arrangiati alla bell'e meglio, minacciava neve e io e Bacca abbiamo dormito vicine. Pietro e Marchetta invece sono rimasti a vegliare vicino al fuoco, quella gola poteva essere una salvezza ma anche una trappola mortale.

Avevamo deciso che ci saremmo divisi in piccoli gruppi, stare uniti ormai era troppo pericoloso, avremmo costruito dei ripari sulle alture della gola e comunicato con segnali di fumo o spari ravvicinati. Pietro era contento, per noi voleva costruire una casa di legno e non un semplice rifugio: una casa nel bosco, che nella sua testa avrebbe rimpiazzato quella distrutta dal Regno d'Italia.

«L'abbiamo sempre voluta, dalla prima volta che siamo

entrati insieme in un bosco» diceva, e non era vero, o forse lo era stato un tempo ma adesso non più.

L'avevo desiderata anni prima, quando Pietro mi portava a vedere le cravunere, o quando era militare e io stavo con sua madre e sua sorella e sognavo, per i suoi rientri, un posto appartato, lontano da tutto, e passavo molti pomeriggi arrampicata sui rami di quello che avevo eletto il mio larice preferito; ma adesso che le circostanze ci costringevano avevo smesso di volerlo. Pietro lo capiva e da lontano mi studiava con aria abbattuta, quando tornava a mani vuote dalla perlustrazione per il luogo giusto dove costruire e mi trovava seduta a fumare, abbracciata a Bacca.

Avrei preferito scappare con la lupa invece di dormire con lui: il mio più grande desiderio, in quelle giornate fredde in cui a piccoli gruppi preparavamo i rifugi nelle gole della Manca del Diavolo, era perdermi nel bosco senza lasciare traccia.

Ma poi Pietro ha trovato il luogo.

«È perfetto» ha detto un pomeriggio.

Era felice come quando era ragazzo.

«Sarà la nostra nuova casa, lì tutto ricomincerà.» Ne era convinto e cercava di trasmettermi la sua euforia, ma i sorrisi presto gli si spegnevano in faccia.

Per arrivarci, dalla gola bisognava arrampicarsi per una decina di metri tirandosi a forza di braccia su una parete di massi che sporgevano come piccoli gradini. Una volta su si apriva uno spiazzo riparato, a metà costa, da cui si dominava il bosco a sud; nelle giornate limpide si vedeva la gola strettissima e, in fondo, l'Aspromonte. Tutt'attorno svettavano larici giovani, fitti e appuntiti, che facevano da riparo e fino a mezzogiorno lasciavano filtrare il sole. Dopo, la gola si immergeva nell'ombra, e dal fondo si incanalava un vento gelido che presto avrebbe portato la neve.

36

Molto tempo prima, al centro di quella radura qualcuno aveva costruito una fornace che adesso era in rovina, per cuocere pietre calcaree e ricavarne calce. Pietro l'aveva scoperta per caso, i muschi e le sterpaglie l'avevano resa invisibile, era un buco di un metro di diametro scavato nella terra e rivestito di pietre piatte. Poco più in là, inglobati tra i rami di un faggio, c'erano i resti di quello che doveva essere stato il rifugio di un tagliaboschi. Il tetto era crollato, bisognava liberarlo dai rami di quel povero albero, sarebbe stata la nostra casa. La striscia di terra più a sud, in pendenza verso lo strapiombo, era quella che prendeva il sole: lì avremmo fatto l'orto.

«Qui le patate non congeleranno neanche in inverno» diceva Pietro.

Di mattina andavamo con la banda a piazzare trappole per i cinghiali e, sugli alberi, per le ghiandaie. Di pomeriggio stavamo nella nostra radura ad abbattere larici chiari e altissimi, con la scure e la sega a due mani. Era una corsa contro l'inverno. Pietro tagliava i rami e sezionava i tronchi con colpi forti, io accatastavo fronde e legni sotto uno sbalzo di pietre.

Le giornate si erano accorciate all'improvviso, andavamo avanti a lavorare fino al tramonto mentre cuocevo farina di grano e bollivo patate. Non c'erano masserie nei dintorni, dovevamo provvedere da soli al cibo; a portata di mano, poco più su, avevamo solo una grande quantità di more di rovo. L'allodola e il vanello rimanevano fino a tardi a farci compagnia, ma presto sarebbero migrati al caldo. Nelle zone più buie della gola, chiazze di neve dell'inverno precedente ci aspettavano minacciose.

Verso valle Pietro aveva trovato una capanna di legno diroccata, doveva essere stata usata come deposito per gli attrezzi. L'abbiamo smontata e abbiamo portato via le assi. Le abbiamo lasciate ad asciugare al sole, poi le abbiamo inchiodate e abbiamo ricostruito il tetto del rifugio. Dai tronchi abbattuti nelle settimane prima Pietro ha tagliato travi di venti centimetri e ne ha fatto l'intavolato del pavimento. Alla fine abbiamo scavato un buco che portava alla fornace: sarebbe stata la stufa, anche con la peggiore delle gelate saremmo stati al caldo. Con le foglie rosse e larghe dei faggi ho fatto dei giacigli, sopra uno strato di aghi di pino che li isolava dal pavimento. Li avremmo accostati alla parete che guardava a nord, verso il Monte Gariglione.

Mentre costruiva il tetto, Pietro cantava.

Non l'avevo mai sentito cantare, aveva una voce forte, spavalda. Avrei voluto dirgli qualcosa, invece tacevo e lo ascoltavo. Erano canzoni di soldati che andavano al fronte, canzoni sul bosco e sulla montagna, canzoni di briganti. Forse in quei momenti dimenticava la guerra civile, la casa distrutta, gli amici morti, i tradimenti, i rimpianti. Forse l'unica felicità che ci è concessa, pensavo, accade mentre mettiamo insieme una casa e costruiamo qualcosa per l'avvenire. Poi è cominciato a nevicare.

In quelle settimane di gelo abbiamo continuato con i saccheggi, i furti e i rapimenti. Stare dentro la gola ci permetteva di agire nei paesi attorno alla Sila Piccola e di tornare al rifugio senza paura di essere scoperti. La neve ha continuato a scendere per settimane, sembrava sarebbe nevicato per sempre, nel giro di poche ore ricopriva le nostre tracce e rendeva difficilissimi gli spostamenti ai bersaglieri.

Pietro e Drago si allontanavano in cerca di cervi e cinghiali, era stato così, passata la valle della Tacina, a un giorno di cammino, che si erano imbattuti in Francesco Lavorate, guardia mobile di Aprigliano, spia dello sterminatore di briganti. Lavorate li aveva fissati a lungo, come se si fosse trovato di fronte all'orso della Sila, poi aveva fatto fuoco, impazzito. Drago era stato colpito a una spalla. Subito dopo la spia era fuggita dentro il bosco per andare a chiamare rinforzi. I briganti non colpiscono mai alla schiena, a meno che non vengano attaccati, ma Pietro non aveva avuto scelta, se fosse scappato sarebbe stata la nostra rovina: aveva puntato e sparato. Poi avevano gettato il corpo nel Crati.

Marchetta e Jurillu invece avevano cercato di sequestrare il barone Drammis, in affari con la famiglia Morelli, ma avevano fallito. In compenso erano riusciti a rapire il possidente Magliari e a nasconderlo in una grotta nella valle del fiume Savuto. La famiglia aveva pagato un riscatto di cinquemila ducati e Magliari era stato liberato. Lo stesso avevamo fatto con il conte Longo di Serra Pedace e con il barone Scipione Giudicessa di Spezzano Grande.

«Stiamo accumulando un tesoro» ha detto Jurillu una sera che si era messo a contare l'oro. Era vero, ne avevamo talmente tanto da poter sistemare per qualche anno tutti i braccianti della zona.

Dopo i sequestri, quando le acque si calmavano, sfruttando l'inverno e la neve scendevamo alle masserie con le sacche piene, sicuri che non ci sarebbero stati i padroni. I coloni, i braccianti, i bambini e le donne ci accoglievano a braccia aperte ed era festa grande, attorno al camino mangiavamo ricotta e carne d'agnello. Poi distribuivamo oro e ducati e andavamo via. «Arriva Gesù Bambino» dicevano i picciuliddri quando ci vedevano spuntare.

La sera, dopo aver razziato sulle terre dei ricchi, ogni tanto ci riunivamo tutti dove io e Pietro avevamo il rifugio.

«Tornerà pure la primavera» dicevo, «e sarà più bella delle altre perché saremo liberi.»

Qualcuno che si lamentava c'era sempre, così io insistevo: «Che importa della morte! Che importa, se attraverso di noi in migliaia si sentono liberi!». Allora brindavamo con l'acquavite che ci aveva lasciato un massaro e ci raccontavamo storie, mentre Jurillu suonava la ciaramedda. Le storie preferite erano quelle degli antichi gladiatori, schiavi che come noi si erano liberati; sentivamo, in cuor nostro, di appartenere alla stessa stirpe.

Una sera Pietro ha raccontato una storia del suo amico Gian Battista Falcone, il fratello dello sterminatore di briganti. Avevano trascorso una nottata intera, durante la traversata da Genova a Sapri a bordo del traghetto postale *Cagliari*, a fumare sigari e a parlare di Spartaco, lo schiavo che era riuscito nell'impresa di percorrere l'Italia per riunire contadini, pastori e schiavi in un esercito che aveva sconfitto Roma. Così Pietro l'ha raccontata a noi.

Spartaco veniva dalla Tracia ed era stato un soldato romano prima di disertare, essere catturato e fatto schiavo, per poi finire a lottare come gladiatore per divertire i nobili romani. Un giorno, prima di un combattimento, Spartaco aveva guidato un gruppo di settanta gladiatori: erano entrati nelle cucine dell'arena e avevano preso coltelli, mannaie, armi di fortuna, avevano rubato un carro e le armature da gladiatori ed erano scappati.

«Coi forconi e le roncole contro ai patruni» ha detto Pietro. «Capitu?» I gladiatori erano arrivati a Capua, dove avevano saccheggiato le ville dei ricchi, e si erano rifugiati sulle pendici del Vesuvio, «chine chine i viti». I Romani li avevano accerchiati in una macchia di vite selvatica e avevano chiuso ogni via di fuga. Ma gli schiavi si erano calati lungo una parete rocciosa usando le funi che avevano intrecciato con i tralci delle viti e avevano a loro volta circondato i Romani. «Li hanno fatti a pezzi» ha detto Pietro. Molti compagni di Spartaco erano morti negli scontri, gli altri erano scappati «intra lu bosco, come a nuautri».

Si sarebbero potuti ritirare, ormai liberi, ma nessuno lo aveva fatto. Erano rimasti con Spartaco, che aveva preso il comando insieme allo schiavo Crissio e allo schiavo Enomao. «Allora è capitatu u miraculo, 'a grazia, come è capitatu a nua.» Avevano iniziato ad aggregare spontaneamente contadini, pastori, schiavi, attirati non da ricchezze ma dalla sete di giustizia e di libertà contro le oppressioni di Roma. I ribelli facevano razzie nelle ville dei proconsoli e dei ricchi, poi dividevano il bottino tra contadini e pastori, e con l'oro e l'argento compravano armi. Erano ormai in centoventimila. Sembrava che stesse accadendo l'impossibile: uno schiavo che riusciva a sconfiggere un impero. «A fame i libertà pareva che cambiava u mundu...» ha commentato Marchetta mentre Pietro raccontava.

Poco dopo, però, Enomao era morto in battaglia e Crissio aveva iniziato a saccheggiare per il gusto di farlo. Così lui e Spartaco si erano divisi, avrebbero preso l'Italia su due fronti opposti: Crissio era sceso in Terra di Bari con trentamila uomini, ma era caduto in battaglia; Spartaco invece era andato a nord. Due volte aveva vinto i Romani sull'Appennino toscano, vendicando Crissio, poi aveva continuato la marcia verso nord, sbaragliando tutti. A quel punto, ancora, avrebbe potuto imbarcarsi per la Tracia, ritornare a casa da uomo libero, ma di nuovo non l'aveva fatto.

«Teneva u suogno di creari una cosa maggiuri, più grande: uno Stato di uomini liberi.» Così è tornato a sud ed è andato incontro ai Romani. Ma il Senato aveva affidato al proconsole Marco Licinio Crasso il compito di soffocare la rivolta, dandogli quarantamila soldati. «Cume a Raffaele Falcone, u sterminatore di briganti nuostru» ha riso Pietro.

Crasso prima era stato sconfitto, poi era riuscito a spingere Spartaco fino a Petilia Policastro, nella Sila, dove sarebbe avvenuto lo scontro finale. Spartaco, prima della battaglia, aveva ucciso il suo cavallo: «Se vincerò» aveva detto, «ne avrò quanti ne voglio, se perderò non mi servirà più». Poi a piedi si era lanciato nella mischia, in testa ai suoi uomini, cercando lo scontro diretto con Crasso. Ma il comandante romano si riparava nelle retrovie. Accerchiato dai nemici, battendosi come un lupo, Spartaco infine era caduto, trafitto dai colpi che arrivavano da ogni lato.

Il suo corpo, però, non era mai stato ritrovato. «Gli hanno tagliato la testa e l'hanno portata a Roma come trofeo. Chissà se è la stessa fine ca facimo nuautri rivoluzionari» ha detto Pietro.

Lo sapevamo tutti che sarebbe andata così anche per noi. Ma abbiamo alzato i calici e alla fine della storia di Spartaco abbiamo brindato al cielo che iniziava a schiarire.

37

Quell'inverno tagliavano gli alberi dei nostri boschi, partivano in squadroni e per settimane intere tagliavano, giorno e notte, infischiandosene della neve, del ghiaccio, del gelo e dell'oscurità. Faggete, lariceti, boschi di abeti. La Sila, l'Aspromonte, il Pollino, tutto sarebbe stato trasformato in traversine per le strade ferrate del Nord.

Da noi, la ferrovia che papà aveva sognato di vedere si era invece fermata alla prima tratta, e non sarebbe mai stata finita. Invece gli uomini del Nord arrivavano e portavano a valle migliaia di tronchi, protetti alle spalle dai bersaglieri. Le civette, di nuovo, chiudevano gli occhi e lasciavano che la nostra terra venisse spogliata.

Noi camminavamo dieci ore con la neve alle ginocchia, arrivavamo alle pendici del bosco e, appostati, li osservavamo mentre distruggevano il nostro mondo. Davanti a quelle scene era difficile credere che il mondo, il giorno dopo, sarebbe ricominciato, illuminato da una luce tutta nuova. Sceglievano un faggio, stabilivano il punto di incisione e poi iniziavano a picchiare, in quattro, da due lati opposti, con asce pesanti, prima di mettersi a lavorare con la sega a due mani. Fissavano le funi di tiraggio e continuavano a segare fino al punto di inclinazione. L'albero a quel punto veniva giù con un fragore assordante e terribile che rimbombava per tutto il bosco, gli uccelli volavano impazziti gridando di terrore. Poi gli uomini del Nord piantavano un chiodo con un anello in testa al tronco e con cavi d'acciaio lo trainavano a valle. Abbattevano tutto, alberi giovani e piante secolari, che cedevano come giganti feriti. Noi assistevamo impotenti: erano troppi e agivano contemporaneamente in tanti punti diversi della Sila.

Una volta soltanto ci siamo azzardati a sparare, perché scendeva talmente tanta neve che subito ricopriva le impronte. Ci siamo distribuiti a cerchio, così da colpirli da ogni direzione, abbiamo puntato e abbiamo fatto fuoco insieme fino a scaricare i fucili. Cadevano a uno a uno, proprio come i faggi che tagliavano. Poi ci siamo dispersi, ognuno per la sua direzione, e ci siamo ritrovati all'accampamento il giorno seguente.

Con Bacca abbiamo camminato fino al mio larice, quello che mi aveva salvata nei mesi di solitudine. Sapevo che la sua posizione lo rendeva difficile da abbattere, avamposto sulla valle, ma una forza mi spingeva a controllare.

Siamo arrivate dal sentiero in cima alla rupe e mi è preso un colpo al petto: il mio albero ricurvo era già stato inciso proprio sul fianco che affacciava sullo strapiombo ed erano state tirate le corde in modo da evitare la caduta nel vuoto. C'erano tre uomini con la sega che si davano il cambio. Bastardi, volevano portarsi via il mio rifugio, ho pensato, farne traversine per i loro dannati treni.

Io e Bacca allora ci siamo nascoste lontano, dietro un faggio i cui rami toccavano terra. Il tronco del mio larice era ormai stato segato ben oltre la metà, dentro il taglio erano stati infilati dei cunei di maggiociondolo, eppure lui non dava segno di volersi inclinare, anche se era in trazione con corde che si aggrappavano alla roccia. Tutto poteva succedere tranne che l'albero, una volta tagliato, cadesse nel crepaccio, perché a quel punto sarebbe stato impossibile per loro tirarlo su.

Era quasi pomeriggio. Avevo imparato a fare un fuoco sulla neve, si trattava di trovare rametti piccoli come fiammiferi su cui appoggiare rami sempre più grandi, a piramide, lasciando lo spazio centrale per accendere una foglia secca. Io e Bacca ci siamo sedute ad aspettare il tramonto, quando taglialegna e bersaglieri se ne sarebbero andati. Il mio albero stava lì, tirato verso la roccia che aveva guardato per tutta la vita: era un malato trattenuto dal gettarsi dalla rupe. Quando siamo rimaste sole ci siamo avvicinate. Adesso tirava un vento forte, che soffiava dentro i rami e li gonfiava verso valle. Il taglio alla base del tronco era profondissimo, già oltre la linea di rottura, era un miracolo che l'albero fosse ancora in piedi, e il vento era sempre più potente, arrivava a raffiche furiose che tendevano le corde allo stremo.

Allora ho accarezzato la corteccia spessa e mi sono fatta coraggio. Gli ho dato un ultimo saluto, ho preso il coltello e ho tagliato le corde. C'è stato uno schianto fortissimo, in un momento il vento ha piegato e trascinato nel burrone l'albero contorto. Non sarei più salita sui suoi rami ma non l'avrebbero mai usato neppure loro. Sarebbe rimasto per sempre nel bosco, sdraiato sul fondo di quella gravina.

Poi, prima del disgelo è arrivata la notizia che il generale Sirtori era stato eletto presidente della commissione parlamentare sul brigantaggio, e si diceva che presto sarebbe diventato il plenipotenziario di Catanzaro con pieni poteri nella guerra ai briganti. Era questione di settimane, al più di mesi, sarebbe arrivato in primavera, forse con l'estate, e avrebbe compiuto la sua opera: ucciderci.

Pietro era abbattuto e rabbioso come nessuno l'aveva mai visto, Sirtori era il suo padre putativo e adesso sapeva che proprio dalle sue mani sarebbero arrivate la morte e la fine della guerra civile. Il destino si era accanito su di lui più ancora che su di noi.

Così in quei giorni, al colmo dell'infelicità, Pietro è tornato a sfogarsi su di me come aveva fatto quella sera di tanto tempo prima. Da allora avevo temuto quel ritorno, come un male a cui non volevo pensare. Bastava la minima scintilla perché si mettesse a buttare tutto per aria. Cercava l'acquavite e beveva, chiudeva Bacca fuori dalla nostra casa di legno e finiva, ogni sera, col picchiarmi, con una scusa sempre diversa. «Sei una donna inutile» diceva. «Una buona a niente.» Io all'inizio mi ribellavo, ma poi finivo gli credevo. «Non sei come Anita, o come Enrichetta»; più beveva, più diventava cattivo: «Loro sì che sono donne che hanno fatto di tutto per i loro mariti», e mi colpiva sulle braccia, «tu invece sai solo piangere», e sulle gambe, «non hai saputo fare niente di meglio di tua madre. Solo una tessitrice sei stata, una miserabile tessitrice».

Bacca, fuori, ululava alla luna. Pietro finiva di scaricare la sua furia riverso per terra, poi perdeva conoscenza. Anch'io rimanevo sdraiata e piangevo, nello spazio vuoto e lontano in cui mi rifugiavo. Le sue parole erano il tradimento di ogni promessa, un tradimento verso me stessa. Se mi insultava non ero più niente, insieme a lui sparivo anch'io. La mattina non avevo il coraggio di guardare neppure Bacca negli occhi, la lupa se ne accorgeva e veniva a leccarmi le mani. Lui si vergognava di se stesso, dello stato in cui si era ridotto, si sciacquava la faccia e non parlava.

Era Pietro e insieme non lo era più. Reagisci, mi dicevo. E alla fine reagivo, sperando che quello avrebbe cancellato la vergogna. Ma Pietro aveva spalle e braccia spesse come i fusti degli alberi che aveva abbattuto per una vita, indurite dalle ferite di guerra, e una lingua ancora più dura. Quando beveva, poi, non sentiva il dolore. Una volta ho preso un ceppo dal fuoco, la punta arroventata. Lui si era sfilato la cinghia, era con quella che mi voleva battere, al colmo dell'infelicità. L'ho colpito a un braccio col tizzone, ha urlato ma l'ha afferrato e l'ha gettato lontano. Bacca era dentro il rifugio e ringhiava, il pelo e le orecchie dritti. Pietro non è indietreggiato, così lei gli è saltata alla gola. Lui si è schiantato a terra sotto il peso della lupa, forse lei l'avrebbe anche ucciso. Allora ho raccolto il tizzone e gliel'ho avvicinato alla faccia, agli occhi da ubriaco, minacciandolo di morte.

«Fai schifo» gli ho detto. «Se ti vedessi ti faresti schifo da solo.»

«È quello che ti sei scelta» ha gridato. «Avanti, bruciami. Brucia il pazzo che combatte questa folle guerra contro il suo padre putativo.»

Alla fine mi è mancato il coraggio. Lui si è messo a piangere e anche Bacca ha mollato la presa. La mattina dopo, col volto tumefatto, mi ha chiesto perdono. Maria, dopo qualche giorno, soffrendo l'ha perdonato. Ciccilla invece non l'avrebbe perdonato mai: i lividi a poco a poco sparivano, gli insulti restavano.

38

Durante quell'inverno era cominciata anche la spoliazione delle riserve d'oro del Banco di Napoli, che con quelle avrebbe ripagato il debito che il Regno piemontese si era fatto per sovvenzionare la guerra contro il Sud. In quattro e quattr'otto avevano preparato la legge sul "corso forzoso": la moneta del Banco di Napoli, i ducati, poteva essere convertita in oro, mentre quella della Banca nazionale italiana, le lire, no. La Banca nazionale italiana vendeva alle banche del Sud titoli di credito e in cambio riceveva ducati, poi con quegli stessi ducati comprava l'oro delle riserve del Banco di Napoli. Era un trucco, in poco tempo il Sud e le sue banche sarebbero rimasti senza oro; in cambio, avrebbero avuto i forzieri pieni di carta straccia.

Così, gli unici pagamenti che accettavamo per i riscatti erano in ducati, e a chi ci offriva le lire raddoppiavamo la richiesta. Stavamo accumulando una fortuna.

Ma usavamo i sequestri anche per attirare nelle nostre trappole i bersaglieri. Dopo i rilasci, infatti, i boschi si riempivano di soldati. E noi li aspettavamo.

Ci muovevamo nella notte, senza luce se non quella della luna, e ci appostavamo sulle alture del Monte Scorciavuoi. I bersaglieri arrivavano dopo giorni di marcia, stanchi, rumorosi, disorganizzati e si acquattavano dietro rocce, tronchi, arbusti di maggiociondolo. «Chi è il loro comandante?» diceva Pietro, osservando quei movimenti disordinati. «Garibaldi l'avrebbe fucilato per incapacità.»

Noi ci dividevamo a distanza di cento metri l'uno dall'altro. Pietro sparava due colpi, così li attiravamo fino a un gruppo di larici alti una ventina di metri. I bersaglieri si appostavano dietro i tronchi più larghi, o sui rami più robusti. Poi Marchetta, più in là, faceva partire altri colpi. Lo stesso, più in là ancora, facevo io, poi Jurillu. I soldati si guardavano attorno, spaesati, si agitavano stringendo i calci dei fucili. Ma noi aspettavamo. Dopo un po' qualcuno, solitamente un giovane, iniziava a fare fuoco e gli altri lo seguivano.

«Italiani!» gridavano, mentre davano fondo alle munizioni, rivolti al bosco. «Italianiii!»

Era il modo in cui ci chiamavano, per sfregio, con il nome che volevano imporci a forza. Noi rimanevamo nascosti a poche decine di metri, mentre svuotavano i caricatori a casaccio, senza sapere dove tirare e lasciavamo che continuassero.

«Italianiii!»

Così avevamo il tempo di inginocchiarci, farci il segno della croce, puntare appoggiando il gomito sul ginocchio e premere il grilletto bestemmiando, ognuno contro il soldato che aveva davanti.

Era un tiro al bersaglio, prima puntavamo gli uomini a terra, lasciavamo per dopo quelli appollaiati sui rami.

Bum. Bum. Bum.

Cadevano sbattendo le braccia, scomposti, senza la fierezza del nibbio che era stato mio avversario nel bosco. Quelli che non venivano colpiti cercavano di rimanere immobili. *Bum, bum, bum,* uno alla volta cadevano anche loro, gridando al cielo, come ultima parola, l'appartenenza alla patria. «Italianiii.»

Ma erano tanti, tantissimi e c'erano sempre quelli che la scampavano. Li lasciavamo andare, eravamo sicuri che per un po' da quelle parti non si sarebbero fatti vedere.

In quei mesi in molti ci avevano chiesto di entrare nella banda e tra loro c'era Antonio Monaco, un cugino di Pietro. Ormai eravamo un battaglione di una decina di uomini.

Antonio era più giovane di Pietro, ma uguale a lui nel fisico e nel temperamento: alto, forte e impetuoso. Era però ancora più feroce, e meno loquace e meno intelligente, non perdeva occasione per sparare col duebotte. Aveva subito cercato di diventare il braccio destro del cugino ma gli altri gli avevano fatto capire che non c'era verso ancora prima che glielo facessi capire io.

«Ciccilla è Ciccilla» dicevano, «e non si tocca. E se ci provi, ti fa vedere lei.»

Da tempo progettavamo di colpire al cuore le civette con il rapimento di Donato e Vincenzo Morelli; ci avrebbero concesso ciò che chiedevamo, non avrebbero avuto scelta, ormai eravamo tantissimi, se ce l'avessimo fatta avremmo vinto la guerra, ne eravamo sicuri. Fuori dalla Calabria c'erano Carmine Crocco, Ninco Nanco, Giuseppe Caruso, Nicola Summa e le altre bande che combattevano in Basilicata. L'ex sergente borbonico Romano, Pizzichicchio e Papa Ciro Annicchiarico che combattevano in Capitanata e Terra di Bari. Le bande della brigata Fra' Diavolo, di Antonio Cozzolino, di Luigi Auricchio in Terra di Lavoro. Ma dall'altra parte c'era un esercito di centoventimila soldati tra bersaglieri, carabinieri, guardie reali e guardie nazionali, il cui unico desiderio era vedere le nostre teste infilzate su un palo.

Una mattina di quell'agosto abbiamo sentito rumore di passi, rami spezzati e voci che si avvicinavano alla nostra capanna. Subito io e Pietro abbiamo preso i fucili. Bacca si è messa a ringhiare sull'orlo della scarpata e ha smesso solo quando le voci sono diventate concitate e allegre.

Il primo ad arrampicarsi è stato Marchetta, seguito da Jurillu e da un altro uomo alto e massiccio, i capelli lunghi legati sulla nuca. Come l'ha visto, Pietro ha lasciato il fucile e gli è corso incontro, l'ha abbracciato e si sono scambiati pacche affettuose sulla schiena.

«Che ci fai qui, canaglia di un napoletano?» ha chiesto felice, tenendogli la faccia tra le mani.

«Era l'unica cosa che potevo fare» ha risposto l'uomo. «Voglio combattere con voi.»

Forse non lo avrei mai riconosciuto. Non dalla voce, almeno, né dal viso, né dagli occhi. Ma Pietro si è girato verso di me.

«Ciccilla, vieni! Lascia il fucile, che fai lì?»

«Mari'...» ha sorriso l'uomo.

Solo allora l'ho riconosciuto. Era Raffaele, mio fratello. Erano tredici anni che non lo vedevo, averlo lì adesso mi sembrava irreale. Ma in un istante è stato come se il mondo fosse tornato in pace, come se niente fosse mai cambiato, come se fossimo ancora a casa, bambini, a far volare le veline dei Gullo. Ci siamo tenuti stretti a lungo, non l'avrei lasciato andare mai. Il suo era il profumo di un uomo buono, e in quei giorni di nient'altro avevo bisogno. Sembrava fosse arrivato apposta per darmi conforto dopo le botte di Pietro.

«Mamma ti vuole bene» ha detto. «E Vincenza e Salvo parlano sempre di te.» Finalmente non era più solo il bosco a essere diventato la mia casa, era la mia casa adesso a essere entrata nel bosco.

«O brigante o emigrante» ha detto Raffaele, stringendo il fucile.

Poi, il 15 agosto 1863, è stata approvata una legge speciale militare, chiamata legge Pica, che sospendeva lo Statuto Albertino e metteva fuori da ogni diritto chi combatteva la guerra civile. Non eravamo più cittadini come gli altri, c'erano delle taglie sulle nostre teste, potevamo essere fucilati a vista da chiunque, potevamo essere venduti o straziati. Di noi non si sarebbero più occupati i tribunali civili ma quelli militari: non più i giudici ma i generali savoiardi.

Per noi, lo sapevamo, si avvicinava la fine. Dovevamo affrettarci a rapire i Morelli e a prenderci ciò che era nostro. Era la nostra ultima possibilità.

Prima però c'è stata l'occasione di un altro rapimento, un rapimento di simboli, e non potevamo farcela scappare. Li avremmo sequestrati ad Acri, un grande paese dalla parte opposta della Sila, nella valle del Mucone, all'ombra del Monte Noce.

Siamo partiti di notte, due settimane prima del giorno stabilito, per studiare alla perfezione i movimenti di ognuno. In un'alba freddissima ci siamo fermati in una radura, abbiamo preso la borraccia e dei bicchieri di latta e abbiamo bevuto un dito di acquavite. Marchetta aveva un po' di pane raffermo, Drago un pezzo di lardo e un'unghia di pecorino. Avevamo finito il cibo, dovevamo dividerci quello che c'era.

«Ma la cosa più importante è con noi» dicevo, indicandomi le spalle. Ero io che lo tenevo: in due sacchi, coperto da uno strato di foglie di faggio, c'era il nostro oro. Dopo la legge sul corso forzoso avevamo convertito in oro i ducati dei sequestri: era un tesoro. «Sta qua con me» dicevo.

«Allora possiamo pure non mangiare» rideva Jurillu. «Quando c'è quello c'è tutto.» Abbiamo brindato ai giorni che sarebbero venuti e abbiamo ripreso la marcia.

Per due settimane, vestiti da pastori e carbonai, abbiamo seguito le civette. Una domenica di fine agosto siamo entrati in azione, il coltello alla cintura e il fucile in spalla. Ci siamo divisi in due gruppi, nascosti in due punti diversi di Acri. Da entrambi si teneva d'occhio la fontana del Pompio, appena fuori del paese, il posto dove le civette ogni domenica si rinfrescavano prima della passeggiata in centro. È stato un attimo e li abbiamo legati tutti: Angelo Falcone, il fratello maggiore di Raffaele, lo sterminatore di briganti; il vescovo De Simone e i due prelati che passeggiavano con lui. Poi i quattro più giovani, Michele Falcone, nipote di Raffaele; Carlo Baffi, il figlio della baronessa Ferrari; Domenico Zanfini, il notaio e protettore legale dei Morelli, e Angelo Feraudo, l'ex garibaldino diventato civetta.

Alla fontana c'erano tre asini e tre muli che servivano per trasportare l'acqua in paese; abbiamo caricato i più anziani e siamo scappati verso la scorciatoia che da San Zaccaria portava alla Sila. Non ci avrebbero mai trovati.

39

Il giorno dopo il sequestro il generale Giuseppe Sirtori è stato nominato luogotenente generale delle Calabrie, con il compito di fare piazza pulita dei briganti, con ogni mezzo e al di sopra di ogni legge. Era stato un massaro amico a portarci il manifesto, strappato dal muro di un caffè.

Ai briganti e ai loro parenti.

added

Io venni nelle Calabrie per estirpare il brigantaggio da queste province benedette dal cielo e <u>contristate</u> dagli uomini. L'amore che porto all'Italia, l'affetto che porto ai calabresi mi fecero accettare questa grave e dolorosa missione.

Io considero il brigantaggio come la piaga più perniciosa che possa essere a tutte le classi della società e specialmente ai poveri. Se i calabresi, e specialmente i poveri, volessero ascoltare la mia voce che è voce d'amico, di fratello, di padre, tutti s'adoprerebbero con me per l'estirpazione del brigantaggio, e fra pochi giorni non esisterebbe più brigantaggio in Calabria.

Io mi rivolgo particolarmente ai parenti dei briganti, ed agli stessi briganti, pei quali non ho odio ma compassione profonda.

often
spesso

<u>Sovente</u>, il cuore ripieno di dolore, dico tra me: Oh se potessi parlare ad uno ad uno ai briganti ed ai loro parenti, e far loro intendere la voce della verità, la voce dell'amore, certo si arrenderebbero alle mie parole. Discepolo del Vangelo, il mio cuore gioirebbe per

una pecorella smarrita che torna all'ovile, più che per le cento che non l'hanno abbandonato. Il brigante coperto dei maggiori delitti si può presentare a me come a un padre. Io mi adoperò per quelle diminuzioni di pene che la legge permette.

Dopo ciò, se non ascoltano la voce dell'amore, io e tutte le autorità militari e civili saremo costretti di usare contro i briganti e i loro parenti le armi terribili che la legge mette in nostra mano.

Per l'onore e la felicità delle Calabrie, e specialmente nell'interesse dei poveri, bisogna che il brigantaggio cessi "coll'amore o col terrore".

Catanzaro, 1° settembre 1863

Il luogotenente generale
Comandante la divisione militare delle Calabrie

Giuseppe Sirtori

Visto per la pubblicazione
Il Sindaco
Morelli

Pietro era fuori di sé; quelle erano le parole di Sirtori, che conosceva bene, e con quelle parole, affisse in tutta la Calabria, si stava rivolgendo a lui, al suo figlioccio dei Mille, a quello che aveva premiato con la medaglia al valore.

«Come un padre! Come un fratello!» strepitava Pietro. «Come osa nominare l'amore per i poveri, lui che dei poveri non sa niente! È solo un traditore, un opportunista.»

Al colmo della rabbia avrebbe voluto sparare agli ostaggi, che erano legati e bendati in una stalla, si lamentavano e chiedevano acqua e cibo. Gli anziani – il vescovo, i preti e Angelo Falcone – davano i primi segni di cedimento, nessuno di loro aveva dormito; ero entrata e avevo trovato il vescovo riverso a terra. Anche Angelo Falcone era stremato: respirava a fatica, la faccia nella polvere.

Dopo aver letto il manifesto di Sirtori, Pietro è entrato

col duebotte spianato e ha fatto alzare proprio Falcone sulle gambe tremanti, gli ha puntato l'arma alla gola.

«Ti ammazzo» ha detto, per pura rabbia, per pura vendetta.

L'ho guardato negli occhi, aveva la stessa luce delle notti in cui si sfogava contro di me. Avrebbe davvero potuto sparare.

Falcone si è messo a piangere, un uomo tanto potente chiedeva pietà, inginocchiato ai nostri piedi, e vederlo quasi metteva da ridere.

«Adesso ti ammazzo» ha ripetuto Pietro.

L'altro, in ginocchio, tremava tutto, la faccia imbrattata di muco, farfugliava di non ucciderlo, chiedeva pietà, perdono per quello che ci aveva fatto, per tutto quello che ci aveva rubato. Pietro con una mano lo teneva per i capelli, con l'altra stringeva il fucile e glielo premeva sotto il mento.

«No, nooo» faceva quello. «Non mi ammazzare, non mi ammazzare, ti prego... ti scongiuro» continuava.

Pietro si è abbassato e lo ha guardato dritto negli occhi.

«Ti ammazzo» ha ripetuto ancora una volta, freddo.

Falcone adesso gemeva e si lamentava. «No... ti supplico, no.»

Pietro si è avvicinato ancora di più, i due nasi si toccavano.

«Sei pronto?» ha detto. «Uno... due...»

Quello sapeva che la fine era vicina.

«*Bum!*» gli ha gridato Pietro in faccia, come aveva fatto con me quel pomeriggio di tanto tempo prima, quando nel bosco mi aveva mostrato la pistola d'ordinanza.

«*Bum!*» Ma non ha premuto il grilletto.

Falcone si è accasciato a terra: sembrava morto per davvero. Poi ha cominciato a singhiozzare piano, come un bambino.

«Legatelo» ha detto Pietro. «E non mettetemelo più davanti agli occhi.»

In quelle sere, manutengoli e amici ci portavano le prime pagine de "L'Indipendente", del quale Garibaldi aveva affidato la direzione a un suo amico, lo scrittore francese Alexandre Dumas. Il rapimento di Acri aveva fatto crescere la nostra fama. Io, poi, si diceva, ero la donna più celebre d'Italia, tutti, da nord a sud, sapevano chi era Ciccilla. Dumas aveva anche scritto la mia storia in sette puntate, raccontando la mia vita e quella di Pietro dentro i boschi. Eravamo bestie che attaccavano i potenti senza mostrare pietà, io avevo serpenti per capelli, zanne per denti, artigli per mani e una lunga coda biforcuta.

I nostri compagni ridevano e brindavano, io invece sentivo il fiato dei nemici sul collo, sapevo che la nostra resistenza sarebbe stata cancellata con un gesto, che l'Italia ci avrebbe ricordati come miserabili e delinquenti che rubavano ai signori, e la guerra civile sarebbe stata dimenticata. Qualcosa di buono, però, quelle pagine lo avevano fatto: avevano creato attorno a noi la fama di assassini spietati, e questo aveva spaventato le famiglie degli ostaggi.

Così, qualche settimana dopo, con l'autunno che arrossava le foglie dei faggi e faceva nascere una strana malinconia per la vita che ci eravamo per sempre lasciati alle spalle, il riscatto è stato pagato e le civette sono state lasciate libere di tornare a volare.

Ma noi adesso dovevamo abbandonare la Manca del Diavolo, non potevamo più rimanere lì, dopo il sequestro e con Sirtori che ci dava la caccia con l'esercito più numeroso che l'Italia avesse mai avuto. Così ho bruciato la capanna di legno come avevano già fatto gli altri compagni prima di me, ognuno col proprio rifugio, e ci siamo divisi.

Raffaele, Marchetta, Jurillu, Antonio, Drago, Demonio, i fratelli Magliari e tutti gli altri avrebbero preso per la valle del Trionto, passando sotto il Botte Donato, dove poi si sa-

rebbero divisi ancora. Io, Pietro e Bacca invece saremmo saliti per la gola, verso le forre della valle del Savuto.

Ci saremmo incontrati in una cascina diroccata nel bosco di Fallistro.

Abbiamo preso i sacchi con l'oro e poche altre cose e ci siamo incamminati. La prima notte è stata fredda, abbiamo fatto un fuoco, ho messo insieme un letto di aghi e di foglie e
ci siamo rannicchiati all'addiaccio. Prima che facesse giorno siamo partiti e a metà mattina, con un po' di sole, siamo
entrati nel bosco del Gariglione. Bacca aveva cominciato a
tirare su la testa e a ululare, col pelo ritto, io e Pietro le dicevamo «buona Bacca, stai buona, non è niente», e la acca-
rezzavamo sul dorso. Ma lei continuava a puntare in alto
e a ululare.

D'un tratto, fuori da una radura ci siamo trovati di fronte, torreggiante, la parete dello Scorciavuoi. Dovevamo esserci persi, dal bosco i larici lo avevano coperto, non saremmo dovuti arrivare così a ridosso del monte.

Era un costone verticale e spaventoso, nero, che incom-
beva quasi volesse caderci addosso. Per arrivare alle forre
della valle del Savuto dovevamo costeggiarlo tutto oppure scalarlo, risparmiando tre giorni di cammino. Ma scalarlo, per me, era impossibile: quella parete era troppo ripida.

All'improvviso dal fitto del bosco è arrivato un colpo, fortissimo, che è rimbombato contro il costone e ci è rimbalzato addosso. *Bum.* Bacca si è voltata di scatto, puntando il
naso e le orecchie.

Poi ne è arrivato un altro, più atroce del primo. *Bum.* Poi
ancora un altro. *Bum.*

Pietro ha caricato il duebotte e lo stesso ho fatto io, anche
se non c'era da pensarci.

Non li vedevamo perché erano nascosti nel bosco. Ma
erano lì.

E dovevano essere tantissimi, perché quando il vento tirava verso di noi arrivava il boato cupo e spaventoso dei passi all'unisono.

Sirtori, il "padre" di Pietro, era venuto a prenderci.

Bacca ha iniziato a correre lungo la pietraia che costeggiava la parete del monte, con noi non poteva scalare, l'avremmo ritrovata a Fallistro.

Non avevamo alternative: dovevamo salire, e in fretta.

Lo Scorciavuoi era lì, gigantesco, di fronte a noi.

40

Quella montagna era la dimostrazione che esisteva una legge diversa. Se il bosco e il suo cielo erano la lotta, quella parete verticale poteva essere la morte. Pietro conosceva lo Scorcia-vuoi come conosceva tutta la Sila e sapeva che poco lontano, dietro un'altura, c'era una cengia. In quel punto si apriva una crepa lunga e stretta, un caminu tra due costoni di roccia che arrivava fino a su, fino alla cresta. Era lì che avremmo scalato.

Ci siamo arrivati di corsa, superando l'altopiano che girava in un curvone, quando i bersaglieri avevano già cominciato a marciare nella nostra direzione. Pietro ha preso le corde di canapa e velocemente le ha legate passandosele due volte attorno alla vita, alle cosce e alle spalle, e poi ha fatto lo stesso con me, assicurando sotto con un nodo i sacchi dell'oro. Senza guardarsi indietro ha cominciato ad arrampicarsi sulla parete del caminu e in men che non si dica era già venti metri sopra di me.

Saliva come salgono i ragni, veloce e con movimenti misurati. Ha ancorato la corda a uno spuntone di roccia e mi ha fatto segno di venire su, dalla sua imbragatura partiva una fune legata alla mia.

Nel bosco è echeggiato uno sparo.

Non ci vedevano, eravamo dietro il costone, sparavano alla cieca ma si stavano avvicinando. Sapevamo che tra di loro c'erano degli alpini che non conoscevano i nostri monti ma sapevano salire.

Il caminu era verticale e nero.

Pietro ha raccolto la corda e l'ha messa in tensione, io ho iniziato ad afferrarmi dove mi sembrava che si fosse attaccato lui. L'importante era avere sempre tre punti d'appoggio, non dovevo mai dimenticare il terzo, il piede che si alzava.

Ho iniziato a scalare tirandomi verso l'alto, appiglio dopo appiglio, appoggio dopo appoggio.

La crepa, da dentro, era ancora più buia, e la roccia ghiacciata. Anche il cielo, lontano oltre le pareti che si alzavano verticali a destra e a sinistra, era coperto da uno strapiombo di roccia, arrivava soltanto un riverbero di luce chiara. Tutto quello che da sotto o da lontano appariva uniforme, nel caminu era invece irregolare. Pietro adesso aveva ripreso a salire in cerca di uno spuntone a cui assicurare la corda.

Ho stretto i denti e mi sono issata, cieca e in affanno. Senza rendermene conto sono arrivata nel punto in cui lui aveva sostato.

«Légati al mio spuntone!» ha gridato.

Nel frattempo era salito parecchio, era già quasi a metà della parete, a cinquanta metri da terra.

Sopra di lui c'era quel masso che chiudeva la vista, e non riuscivo a immaginare come lo avremmo aggirato.

Mi sono assicurata alla roccia e mi sono accorta che le dita mi erano diventate rigide e viola. Ho tentato di chiuderle e riaprirle ma non rispondevano.

«Non guardare giù» gridava intanto Pietro. Ho guardato in alto invece, mentre lui avanzava in diagonale. «Vieni. Lentamente. Non usare troppo le braccia.»

Ho cercato un primo appiglio per il piede destro, poi uno più in alto per il sinistro. Dovevo sforzare meno le mani, sapevo che presto i muscoli avrebbero ceduto, dovevo cercare di usare le gambe. Davanti avevo solo roccia aspra; sopra, fra le creste, fischiava un vento minaccioso e giù a valle, da questa altezza, si sentiva lo scroscio dell'acqua del Savuto.

D'un tratto sono arrivati, fortissimi, altri due spari.

Bum. Bum.

Pietro adesso guardava in basso.

«Quei bastardi sanno scalare» ha detto.

Ho capito che avevano superato il bosco e la pietraia e forse già si incamminavano verso la cengia. Se l'avessero percorsa sarebbero stati ai nostri piedi, sessanta metri più sotto. Avrebbero fatto il tiro al piccione, saremmo morti legati alle funi – se avessero retto – o precipitati. Nel primo caso sarebbero dovuti venire su per prendersi l'oro che portavo sulle spalle.

Pietro mi ha gridato ancora di non guardare giù. Ho sollevato gli occhi sulla roccia, grigia e scintillante, sempre più ripida e liscia. C'era un rivolo d'acqua che colava dalla cresta e bagnava la roccia fino alla cengia, scendeva formando una specie di piccola cascata. Nelle fessure erano cresciuti muschi verdi e viola. Dovevo passare dall'altra parte dell'acqua e non potevo rischiare di scivolare sulla roccia bagnata. Ecco perché Pietro aveva tagliato in diagonale. La mia meta era il punto in cui lui aveva assicurato la corda, una quindicina di metri sopra la mia testa. Ma dovevo attraversare la zona bagnata, e le dita avevano perso sensibilità. Se fossi caduta, la corda avrebbe retto allo strappo? A lato della piccola cascata c'era una spaccatura larga non più di una spanna che saliva fino in cima. Era lì che era appoggiato Pietro? Non vedevo niente.

Ho allargato la gamba e ho fatto leva col piede destro dentro la spaccatura.

È stato un momento.

La scarpa è scivolata sull'acqua, mi sono sbilanciata all'indietro. Le mani hanno perso la presa e mi sono staccata dalla parete.

Il volo è stato di una quindicina di metri, ho sentito un

potente strappo al petto e alla schiena, come un'esplosione, nel punto in cui la corda si legava alle spalle.

Poi una forza mi ha tirata con violenza verso destra, ho superato la verticale e ho preso a oscillare come un pendolo.

«Lasciati andare!» gridava Pietro. «Stai ferma! Non ti muovere!»

A malapena capivo cosa diceva. Ma con la caduta i muscoli si erano rilasciati, le gambe adesso non tremavano più. Da sotto è arrivato un colpo di fucile e ho fatto l'errore di guardare giù.

Ero appesa a venti metri da uno spuntone di roccia, ma sotto ce n'erano cinquanta di vuoto.

Vedevo la cengia e la pietraia, più sotto ancora il bosco, e più in là, come un serpente scuro, il torrente.

Ero paralizzata, non riuscivo a muovermi, il terrore mi bloccava.

È arrivato un secondo sparo, poi un terzo.

Pietro continuava a gridare, ma io non lo sentivo. Non sentivo più niente, volevo solo che tutto finisse, volevo morire. Ho chiuso gli occhi e mi sono lasciata andare.

Ho sentito uno strappo, poi un altro. Pietro era riuscito a scendere sul pianoro dove aveva assicurato la corda, e adesso mi stava tirando su a forza di braccia. Così, senza che me ne rendessi conto, sono arrivata anch'io sul pianoro.

Sotto, i bersaglieri stavano attraversando il ghiaione.

Presto sarebbero stati sulla cengia e avrebbero iniziato la salita. C'erano ancora una trentina di metri, poi saremmo stati in cresta e avremmo preso la pietraia che scendeva al bosco dalla parte della montagna esposta al sole.

Ho guardato in alto.

La corda di Pietro era attaccata a qualcosa che sembrava un chiodo, una quindicina di metri sopra le nostre teste. Ma io, di nuovo, non riuscivo a muovermi.

«Ce l'abbiamo quasi fatta, Maria. Devi sbrigarti.»

Poteva salire e tirarmi fino al chiodo, legarmi lì finché lui non fosse arrivato in cresta. Ma io non rispondevo.

«Maria, Maria!» mi chiamava. «Maria svegliati, o ci ammazzano!»

Sono riuscita a tirarmi in piedi, e lui ha ricominciato a salire.

Da sotto le voci dei soldati si incuneavano nella gola e rimbombavano.

Poi, con pochi movimenti, Pietro ha raggiunto il chiodo. Ha puntato i piedi e con le ultime forze che gli rimanevano è riuscito a issarmi.

Adesso ero appesa al chiodo, i piedi appoggiati su uno spuntone.

È stato un attimo, ha coperto gli ultimi dieci metri ed era in cresta.

Subito dopo c'ero anch'io.

Eravamo salvi. La guerra non era ancora persa.

41

Con gli altri ci siamo incontrati nella masseria diroccata del bosco di Fallistro, insieme a loro c'era anche Bacca. Era malandata, nel percorso era stata assalita, aveva ferite sanguinanti sul petto e un orecchio mozzato. Guaiva per il dolore, così come io zoppicavo e a malapena mi reggevo in piedi, ma non ha mai abbassato la testa in cerca di carezze. L'ho curata con impacchi di resina di larice e un decotto di funghi agarici bianchi, per disinfettarla. Bacca più che altro aveva sete, e si lasciava strofinare il petto e l'orecchio, sdraiata ma vigile, le zanne in mostra. Mentre la accarezzavo le chiedevo: «Erano tanti?», e lei mi guardava e capiva che in me c'era qualcosa che non andava. Così, il muso basso, mi fissava, come da piccola mi fissava Vincenzina, e mi leccava le mani, le braccia, le guance. Avevo bisogno di essere rassicurata sul fatto che ero viva.

Pietro si aggirava nervoso per la masseria.

«Qualcuno ci ha traditi» sibilavo io, mentre scolavo l'ultimo dito di acquavite. «I bersaglieri non potevano conoscere la nostra posizione senza che qualcuno gliela dicesse. Abbiamo fatto entrare troppe persone nella banda.»

Pietro mi ascoltava tormentandosi le mani e la barba. Osservava i compagni, e da qualcuno noi dovevamo essere osservati. Era rabbioso e io gli stavo alla larga, Bacca si metteva sempre tra me e lui, e se lui si avvicinava gli ringhiava e minacciava di attaccarlo.

Allora abbiamo deciso che con l'inverno avremmo lasciato la Calabria.

Era metà novembre e la neve, stranamente, quell'anno non era ancora arrivata. Sarebbe stato rischioso rimanere intrappolati in un rifugio o in una grotta. Avremmo svernato in Terra d'Otranto.

A fine mese ci siamo messi in cammino, agitati come mai prima di allora.

Abbiamo percorso tutta la Sila Grande e siamo entrati nel Pollino. In quattro giorni eravamo in Basilicata, abbiamo attraversato il Crati a Doria e tagliato verso Policoro. Avremmo proseguito per le Gravine, a Monte Imperatore c'era un contatto che ci avrebbe sistemati in un posto tranquillo, lì avremmo potuto svernare.

Prima di Policoro, però, dopo dieci giorni di cammino, un manutengolo del generale dei briganti della Basilicata, Carmine Crocco, ci è corso incontro e ci ha avvertiti che Sirtori aveva spinto i suoi soldati a Bernalda, con l'intenzione di farli marciare fino alla Calabria.

Ci stavano venendo addosso dalla direzione opposta.

«Traditori» ho detto tra i denti. «Sono stati avvertiti, di sicuro. Qualcuno di noi ha svelato i nostri movimenti.» Guardavo Drago, Demonio e i fratelli Magliari, sospettando che fosse stato uno di loro.

Allora abbiamo dormito due notti in quella masseria, sentendoci come lepri nella traiettoria della volpe, braccati, e alla fine abbiamo deciso.

La mattina del terzo giorno abbiamo chiamato tutti a raccolta. Era la cosa giusta da fare, io e Pietro ne avevamo parlato tutta la notte.

«Dividiamoci» ha detto Pietro. Demonio ha provato a dire qualcosa ma è stato subito zittito.

Così, pensavamo, avremmo lasciato indietro quelli tra noi che ci avevano traditi.

Bacca era guarita, anche se continuava a essere irrequieta, a ringhiare e a ululare alle stelle.

Io, Pietro, Marchetta, Jurillu, Antonio e Raffaele saremmo tornati in Calabria, avremmo festeggiato il Natale insieme alle famiglie, sentivamo che la fine era vicina e volevamo vedere i nostri parenti. Quanto agli altri – Drago, Demonio, i fratelli Magliari e tutti quelli che nei mesi si erano aggiunti –, che prendessero la strada che preferivano.

Marchetta e Jurillu conoscevano un posto che sembrava perfetto. Era una ex torre di castagnai, una casella diroccata, un nido d'aquila su un costone di roccia accanto alle Balze di Jumiciellu, a solo un'ora e mezzo di cammino da Casole e da Macchia.

Era un luogo riparato e impervio, impossibile da trovare per chi non lo conosceva, una costruzione dove un tempo si seccavano le castagne e si trasformavano in pistilli prima di essere vendute. Oltre a essere un buon nascondiglio, era anche un luogo da cui saremmo potuti fuggire facilmente: si trovava proprio alla fine della carrera, l'antica mulattiera che da Pedace portava al Timpone Tenna e al Timpone Bruno, le montagne che si affacciavano sulla valle del fiume Crati. Lì, tra quei due monti, c'era la via per il mare, quella che in sei o sette giorni conduceva a Sibari.

Pietro ha voluto che mi sistemassi insieme a lui nel vecchio essiccatoio di legno, e io l'ho accontentato.

Era una camera circolare, impregnata da un forte odore dolciastro di resina e castagne. Su un lato, a un metro d'altezza c'era un graticcio di titilli, tronchi di castagno rifilati su cui erano appoggiate delle assi e un tempo anche foglie secche. Sotto, veniva mantenuta una brace debole e costante, il fumo liberava le castagne dai parassiti e il calore le seccava. Una volta secche, le bucce venivano vendute come combustibile, adesso però l'essiccatoio era solo un rudere.

Ai piedi del graticcio ho preparato un giaciglio di aghi di pino, e sotto le travi di castagno ho infilato i sacchi con l'oro. Marchetta, Jurillu, Raffaele e Antonio, invece, si sono preparati i giacigli in due grotte vicine. L'aria era pulita, il vento gelido e tagliente. Mancavano pochi giorni a Natale e non era ancora nevicato.

La notte tra il 22 e il 23 dicembre Raffaele ha fatto una cosa pericolosa: è partito, prima dell'alba, per Casole.

Voleva far venire mamma, Vincenza, Salvo e Angelino in quel nido d'aquila, così da pranzare insieme. Anche Antonio era andato a chiamare Francesca ed Elina, avremmo festeggiato per bene prima dell'arrivo della neve e dei tempi duri. Avevamo fatto provviste da un massaro, avevamo abbastanza cibo e vino per un vero pranzo di Natale. Erano anni che non vedevamo le nostre famiglie.

Il sole si apriva la strada in un cielo ancora bianco quando la mattina del 23 sono arrivati, sfiniti, in cima alla mulattiera che portava alla torre dei castagnai.

Mamma era subito dietro Raffaele e si aiutava con un bastone. Zoppicava, tempo prima si era rotta una gamba e non aveva i soldi per un dottore, la frattura si era saldata male. Col braccio libero reggeva il cappotto che si era tolta, accaldata com'era per via della camminata. Ma mamma era sempre mamma, le sono corsa incontro e l'ho abbracciata come un giorno, al colmo della solitudine, avevo abbracciato il mio larice. Tutti i mesi e gli anni trascorsi, mi sembrava adesso, ci avevano portate a quell'abbraccio. Vivere senza rifiutare niente della vita, ecco quello che mamma era. Vincenza, la mia piccola Vincenzina, aveva diciott'anni, era diventata donna, ed era di una bellezza da togliere il fiato. Mi ha stretta con le lacrime agli occhi e subito, all'orecchio, mi ha sussurrato con quella voce sottile e dolce che aveva: «Ti abbiamo perdonata, ti abbiamo perdonata già il giorno dopo. Non solo noi, ma anche in paese. La odiavano tutti, Teresa». Salvo era rimasto in disparte, poi è corso ad abbracciarmi anche lui, e lo stesso ha fatto Angelino. Erano due uomini grandi e grossi adesso, e si assomigliavano moltissimo, avevano gli stessi occhi buoni di papà.

Avevamo staccato le assi dai graticci dell'essiccatoio per farne un grande tavolo, per terra avevamo messo cuscini di frasche e foglie di faggio.

La madre di Pietro aveva preparato la pasta al forno con le uova e la soppressata, Elina i turdilli col mosto cotto e il miele. Mamma aveva portato solo le grispelle, soprattutto quella a forma di Bambin Gesù, e si dannava di non aver potuto cucinare niente ma Raffaele era arrivato la mattina all'alba e li aveva costretti a uscire in tutta fretta.

Bacca, con quel ben di Dio, non aveva toccato niente. Le avevamo preparato un piatto con le uova e la soppressata ma non l'aveva neppure assaggiato; si aggirava inquieta, ululava al cielo e si avviava per la carrera che portava al Timpone Bruno.

L'avevo raggiunta più di una volta in mezzo agli alberi, il fucile in mano. Ma non c'era niente e non c'era nessuno, e lei pareva vagare nel nulla, come persa.

Davanti alla focara, il grande falò che serviva a tenere lontani gli spiriti maligni, Jurillu ha tirato fuori la ciaramedda. Abbiamo bevuto, ballato e cantato quasi fino a sera: Vincenza con Antonio, Salvo con Elina, mamma con Pietro, Francesca con Marchetta che la faceva girare fino a farle perdere l'equilibrio, come se non fossimo in guerra, come se il nemico non fosse a un passo, come se l'Italia fosse un Paese giusto. In quelle ore ogni cosa è tornata al suo posto, tutto era sospeso, il mondo era avvolto da una luce bellissima, quella incandescente del sole che tramonta. Ma poi tutto è finito, ed era durato un tempo lunghissimo e si era esaurito. I nostri parenti dovevano prendere la strada del ritorno prima che facesse sera. Raffaele e Antonio li avrebbero accompagnati fino all'ingresso di Casole e di Macchia.

Ci siamo salutati promettendoci di rivederci presto, anche se sapevamo che non sarebbe stato così, che se tutto fosse andato bene e noi fossimo riusciti a non farci trovare dai bersaglieri di Sirtori ci saremmo rivisti alla fine della guerra, nelle loro case, in segreto, in alcune notti di luna piena.

Così mamma, Vincenza, Salvo e Angelino si sono incamminati in silenzio per la carrera insieme alla madre e alla sorella di Pietro, e l'ombra dei faggi ha impiegato un attimo a inghiottirli.

In quel momento Bacca ha abbaiato per attirare la mia attenzione e quella di Pietro. Ci ha guardati, fisso, come mai aveva fatto. Poi, senza voltarsi, si è incamminata dietro il gruppo.

Subito l'ho inseguita, chiamandola, gridandole di tornare indietro. Ma lei, d'un tratto, ha scartato di lato e si è allontanata scomparendo rapida nel fitto del bosco.

Le sono corsa dietro mentre Pietro andava a prendere la lampada a petrolio.

«Bacca! Baccaaa!» urlavamo. «Bacca, torna indietro! Bacca! Dove sei?» Tornavano indietro solo le nostre voci che rimbalzavano tra gli alberi.

L'abbiamo cercata per ore correndo tra i faggi e gridando il suo nome. Ma lei non c'era più. Aveva deciso di andare via. Aveva presentito, adesso ne sono sicura, quello che sarebbe accaduto.

Quando Antonio e Raffaele sono tornati siamo rimasti a bere acquavite attorno alla focara. Pietro era molto agitato.

La luna piena irradiava la sua luce dal cielo limpido e gelido di dicembre. Il nostro nido d'aquila dominava la valle e ci faceva sentire soli.

Bacca se n'era andata, e mentre bevevamo io venivo colta da pensieri di tradimento e di morte. Ma la neve, che col suo odore arrivava dal Timpone Tenna, era fatta per spazzare via i presagi funesti e per addormentare i pensieri.

Dopo la mezzanotte siamo andati a dormire, io e Pietro nella casella e gli altri nelle grotte. Aveva cominciato a piovere, una pioggia fitta e gelida.

Pietro aveva cercato di prendermi, sul giaciglio, ubriaco, ma io mi ero difesa con le unghie. Tanto era bastato, un rifiuto – l'ennesimo –, per scatenare la sua ira.

«Ti ho salvato la vita, sulla montagna» diceva, «e tu mi rifiuti. La tua vita non vale niente senza di me.»

Erano settimane che lo rifiutavo e lui era certo che adesso, per il fatto stesso di essere stata salvata, gli avrei lasciato fare quello che voleva. Ma le sue offese erano state peggio del salto che avrei fatto dallo Scorciavuoi. Lì mi sarei schiantata a terra e tutto sarebbe finito, quelle invece non si scuotevano di dosso, non mi abbandonavano neppure un istante. Una parte di me era già morta, non avrei lasciato che morisse anche il poco che rimaneva.

Lui, per questo, era impazzito.

«Sei mia moglie!» gridava. «Sei mia moglie, devi dormire con me!»

Mi afferrava per i polsi e me li torceva.

Io mi divincolavo, scalciavo.

Sentivo che la violenza stava arrivando come una piena furiosa che ci avrebbe trascinati a valle entrambi, che sarebbe caduta dall'alto come uno smottamento o un terremoto; ecco, la sua violenza era un tremendo terremoto che travolgeva lui per primo e poi veniva a prendere me.

Si è slacciato i pantaloni e con una spinta improvvisa e fortissima, la prima scossa, mi ha atterrata. Poi mi è saltato addosso e come una furia ha cominciato a strapparmi i pantaloni, arpionandosi alla stoffa. Io tiravo calci, ma la sua piena era troppo potente. Pietro era alla resa finale, e stava scaricando una vita di lotte e di sconfitte.

Imprecavo, cercavo di calciare in mezzo alle gambe, mentre lui prendeva me e per tenermi ferma mi colpiva sui fianchi, sulle braccia – la seconda e la terza scossa –, e la frana era invincibile, mi travolgeva.

Non avevo scampo. Provavo nonostante tutto ad alzarmi, a prendere fiato, a trovare uno spiraglio d'aria e di fuga, ma la sua cascata era irrefrenabile, era il suo corpo che si agitava e si voleva svuotare, e adesso, finalmente al culmine, l'aveva fatto.

Solo allora, come ogni cataclisma, si è placato, lasciando un silenzio irreale: Pietro, la grande montagna di detriti che era, si è rovesciato su un fianco.

Ha preso sonno quasi subito.

Liberato, adesso respirava leggero come un bambino, incurante del male che aveva causato.

D'un tratto, nel mezzo della notte, un boato ha squarciato il silenzio e un lampo accecante ha illuminato l'essiccatoio.

Mi sono tirata su di scatto, un fischio nelle orecchie e il puzzo di polvere da sparo che riempiva le narici.

Anche Pietro, al mio fianco, ha cominciato ad agitare le braccia nel buio come per proteggersi da una botta che, lo sentiva, stava arrivando.

Era un colpo di fucile quello che aveva lacerato l'aria, da fuori qualcuno ci aveva sparato contro.

Subito ho capito che quel primo colpo era servito solo per fare luce nelle tenebre. Sarebbe trascorso un momento, un momento infinito, ma presto ne sarebbe arrivato un altro.

Un'ombra sulla porta, ora la vedevo, reggeva un duebotte.

Pietro adesso era completamente sveglio e sobrio, guardava l'ombra con occhi sgranati e atterriti. Nel suo sguardo tutto era chiaro: ha capito, subito, come subito ho capito io, che il tradimento si stava compiendo.

Come un gatto selvatico ha cercato di tirarsi in piedi, di buttarsi di lato, di avvitarsi su se stesso per evitare l'inevitabile. Ma io, senza neppure pensarci, mi sono aggrappata alla costa di quella montagna che poco prima mi aveva schiacciata, e l'ho trattenuta. Quella montagna era grande e adesso avrebbe finalmente protetto me.

Come lo schianto improvviso con cui era caduto anche il più forte dei larici, così in una notte di pioggia la ghiandaia che ero ha infine liberato le ali e le ha aperte per la prima volta. E da quel momento, lo sapevo, non le avrebbe più richiuse.

Così è accaduto, nella notte del 24 dicembre 1863, in quella casella per castagne, che tra me e la mia paura io ho piantato un frutteto, un grande, imponente, maestoso <u>frutteto</u>, *orchard* aggrappandomi alla schiena di mio marito e proteggendomi col suo corpo.

Bum.

È stato un lampo.

Improvviso, come lo aspettavamo.

E un colpo, forte, fortissimo, come forse non ne avevo mai sentiti.

Bum.

L'ombra ha sparato su quella montagna adesso trattenuta, e il lampo ha illuminato un'altra ombra, colpevole quanto la prima, dietro la prima.

Ci avevano traditi, ci stavano tradendo. Due nostri compagni avevano appena ammazzato Pietro.

Poi il fucile è caduto.

Poi la fuga dei due traditori, veloce, sulla terra bagnata e sulle foglie.

E mio marito, all'improvviso, morto tra le mie braccia.

42

Raffaele e Antonio hanno sentito gli spari e sono usciti di corsa dalla grotta. Credevano che fossero arrivati i bersaglieri di Sirtori e hanno subito iniziato a fare fuoco verso la mulattiera che portava giù in paese.

Ma dei bersaglieri non c'era traccia, e Marchetta e Jurillu invece erano scomparsi.

«Traditori!» hanno gridato assieme.

Allora Raffaele e Antonio si sono precipitati nel bosco, nella notte ancora fitta, e per ore li hanno cercati, accecati e impazziti, guadando il fiume, spingendosi verso Serra Pedace, scalando picchi, perlustrando grotte.

Io, tutto il tempo, sono rimasta immobile nella torre dei castagnai, con il corpo di mio marito tra le braccia, a piangere la morte e il tradimento, e il gesto con cui avevo superato la mia paura. La pallottola gli era entrata dal petto ed era uscita dalla schiena colpendo il mio polso che lo tratteneva.

Ho strappato una striscia di panno dalla cammisa e ne ho fatto un laccio per fermare l'emorragia, poi sono rimasta lì, accucciata, a osservare come una piccola ghiandaia impara ad aprire le ali. La postazione più vicina dell'esercito italiano era al convento di San Domenico, quello in cui mi aveva fatto rinchiudere Fumel. Avevamo al massimo sei ore, forse sette, per lasciare quel maledetto nido d'aquila, prima che Marchetta e Jurillu venissero a prenderci con tutti i bersaglieri.

A fatica sono riuscita a issare Pietro sopra il graticcio, ho lavato via il sangue e mi sono seduta fuori, davanti alla brace fumante della focara, ad aspettare che sorgesse il primo giorno della mia nuova vita.

Allo spuntar del sole Raffaele e Antonio sono rientrati, affannati e abbattuti.

«Niente» ha detto mio fratello, «non li abbiamo trovati da nessuna parte.»

«Dobbiamo andarcene» ho detto. «Tra poco i soldati di Sirtori saranno qui.»

«Che facciamo?» ha chiesto Antonio, guardando verso la torre dei castagnai, dove era disteso il corpo di Pietro Monaco.

Sapevamo cosa dovevamo fare, ma era giusto che a dare l'ordine fossi io, che adesso ero la comandante della banda Monaco.

«Lo bruciamo» ho detto. «Bruciamo tutto.»

Non avrei lasciato che Sirtori si impossessasse del suo corpo per tagliargli la testa e farne scempio. Abbiamo preso i sacchi con l'oro e abbiamo dato fuoco alla casella.

Per due notti abbiamo alloggiato in una masseria, senza che io riuscissi a chiudere occhio, la voce e il volto di Pietro ormai mi abitavano nella testa. Poi abbiamo preso tre cavalli e siamo arrivati fino al bosco del Corvo, nel territorio di Spezzano Grande. Adesso potevamo colpire rapidamente, e ritirarci veloci come nibbi imperiali.

Avevamo dovuto rinunciare ai rapimenti, così razziavamo le masserie di tutte le civette della Sila, baroni, conti, gentiluomini. Colpivamo la notte, come la prima volta dai Gullo. Arrivavamo armati fino ai denti: due revolver, un fucile e due coltelli ciascuno. Ci facevamo aprire da un bracciante, ci facevamo condurre alla camera da letto dei padroni, li legavamo e rubavamo tutto quello che trovavamo. Poi convertivamo i ducati in oro e lo distribuivamo ai braccianti.

Ma arrivava, sempre più insistente, dai nostri manutengoli, la voce che i soldati di Sirtori erano vicini: era quindi giunto il momento di ritirarci fino all'arrivo della primavera. Non potevamo più combattere, almeno non per il momento. Stavamo per perdere la guerra e non volevamo pensarci. Abbiamo passato il fiume Neto: dentro il bosco di Caccuri c'erano delle grotte che conoscevamo.

Siamo stati nascosti settimane, come orsi. Che silenzio. Un silenzio dentro cui nascevano fantasmi e nuove speranze.

Io stavo da sola, e poco lontano, in una grotta più grande, stavano Raffaele e Antonio.

Mangiavo foglie, insetti, cacciavo con la fionda per evitare il rimbombo del fucile. Il pomeriggio, nelle ore più calde, andavo al fiume, mi spogliavo nuda e mi bagnavo. Raccoglievo funghi, ogni tanto prendevo una lepre e la arrostivo. Facevo il fuoco e pregavo Dio, davanti a un piccolo e ridicolo altare di legno e di pietra. Chiudevo l'apertura della grotta con tante pietre e lasciavo solo un buco. Fuori, falchi e nibbi volavano in libertà.

Passavano i giorni, e io studiavo un piano per la fuga.

Saremmo arrivati al mare, conoscevo un posto dove rubare un'imbarcazione. Avremmo risalito la Sila e accolto tutti quelli che chiedevano di combattere con noi. Dopo aver formato un grande esercito, come Spartaco, avremmo preso i nemici alle spalle e stanato Sirtori dal suo quartier generale.

Pensavo a Bacca. Ogni tanto immaginavo che tornasse. Spiando dal pertugio sognavo di vederla arrivare, salire lentamente le rupi, fiera, enorme, il pelo lungo e lucido. Ma non c'era mai.

Un giorno ho preso i sacchi d'oro e sono andata a seppellirli. La Sila, si diceva nei paesi, è piena dell'oro dei briganti. È vero, a sapere dove scavare si trovano fortune.

Ho scelto un larice contorto e lì, tra le sue radici, l'ho seppellito.

«Tornerò a riprenderli» ho detto a me stessa.

Poi ci hanno trovati, ed è stata la fine di tutto. Tutto quello che avevamo fatto, gli anni sulle montagne a combattere, ogni cosa era finita come la mattina finiscono i sogni.

La sera dell'8 febbraio hanno iniziato a sparare contro le grotte.

Siamo rimasti asserragliati tutta la notte, e il giorno dopo.

Raffaele, ho scoperto, era riuscito a fuggire. Almeno mio fratello si era salvato. Antonio Monaco, invece, era stato colpito alla testa ed era morto nella grotta.

Solo io ho resistito, fino alla notte del 9 febbraio.

La breccia che avevo usato per spiare il mondo adesso era la mia speranza. Ho puntato e ho colpito un bersagliere.

Ho puntato di nuovo, e ne ho ucciso un altro.

Poi il comandante del 57° Reggimento della fanteria, il capitano Baglioni, ha chiamato due soldati e ha ordinato di scavare sopra la mia grotta, mentre il sottotenente Ferraris e i suoi soldati continuavano a sparare contro l'apertura. Sparavano come pazzi, dando fondo alle munizioni, continuavano a chiamare rinforzi, come se ammazzando me avrebbero vinto la guerra.

Ma io non avevo cibo, non avevo acqua e avevo finito le pallottole. Là fuori erano tanti, tantissimi, io ero sola. Cosa avrei dovuto fare?

Hanno aperto un foro e, senza calarsi, mi hanno chiesto di consegnare le armi. Avrei potuto farne fuori un altro, col coltello e con i denti; ma a cosa sarebbe servito? Mi avrebbero ammazzata sul posto.

Così ho consegnato le armi, e pietra dopo pietra ho rivisto la luce. Fuori, il sottotenente Ferraris mi guardava, atterrito, in mezzo ai suoi compagni.

Anch'io l'ho guardato, di sfuggita, e ho capito che quell'uomo era diverso dagli altri: aveva gli occhi fermi, piccoli e acquosi di chi conosce la montagna. Occhi da animale, come i nostri.

Mi hanno legata e buttata a terra.

Poi sono entrati nella grotta, quei bastardi si sono messi a cercare l'oro. Hanno distrutto l'altare, spazzato il letto di frasche, smosso le pietre. Sapevo come funzionava: prendevano un brigante, gli tagliavano la testa per portarla come trofeo a un generale o a un ministro, e in cambio si tenevano l'oro.

Mi sono messa a ridere, accucciata a terra. Il mio oro non l'avrebbero trovato. I soldati mi guardavano e mi colpivano con i calci dei fucili e le punte degli stivali.

Poi uno, con la canna, mi ha aperto la cammisa.

«Ha le tette!» ha gridato. «Ha le tette!» ha continuato, e tutti si davano gomitate, urlavano, ridevano.

«È Ciccilla, è la terribile Ciccilla! È finita! Abbiamo preso Ciccilla! La guerra civile in Calabria è finita! Abbiamo vinto!»

Ricordo che Ferraris li ha zittiti. Dopo, qualcuno mi ha tirato un calcio in testa e ho perso i sensi.

Quello che so è che mi hanno portata al carcere di Cotronei.

Quello che so è che oggi è il 10 febbraio 1864 e sono rinchiusa in una cella minuscola e sudicia, con i muri che grondano acqua, in attesa del processo che si terrà nel Tribunale Militare Straordinario di Catanzaro.

Non sarò giudicata da un giudice, ma da un generale.

Quello che so è che abbiamo perso la guerra civile, e che ci vorrà ancora tempo perché il popolo abbia accesso alla terra. Abbiamo fatto la nostra parte. Quello che so è che a giudicarmi sarà Sirtori in persona.

Quarta parte

LIBERTÀ

43

Domenica 14 febbraio 1864

Oggi è la vigilia di San Faustino. Stanno suonando le undici, sento i rintocchi del campanile dalla prigione. Il sottotenente Ferraris, anche se è un uomo fatto, ha ancora il viso magro e appuntito da volpino come mio fratello Raffaele. Quasi ogni giorno all'ora in cui mi portano la scodella con il rancio dei soldati – pane, pasta e condimenti sempre più scarsi – lui lascia entrare il commilitone giovane e si mette di piantone fuori dalla cella. Ieri da dietro la porta l'ho sentito tossire. Forte, una tosse secca di petto. Non ho potuto resistere a un impulso di pietà. È stato più forte di me, gli ho parlato. Mentre prendevo la scodella ho suggerito come farla passare, fingevo di parlare con il giovane ma parlavo a lui. Mamma conosceva la cura per ogni malanno, «Tutto si cura con il bosco» diceva, glielo aveva insegnato nonna, che da ogni pianta ricavava un rimedio.

Ferraris non ha risposto, ma so che ascoltava perché col tacco ha battuto contro la porta due volte anziché una come fa di solito. Fin dal primo istante in cui mi ha guardata, quando hanno scoperchiato l'apertura della grotta e io ero inondata dalla luce, ho capito che Ferraris è un uomo che ha sofferto. Pietro era un altro tipo di uomo, non contemplava la sofferenza. La prima volta che mi aveva portata nel bosco mi aveva raccontato una storia di violenza e di amore. Quando era pic-

civette vs. senso di giustizia

?

colo aveva visto suo padre scuoiare un agnellino nato morto, col coltellaccio, per salvarne un altro senza madre. Aveva cucito il vello dell'agnello morto sul dorso del piccolo malnutrito in modo che la madre rimasta senza figlio lo riconoscesse come suo dall'odore e lo allattasse. Alla fine era riuscito a salvarlo. Questo era il modo di Pietro di dimostrare l'amore, poi è diventato anche il mio. Ecco perché ho detto al povero Ferraris di arroventare una pietra, avvolgerla in una coperta con dentro dei rametti di menta e appoggiarsela sul petto prima di addormentarsi. In cambio gli ho chiesto delle candele, che qui l'oscurità è totale. Delle candele, una matita e dei fogli di carta per scrivere queste righe prima di essere fucilata.

Lunedì 15 febbraio 1864

Io sono Maria, Maria soltanto. Ciccilla è morta nella grotta dove abbiamo perso la guerra civile. È finita, e adesso mi sento sollevata. Non dover combattere più è già una vittoria.

Il braccio mi fa così male. È fasciato e legato al collo ma ho paura che la ferita si stia infettando in questa cella fetente e umida. È la cella numero 13, dicono che sia la peggiore. Ieri il sottotenente Ferraris mi guardava in modo strano. Poi ha mandato via il commilitone e mi ha fatto una domanda ancora più strampalata, mi ha chiesto se per caso non mi sentivo un'eroina. «E di cosa?» gli ho risposto. «Del Sud» ha detto lui, con quel suo accento del Nord. «Non saremo mai un Paese unito» ho detto e poi mi sono messa a ridere e lui se n'è andato. Avrei voluto che rimanesse ma forse qualcuno lo aveva chiamato oppure la risata lo ha offeso. Forse l'unica salvezza è in questa vertigine, mi dico in queste ore che mi separano dal processo. Ci penso mentre mi tappo il naso per il fetore della cella. Cola acqua lungo le pareti e in più punti dal soffitto. Sono già stata costretta a spostare il materasso quattro volte, per non farlo inzuppare. Questo è un posto che schifano pure i topi.

Martedì 16 febbraio 1864

Oggi mi hanno interrogata per ore interminabili. Mi hanno domandato di tutta la mia vita, io per tagliare corto ho risposto di essere "tessitrice, cattolica, illetterata". Questo per le loro teste ha funzionato bene. Una bracciante che sceglie la macchia deve per forza essere un'idiota. C'era anche un giovane medico al seguito di Sirtori nella sua campagna contro il brigantaggio, un ometto grassoccio, avevo sentito parlare di lui. È rimasto seduto tutto il tempo di fianco alla corte, assentiva e prendeva appunti e mi fissava con quella sua aria buffa e il monocolo incastrato nell'orbita. Quest'uomo in carne si chiama Cesare Lombroso ed è stato spedito al Sud per provare che siamo delinquenti per natura. Si fa mandare i teschi dei briganti decapitati per studiare le malformazioni che portano a fare la rivoluzione. Tanto meglio per me, mi sono risparmiata chiacchiere inutili visto che anche a me taglieranno la testa e presto sarà finita. Però mi dispiace che finirà sul tavolo del dottor Lombroso. Ogni tanto me la tocco, adesso che è ancora qui salda sul collo, e mi sembra così strano, e anche un po' triste. Se mai avrò salva la vita, vivrò come ho sempre sognato da bambina, sulle montagne. Sistemerò la capanna di zia Terremoto e farò il formaggio.

Mi sono pure ritrovata un avvocato, non sapevo nemmeno che ne avrei avuto uno. Ma cos'ho da perdere? Solo rimpiangerò fino all'ultimo secondo di non aver nominato quel piccolo larice contorto a Salvo, a Vincenzina, a mamma. Quel tesoro rimarrà ad arricchire la Sila finché non avranno tagliato ogni albero e lasciato nude le montagne a sgretolarsi sotto il peso del vento.

Dunque, le accuse a mio carico sono cinque e basterebbe anche soltanto la prima per essere condannata a morte, quindi presto dovrò dire addio a questo mondo. Sirtori, quest'uomo strabico di cui tanto Pietro aveva stima e timore e che a me non ha fatto alcun effetto, ha detto chiaro che potrei essere la prima donna condannata a morte dell'Italia unita. «Bene» gli ho risposto, «almeno avrò un primato.» L'avvocato mi ha ordinato di tacere e io ho ordinato lo stesso a lui. A che mi serve tacere se comunque devo essere ammazzata? L'unica cosa che mi è rimasta è parlare, e scrivere. Grazie alla maestra Donati, grazie a Foscolo a Manzoni, a tutti i suoi scrittori dell'Italia unita, grazie a Verdi e al suo *Nabucco*. Grazie a loro adesso ho parole con cui raccontare la mia storia.

Dunque queste sono le accuse. Prima: brigantaggio. Seconda: omicidio di mia sorella Teresa Oliverio. Terza: omicidio di Vincenzo Basile e di Antonio Chiodo, che io non ho commesso e che in verità hanno commesso Pietro e Marchetta. Quarta: ferimento di Giovanni Pirillo, uomo della Guardia nazionale di Rovito che non ho ferito io ma Demonio. Quinta: ribellione armata al momento dell'arresto e uccisione di due bersaglieri.

Ho provato a spiegare all'avvocato che parte delle accuse sono false ma ho capito che non mi credeva nemmeno lui. Poco cambia, le altre sono vere e basteranno perché mi taglino la testa. Quando Sirtori ha parlato un giornalista ha anche gridato qualcosa contro la pena di morte, dicendo che è una barbarie, nominando uno scrittore francese, Victor Hugo, che si batte per la sua abolizione, e il nostro Alexandre Dumas, che sostiene la stessa causa qui in Italia. Proprio Dumas che ci ha trasformati in bestie assetate di sangue. Ma su questo ha ragione. Se uno Stato si mette a tagliare teste allora non vale di più di un bersagliere. O di un brigante.

Sabato 20 febbraio 1864

Stanotte non riuscivo a prendere sonno e mi è tornata in mente la storiella del condannato a morte che mi aveva raccontato Jurillu. Dice che un giudice è andato da un condannato a morte e gli ha proposto, in cambio della vita, di vivere sulla vetta di una montagna, su uno scoglio, su una rupe, in un luogo altissimo, intorno solo il vuoto, la solitudine, le tenebre, le nuvole o l'oceano e soltanto lo spazio per stare in piedi senza neppure potersi sedere. E lui cosa ha scelto? Comunque ha scelto la vita.

Vivere, vivere, in qualunque modo ma vivere! Che cosa da vigliacchi. Ma nessuno che non sia nella mia condizione mi può chiamare vigliacca. Anch'io desidero vivere, però non su una rupe. Vivere, pensavo stanotte, vivere a tutti i costi. E non mi rendevo conto che avevo preso a ridere. La guardia fuori è venuta a bussare facendo rimbombare la porta di ferro, mi ha zittito. Però quel pensiero è rimasto fino alla mattina e poi per tutto il giorno e adesso è ancora lì e non va via. Vivere. Io devo vivere! E se vivrò, lo giuro solennemente, per sempre vivrò in pace. Abbiamo combattuto per ottenere quello che era nostro e abbiamo perso. Ma la guerra più importante l'abbiamo vinta: abbiamo creduto che fosse possibile. Un giorno l'Italia ci arriverà, lo so, a dare la terra al popolo. E quando ci arriverà, sarà grazie alla nostra guerra sulle montagne.

Mercoledì 24 febbraio 1864

Qualche giorno fa è venuto a visitarmi il dottor Lombroso. Si è precipitato dentro con quella sua aria da studioso di maiali e mi ha fissata per un tempo infinito. Stavo accucciata sul materasso a scrivere, lo avevo spostato dal muro perché il soffitto in quel punto gocciola e a lui dev'essere sembrato un particolare molto importante perché ha misurato lo spazio tra la branda e il muro. Ho cercato di dire qualcosa ma Ferraris, che stava sulla porta, mi ha fermata. Allora Lombroso ordinava di alzarmi e io mi alzavo. Ordinava di spalancare gli occhi e li spalancavo. Di tirare fuori la lingua e la tiravo fuori tutta. Di mostrare i denti e glieli mostravo. Poi mi ha tastato il braccio fasciato, che tengo legato al collo, bucato dalla palla che ha ucciso Pietro. «Bene bene» ripeteva. Mi ha fatta sedere ed è stato mezz'ora a tastarmi la fronte il naso gli zigomi le orecchie il cranio. Secondo me se lo immaginava già sul suo tavolo. Si dice che sopra ogni teschio di brigante annoti nome cognome età reati. «Presto sarà tutto suo» ho detto, ma Lombroso l'ha presa male. Si è rabbuiato. Ferraris invece ha sorriso. E da quel giorno viene a farmi delle brevissime visite. Dice ai compagni di volermi studiare come caso clinico, ma io so che è solo una scusa. Parla, in piedi, dando le spalle alla porta chiusa.

Avevo ragione, è un <u>montanaro</u>. Ha gli occhi che stanno sempre in montagna, in pianura sono smarriti. Viene da una città che si chiama Sondrio, ha detto, ma è sceso a Milano il 18 marzo del '48 quando in quella città i giovani hanno deciso di cacciare da soli gli invasori austriaci.

«Viva i morti!» si sentiva per le strade di Milano in quei giorni, così mi ha raccontato. I ragazzi che stavano insieme a Ferraris lo sapevano di andare a morire, ma questo non li ha fermati. Erano come noi, ma erano senza fucili, senza munizioni, ragazzi e ragazze hanno lavorato giorno e notte per fondere pallottole e incartare polvere da sparo. Poi sono andati a messa, tutti quanti, il Duomo di Milano non era mai stato tanto pieno, per chiedere l'estrema unzione. Chi aveva dei soldi ha comprato le armi, gli altri sono entrati nei musei e hanno rubato balestre archibugi lance spade daghe pugnali alabarde corazze, quello che trovavano. Sono andati anche al teatro, alla Scala, e hanno rubato le armi di scena, giusto per spaventare gli austriaci. Altri hanno raccolto tegole dai tetti, sassi dalle strade, mattoni, spranghe di ferro. E poi in una notte hanno costruito le barricate, ci hanno messo sopra perfino un pianoforte a coda. Con un pallone di carta gonfio d'aria calda hanno lanciato messaggi nelle campagne per arruolare i contadini. Per controllare il nemico usavano un telescopio dell'osservatorio astronomico. Era una guerra matta ma l'hanno combattuta.

«Alla fine siamo come voi» ha detto Ferraris.

«E che, vi credevate di essere diversi?» ho risposto io.

Lui ha abbassato la testa, come se avesse pensato di aver detto troppo. Noi e voi siamo uguali, sono le civette che sono diverse, avrei voluto dirgli. Lui però stava già uscendo.

Lunedì 29 febbraio 1864

Da questa minuscola finestra controllo l'avanzare dell'inverno. Per fortuna fuori c'è questo mio amico, il grande ippocastano che con le sue foglie ogni tanto mi sembra accarezzi le sbarre di ferro. Ha colorato le foglie, sente arrivare la fine e vuole festeggiare la vita che ha vissuto. Forse anch'io dovrei fare come lui, colorarmi per far sorridere la morte quando verrà a prendermi.

Quando mi vengono questi pensieri mi fermo, cerco di calmarmi. Secondo Ferraris non verrò condannata a morte, sarebbe la prima volta in questa nostra Italia appena fatta, e non sarebbe un bel messaggio per il popolo. Ma io sono convinta che mi condanneranno e regaleranno il mio teschio al dottor Lombroso – è la mia ossessione. È una lotta vera e propria, questi pensieri tornano sempre alla carica e io devo cercare di respingerli. A volte invece in me tutto è smisurato e credo che una vita futura sia possibile. Dentro questa schifosa cella sento crescere una tale forza da spaventarmi; vorrei rivoltare il mondo, scuoterlo, battermi per cambiare tutto. È una forza che mi abbaglia, che mi fa sentire viva. Ci dev'essere rivoluzione, e quando non c'è è meglio che il Paese si pieghi sotto un incendio prima che arrivi la notte. Così pensavo ieri, sdraiata sul mio materasso sudicio, poi mi sono addormentata.

Mercoledì 2 marzo 1864

Ferraris era sposato con una ragazza che si chiamava Caterina. Erano andati insieme a Milano a combattere su una barricata mobile, come le chiamavano loro, in quelle cinque giornate contro gli austriaci. «Era forte» ha detto, «non aveva paura di niente.» Ha detto che tutti la chiamavano Gigogin come la ragazza della canzone, perché era proprio come lei, non c'era niente che le faceva paura. Quella era la canzone che i bersaglieri cantavano anche sulle nostre montagne, la sentivamo rimbombare nella Sila, ci annunciava che stavano arrivando. Mi ha raccontato che era talmente famosa, quella canzone, che l'avevano imparata anche gli austriaci: pensavano fosse una specie di filastrocca e invece era una canzone contro di loro. Quando avevano combattuto la battaglia finale, a Magenta, dieci anni dopo, tutti e due gli eserciti avevano caricato suonando la canzone per Gigogin.

Gli ho chiesto di cantarmela, si è rifiutato. Ma quando ho detto che avrei chiesto che mi tagliassero il braccio prima della testa, perché non sopportavo più il dolore, che forse stava andando in cancrena, per farmi felice me l'ha cantata a bassa voce: «*E la bella Gigogin, col tremille-lerillellera, la va a spass col sò spingin, col tremille-lerillerà. Di quindici anni facevo all'amore: daghela avanti un passo, delizia del mio cuore. A sedici anni ho preso marito: daghela avanti un passo, delizia del mio cuore. A diecisette mi sono spartita: daghela avanti un passo, delizia del mio cuore*».

Ho riso, ho detto che doveva essere proprio una ragazza forte, sua moglie. Per poco invece lui non si metteva a piangere, lì impalato come a nu mammalucco. La sua Caterina era morta su quelle barricate nel '48 e da allora lui si era ritirato in montagna da solo.

Venerdì 18 marzo 1864

Ferraris ha chiesto ai sanitari del carcere di scrivere una lettera per farmi cambiare cella. Oggi me l'ha fatta leggere. Vedremo cosa dirà il direttore. Il braccio mi fa sempre più male e dormire, per l'acqua che cola ovunque, per la puzza e per gli scarafaggi, è diventato impossibile.

Al sig. Direttore delle Carceri Giudiziarie di Catanzaro.

Per debito di umanità dobbiamo rassegnare alla S.V. che la dete-nuta Maria Oliverio, da noi medicata della grave conseguenza della ferita da lei riportata sull'avambraccio sinistro, non può ulterior-mente star rinchiusa nell'infelice cella n° 13, la quale è grondante acqua ed in una quasi perfetta oscurità. Circostanze che contraria-no potentemente il buon andar della offesa interessante le ossa. La S.V., nei sentimenti caritatevoli che la distinguono, non lascerà di far delle pratiche presso chi conviene, e con le facoltà di cui va ri-vestita ella stessa affinché l'infelice Oliverio ottenesse un miglio-ramento di compresa cella, senza di che la nostra premura nel cu-rarla non potrà conseguire l'esito desiderato.

I Sanitari

Domenica 3 aprile 1864

Due giorni fa ho cambiato cella. Ferraris è un brav'uomo, con gli occhi che sembrano sempre che facciano domande e la bocca che non ne fa nemmeno una. Gliene ho fatte io, oggi, seduta sul materasso che finalmente non è sporco di piscio di cane e lui stranamente ha risposto, dritto come al solito davanti alla porta.

Ha detto che viene da un paesino di montanari simile a Casole, si chiama Boirolo. Dopo la morte della moglie ha vissuto per quasi dieci anni in un piccolo rifugio sui tremi-la metri, un rudere sulla Vetta di Ron. Per vivere pascola-va capre, produceva formaggio e faceva il portatore. Gli ho chiesto che cosa fa un portatore, perché da noi non ci sono. Lui mi ha detto che accompagnava in vetta i pochi che non avevano paura di incontrare i diavoli o gli spiriti maligni: i cartografi. Apriva la strada, si caricava in spalla le sacche. Salivano sul Pizzo Bernina, e quel nome mi divertiva, per disegnare mappe con i confini precisi tra gli Stati mentre i soldati, sotto, si facevano la guerra per spostarli. Gli ho fatto una domanda anche su sua moglie, mi incuriosisce questa donna forte del Nord. Ma lui non ha risposto, ha cambiato umore e se n'è andato.

Mi hanno medicato il braccio e finalmente, dopo tanto tempo, mi sento meglio, così ho deciso che almeno oggi, nonostante tutto, devo essere felice. Ma se penso a quello che è stato non so se ci riuscirò. Stare qui ad aspettare la sentenza mi rende pazza. Posso soltanto sedermi sulla porta di questo attimo e cercare di dimenticare tutto, la mia vita, la mia famiglia, Teresa, il bosco e la montagna, Pietro e le botte, le speranze, il matrimonio, i tradimenti... Devo imparare a stare dritta su questo punto senza vertigini né paura. Qualunque cosa, mi dico, può sempre finire, presto finirà; e così sono felice. Come l'animale, la mia brama parte dalla terra e aspira al cielo, a tutto.

forte voglia longing

Mercoledì 20 aprile 1864

Alla fine della prossima settimana ci sarà la sentenza. Sono qui, appesa alla decisione di un giudice militare savoiardo. Ferraris ha ripetuto che secondo lui non sarà una sentenza di morte. Dice che, in quanto donna, verrò condannata a scontare qualche anno in prigione, poi potrò tornare alla mia vita. Lo spero, non vedo l'ora di tornare alla capanna di zia, di sistemarla come si deve, di far venire Vincenza e mamma e di portarle a camminare. Vivrò di quello che c'è, finché una nuova Italia arriverà. Cerco di non pensarci, di concentrarmi sulla primavera che è scoppiata, sugli ippocastani in fiore. Dalla finestra della nuova cella ne vedo due, vicini, gonfi di fiori rosa. Grazie a loro provo a fare il mio volo, ogni giorno. Ci sarebbe da riderci sopra, ma chiusa qui dentro non c'è altro che posso fare. Fuggo la maldicenza, depongo la pietà e l'odio. Amo tutti gli uomini liberi. Non tutti gli uomini, solo quelli liberi. E soprattutto le donne, le donne libere. Mamma sceglieva l'abete bianco. E come animale quale avrebbe scelto? Nonna Tinuzza era un nibbio. Alcuni decidono di gettarsi anima e corpo nella rivoluzione. Noi, per esempio, volevamo fare un'Italia unita per davvero. "Socialista", come diceva Pietro copiando le parole del suo amico Pisacane. Un'Italia che doveva trovare la sua unità nell'uguaglianza dei braccianti e del popolo, da nord a sud, nel fatto che io e Ferraris la pensiamo allo stesso modo, e non in una guerra infame che ha trattato la parte conquistata come Cristoforo Colombo ha trattato gli indiani. Noi non siamo indiani d'America e volevamo scegliere di essere italiani. Ma non ci siamo riusciti.

Credo che le rivoluzioni non riescano mai. Il mio errore non è stato voler fare la rivoluzione, ma cercare di essere alla sua altezza. Avrei dovuto infischiarmene, avrei dovuto ammazzare e bere sangue, avrei dovuto essere come mi descrive Dumas, e pensare solo a me, a me soltanto. Così sarei sopravvissuta. Così adesso sarei libera.

Venerdì 29 aprile 1864

Domani è il giorno della sentenza. Ferraris è entrato a lasciare il piatto e ha trovato quello di ieri, intoccato. Mi ha detto di stare tranquilla e poi mi ha sfiorato una mano, mi ha fatto venire un brivido. Ha detto anche che gli ricordo sua moglie e che gli sarebbe piaciuto conoscere Pietro. Di donne come me e come Caterina il mondo non ne dà molte, ha detto. Ci siamo ricordati le parole di quel parlamentare di Terra di Bari, quelle parole che da anni correvano sulla bocca di tutte le donne d'Italia, soprattutto delle analfabete: «Care signore, il mondo è di chi se lo sa prendere. Pro-

fittate del momento in cui l'Italia volge a migliori destini».
«Voi siete di quella specie che il mondo se lo sa prendere»
ha detto Ferraris. Poi mi ha raccontato che anche lui, come
Pietro, era stato un volontario con Garibaldi, ma non tra i
Mille. È stato un Cacciatore delle Alpi, ha combattuto la seconda guerra per cacciare gli austriaci dalla Lombardia. È
per questo che dopo dieci anni di vita solitaria in montagna
è tornato in pianura. Poi, per la sua conoscenza delle montagne, l'hanno spedito qui. «A dare la caccia ai briganti» ha
detto. Sorrideva. Poi abbiamo smesso di parlare.

Per la prima volta ho paura. Non di morire. È perché sono
chiusa qui dentro e non posso fare niente per evitarlo. Non
poter fare niente mi rende fragile ed essere fragile mi mette
paura. Ma se vivrò, un giorno il mio formaggio sarà il più
buono di tutta la Calabria, lo giuro.

Sabato 30 aprile 1864

CONDANNA DI MARIA OLIVERIO, VEDOVA MONACO

*Il Tribunale Militare di Guerra per la provincia di Calabria Ul-
tra 2, situato in Catanzaro:*

*Condanna Maria Oliverio, vedova Monaco, alla pena di morte
mediante fucilazione nella schiena ed alle spese del giudizio.*

*Dichiara caduti in confisca i fucili, i revolver, denaro ed altri
oggetti sequestrati. Manda infine la presente sentenza a stampar-
si, pubblicarsi e affiggersi a norma di legge.*

30 aprile 1864

Domenica 1° maggio 1864

Mi fucilano alla schiena. Non mi hanno detto quando sarà.
Può essere tra un giorno, una settimana, un mese, forse di
più. Questo mi ucciderà ancora prima. Anche da questa cella sento il clamore dei braccianti: hanno ucciso in piazza il

302

brigante Coppola e il popolo si è sollevato, sono giorni che incendiano e distruggono. Cosa faranno quando spareranno alla schiena di Ciccilla?

«Chi ha calpestato il pane?, chi ha calpestato il pane?» Mi vengono in mente i drammi di quando ero piccola con mamma e papà e cadeva per sbaglio un tozzo di pane per terra. Era il finimondo. Quel tozzo di pane andava pulito con uno strofinaccio, ci si doveva soffiare, poi farci il segno della croce con le dita. Altrimenti portava il maluocchio. Chi ha calpestato il pane?, mi chiedo adesso.

È notte, ho la candela accesa, non riesco a dormire. Faccio il gioco delle cose che rimpiango, adesso che sono quasi morta. Rimpiango di non aver detto sempre la verità. È ciò che porta alla dannazione, ma è l'unica cosa che mi ha salvata. Perché, adesso, qui davanti alla morte ci sono io da sola e nessuno a parte me a cui mentire. Rimpiango la fine della mia giovinezza. Rimpiango il momento in cui ho iniziato a fare la tessitrice per i Gullo, perché l'ho fatto senza ribellarmi. Rimpiango di non essere stata più felice. La parola felicità da noi è vietata ma sapevo che esisteva e avrei dovuto crederci. Quando ci manca il coraggio, troviamo la scusa che le parole sono soltanto parole. Invece sono armi per cambiare il mondo. Se potessi uscire la prima cosa che farei sarebbe andare a scalare il Botte Donato. Come ho fatto a sprecare tutti quei giorni? Rimpiango di essermi vergognata di volere bene a qualcuno. Non ho mai detto a papà che gli volevo bene, non ho mai abbracciato nonna Tinuzza, non ho mai detto «ti voglio bene» nemmeno a mamma. L'ho detto a Vincenza, a lei sola, perché lei era piccola. E a Pietro, una volta. Odiavo le sue lettere che promettevano amore dalla lontananza e portavano botte nella vicinanza. Rimpiango quando volevo essere lasciata in pace, quando non credevo che le cose si potessero stringere nelle mani. Quando non volevo farmi nemici. Adesso forse sarei a casa, ma non avrei vissuto un solo giorno. Quelli in cui non ho rischiato la vita sono i giorni che ho dimenticato. Voglio, per sempre, prendermi cura del frutteto che ho piantato tra me e la mia paura quella notte di pioggia nella casella. Anche quando sarò morta.

Giovedì 5 maggio 1864

Le sollevazioni per l'esecuzione del brigante Coppola portano sorprese. Il sottotenente Ferraris mi ha consegnato un documento con cui Sirtori chiede al re di concedermi la grazia in cambio di lavori forzati a vita. Se Pietro leggesse quello che scrive di lui quest'uomo falso. Tra i lavori forzati a vita e la morte, preferisco la morte.

Catanzaro, 1° maggio
Ministero della Guerra, Torino
Generale La Marmora, Napoli

Vedova Capobanda Pietro Monaco Maria Oliverio di anni ventidue brigantessa condannata morte questo tribunale Guerra. Sospesa esecuzione paragrafo cinquecentotrentauno codice penale militare. Chiedo Grazia Sovrana, commutazione pena capitale in lavori forzati a vita perché donna trascinata al male dalla malvagità del marito e perché altra sentenza capitale eseguita in questa città son quindici giorni contro brigante disertore Coppola. Dopo esempio rigore esempio reale clemenza farà buon effetto. Trasmetto Generale La Marmora sentenza processo.

Generale Sirtori

Domenica 8 maggio 1864

Torino, 8 maggio
Al Comando 6° Dipartimento di Napoli

Arrivate stamane carte relative vedova Monaco.
Sua Maestà Vittorio Emanuele ha commutato pena morte in

quella lavori forzati a vita. Prego avvertire Comando Divisione
Catanzaro.

Il Ministro A. Della Robbia

Ferraris ha spalancato euforico la porta della cella. Vittorio
Emanuele mi ha graziata. In cambio mi porteranno al carcere maschile di Fenestrelle in Piemonte, dicono che è la forti-
ficazione più grande al mondo dopo la Muraglia che c'è in
Cina. È una terribile fortezza arroccata su una montagna, da
cui è impossibile fuggire e nella quale nessuna donna ha mai
messo piede. Sarò la prima. È un posto per anime perse, il
carcere duro peggiore d'Europa, un feroce luogo di tortura.
Hanno barattato la mia morte con i lavori forzati fino all'ultimo giorno della mia vita. Dopo le sollevazioni popolari il
re così fa la parte del buono e mi infligge una pena ancora
peggiore. Viva i morti!, mi ripeto nella testa ogni secondo,
come i ragazzi gridavano a Milano. Viva i morti!

Martedì 10 maggio 1864

Domani lascio questa prigione militare. Mi portano nella
fortezza di Fenestrelle. Non poteva finire peggio. Ferraris
mi scorterà con una carrozza dei bersaglieri fino a Napoli,
lì mi lasceranno nelle mani dei carabinieri, che mi porteranno fino a Torino. È la mia unica possibilità.
Devo scappare. Scappare e nascondermi. Per poi vivere, finalmente, in pace.

44

Ferraris ha bussato, con fermezza.

È entrato, ho chiesto che ore erano, avevo preso sonno da poco.

«Sono le cinque» ha detto. «Viaggeremo tutto il giorno, non arriveremo a Napoli che stasera. Prendete le vostre cose.»

Ma lo ha detto per dire, lo sapeva che il mio unico possesso erano i fogli che mi avevano tenuto compagnia per due mesi.

«Prendete i fogli.»

Mi ha passato una bisaccia in cui infilarli, insieme a un mozzicone di candela e tre pezzetti di matita.

«Metteteli insieme a questi.» Erano altri fogli, bianchi, un bel pacchetto. «Vi torneranno utili a Fenestrelle.»

Non me li faranno neppure usare, ho pensato, e mi ordineranno di bruciare quelli già scritti.

«Grazie» ho detto, invece.

Prima di uscire, Ferraris mi ha chiuso le manette ai polsi.

Nel cortile della prigione ci aspettava il capitano Baglioni. Con il suo accento piemontese ha farfugliato qualcosa sulla grazia ricevuta. Poi ha controllato le manette e fatto segno a Ferraris di sbrigarsi, l'alba era lì, dietro il muro del carcere.

La carrozza era una berlina nera con lo stemma di casa

Savoia dipinto al centro dello sportello e, sotto, quello più piccolo dei bersaglieri. A cassetta c'erano due giovani soldati assonnati, la giubba nera, i pantaloni bianchi e il cappello piumato. Davanti, quattro grandi cavalli calabresi bai.

Ferraris mi ha lasciata salire, ha fatto il saluto militare a Baglioni e si è seduto al mio fianco. Poi ha richiuso lo sportello.

Il viaggio per Napoli sarebbe durato due o tre giorni, forse quattro, dipendeva dalle condizioni della zona delle fiumare tra Cosenza e Paola.

Bisognava percorrere lunghi tratti sul greto di fiumi senza argini e farsi traghettare più volte sulla riva opposta, perché non c'erano ponti. Se era piovuto e gli argini erano fangosi, avremmo probabilmente impiegato qualche giorno in più. Dopo Paola, fino a Sapri la strada era asciutta, ma era un seguito di minuscole mulattiere e sentieri tagliati nelle rocce dallo scorrere dei torrenti. Dopo Sapri c'era la via Consolare, la strada militare che saliva e scendeva per le colline del Cilento e, alla fine, portava a Napoli. È stato Ferraris a spiegarmi il tragitto, anche se lo conoscevo: era lo stesso che avevo percorso per raggiungere Pietro a Napoli, per festeggiare l'arrivo di Garibaldi prima della liberazione.

«Siete già stata a Napoli?» mi ha chiesto.

«No» ho risposto.

Da Catanzaro abbiamo seguito per Gagliano e siamo entrati nella Sila Piccola per una mulattiera larga e asciutta.

Abbiamo tagliato dentro il bosco puntando verso Gimigliano, la vista dei faggi e dei castagni mi ha subito messo pace.

Ferraris invece era stranamente agitato, guardava fuori silenzioso. Neppure io parlavo, non ne avevo nessuna voglia, cercavo di rimanere vigile per cogliere il momento giusto e scappare.

All'ora di pranzo ci siamo fermati in una radura a mangiare pane e formaggio e a bere l'acqua che stava in due damigiane legate sul tetto della carrozza.

I due ragazzi non parlavano: eseguivano gli ordini di Ferraris e mangiavano, avidamente, tutto ciò che potevano. Non mi avevano slegato le mani, ma riuscivo comunque a portarmi il pane alla bocca.

Così, però, di certo non sarei potuta fuggire.

Ho sperato che rimanessimo dentro il bosco, invece dopo un po' abbiamo preso una strada più larga che conduceva a Soveria Mannelli. Dopo Soveria abbiamo seguito per Balzata, e poi sulla via per Rogliano.

Nel frattempo il sole è tramontato, scendeva la sera di fulmini rosa.

«Arriveremo a Cosenza a notte fonda» ha detto Ferraris, nell'abitacolo traballante, dopo cinque o sei ore che non parlava.

Continuava ad agitarsi, a guardare fuori e a torturare la falda del cappello. «Dormiremo in una caserma.»

Ho guardato fuori anch'io, ormai era buio, procedevamo con l'illuminazione dei fanali anteriori. «Devo fermarmi per fare i miei bisogni» ho detto.

«Non adesso» ha risposto Ferraris. «Ci fermeremo tra poco.»

Dopo un po', appena superato un bivio, ha battuto un pugno contro il fondo della cassetta e si è affacciato dallo sportello.

«Alt!» ha gridato ai due soldati. «Prendiamo per il bosco.»

«Come?» ha chiesto uno.

«Non per Donnici, è troppo tardi» ha detto Ferraris.

Hanno fermato la carrozza, i cavalli hanno nitrito stanchi.

«Come?» ha chiesto ancora il ragazzo.

«Tagliamo per la mulattiera che entra nel bosco. A destra...» Ferraris aveva la voce che gli tremava un po' in gola. «Andiamo per Piane Crati. Per Aprigliano.»

Il soldato si è voltato verso il bosco. «Siete sicuro, tenente?»

«Accorceremo di otto chilometri.»

«Ma il bosco...» ha provato a ribattere il giovane.

«Nel bosco, ho detto!» ha ordinato Ferraris.

La carrozza è tornata indietro, siamo entrati nella grande faggeta di Pietrafitta.

Era il mio bosco, era lì che ero nata, era lì che mamma guardava quando voleva salvarsi, di sicuro lo faceva ancora. E a solo qualche ora di cammino c'era la casa di zia Terremoto, o quello che ne restava.

Mi ha preso la malinconia, poi la tristezza. Avevo percorso quella mulattiera mille volte, avrei potuto camminarci bendata. Il cigolio delle ruote copriva quasi tutti i rumori, eppure qualcosa arrivava. Lì un gufo. Là, vicino a una fontanella, una rana gracidava. In lontananza, risuonavano i campanacci delle mucche nella stalla di una masseria; un cane ha abbaiato. La resina dei faggi riempiva la vettura del suo odore dolciastro, mischiandosi alla polvere della mulattiera e al profumo aspro delle cortecce dei castagni.

Ferraris all'improvviso mi ha preso le mani, legate insieme, e le ha strette.

Un'altra volta mi aveva sfiorata, nella cella.

Ho provato un brivido.

Ho creduto fosse una manifestazione di tenerezza, o di pietà, e ho ritratto le mani.

Ma lui le ha prese di nuovo, adesso frenetico.

Le ha tenute un momento nelle sue, strette, mi ha massaggiato i palmi e le dita. Poi mi ha guardata.

Ha frugato nella tasca, poi ha giostrato, di nuovo, con le mani vicino ai miei polsi. *juggle*

È arrivato un rumore metallico, poi un clangore secco.

Le manette. Adesso erano aperte.

Ho provato a dire qualcosa, ma mi ha fermata.

«State zitta» ha detto. «Infilatevi i fogli sotto la giubba. Tra poco ci fermeremo. Abbiamo vinto la guerra civile in Calabria, presto la vinceremo in tutto il Sud, non è giusto accanirsi. Dirò che dovete fare i vostri bisogni. Vi lascerò sola, voi vi inoltrerete tra gli alberi. Prenderete in basso lungo la scarpata, verso il bosco di Pratopiano.»

Ho ubbidito senza fiatare. Ho cercato il suo sguardo, ma la luna, che adesso era alta e piena, lo illuminava solo dal naso in giù.

Allora ha battuto di nuovo il pugno contro la cassetta.

La carrozza ha rallentato.

«Dobbiamo fermarci» ha gridato Ferraris, sporgendosi in fuori.

I due ragazzi sono smontati, facendo qualche verso per la stanchezza.

«La signora ha da fare i suoi bisogni» ha detto Ferraris.

«Dobbiamo scortarvi?» ha chiesto uno.

E quando Ferraris ha risposto che non serviva il soldato ha detto:

«Va bene. Allora ne approfittiamo anche noi.»

Si sono avvicinati a due tronchi.

Ferraris, dalla parte opposta della carrozza, mi ha accompagnata dentro il fitto dei faggi.

«Vi tengo d'occhio» ha detto a voce alta. «Non fate scherzi.»

Mi sono incamminata, lui mi ha seguita per un tratto in mezzo agli alberi duri. Le gambe mi tremavano, il rumore dei passi, il fruscio delle foglie e dei rami mi rimbombavano nelle orecchie.

«Non fate scherzi» ha ripetuto Ferraris, abbastanza forte da farsi sentire dai soldati. «Avete una rivoltella puntata contro di voi.»

Poi mi sono fermata e mi sono voltata.

La luna adesso filtrava tra i fusti e lo illuminava tutto. I pantaloni bianchi quasi brillavano, in contrasto con la giubba scura. Le ombre gli scavavano il viso nelle orbite facendolo sembrare vecchio e tristissimo. Una specie di Pulcinella, come quello delle immagini che avevo visto a Napoli.

Ho fatto un passo verso la mia libertà, poi un altro.

Mi sono girata di nuovo, Ferraris era ancora lì, fermo.

Ho sentito i due soldati, in lontananza, che rimontavano a cassetta.

Ho guardato dritto davanti a me. La luna mi apriva la strada.

Allora ho trattenuto il fiato, e sono corsa via.

In lontananza, alle spalle, dopo un po' è arrivato il botto di uno sparo, poi la voce di Ferraris, straziata, a rompere il silenzio.

«Ferma! Ferma! Di qua, di qua, venite! Sbrigatevi!»

Ma io ero già lontana, ero già al sicuro.

Al quinto sparo contro il cielo della notte calabrese ero libera.

Ho inspirato forte. Una rondine che si era persa ha tagliato il cielo. L'aria era buonissima. Sapeva della quiete di chi ha combattuto.

45

Ho vissuto cinque mesi dentro il bosco di Fallistro, fino a che le foglie non hanno iniziato a cadere e l'allodola e il vanello a volare a sud. Aspettavo che tutto si calmasse per tornare alla capanna di zia Terremoto. Ogni tanto andavo a guardarla da lontano: era sempre lì, il tetto sfondato e i muri in piedi. Era la mia vita com'era adesso. Un giorno l'avrei aggiustata. In quei mesi il bosco e la montagna erano tutti nuovi, non più quelli in cui avevamo combattuto, erano tornati quelli che conoscevo da bambina. La mattina l'aria fredda era una sorpresa e una sorgente di gioia. Il cielo era giovane, come ero giovane io, e in lui misuravo la mia fortuna: avevo conosciuto il tradimento e la follia ed ero ancora viva. Viva i morti, avevo pensato durante la guerra. Viva i vivi!, pensavo adesso. Ma niente era stato inutile, e io mi sentivo rinata.

Si era sparsa la voce che Ciccilla era scappata, che era di nuovo tra i boschi, così alcuni briganti mi avevano avvicinato per formare una nuova banda.

Ma io fuggivo da tutti.

Mi ero fatta però lasciare un fucile con cui cacciavo cervi e cinghiali, li affumicavo e li conservavo sotto tavole di legno. Ne lasciavo un po' all'astore e al nibbio bruno, o alla poiana, perché sono uccelli giusti, con cui mi piace dividere il cibo. Alla civetta mai.

Sapevo che i bersaglieri e la Guardia nazionale mi stavano cercando per tutta la Sila, sarei potuta scappare in Capitanata, in Basilicata, o più a nord, in Terra di Lavoro o negli Abruzzi, ma non mi sarei mai fatta costringere alla fuga dalla mia terra. Erano i miei boschi, le mie montagne, non li avrei abbandonati fino all'ultimo giorno.

Avrei voluto anche vedere mamma e i fratelli, ma non potevo tornare in paese, non ancora, c'erano guardie appostate come la volpe aspetta il parto della lepre. Presto, una volta vinta la guerra in tutto il Sud, sarebbero andati via.

Sono però tornata alla torre dell'essiccatoio, che adesso era quasi incenerita. Qualcuno aveva piantato una piccola croce di legno nel terreno, lì davanti, con la scritta:

IN RICORDO DI PIETRO MONACO,
BRIGANTE GIUSTO, CHE DISTRIBUIVA AI BRACCIANTI

Qualcun altro ai piedi della croce aveva lasciato fiori di campo rossi e gialli, e un mazzo di cardi secchi.

C'erano biglietti di ringraziamento puntati con grossi chiodi. Quello che restava del corpo di Pietro era stato portato via, o seppellito. La casella adesso era un luogo di culto. Sulla vita di Pietro giravano leggende.

Sono andata al larice contorto sul fiume Neto, ho dissotterrato il tesoro e l'ho portato in quel nido d'aquila, l'ho seppellito sotto la croce in un pomeriggio di pioggia di fine ottobre. Il vento batteva il costone e fischiava forte tra le rocce.

Un giorno sarei andata a riprenderlo. Oppure l'avrebbe trovato qualcun altro, cercando i resti di Pietro nella terra.

Ogni tanto, in quei cinque mesi, avevo sentito il suono delle trombe e dei corni dei bersaglieri. Tre volte mi erano capitati a tiro, giravano per faggete o radure in cerca delle mie tracce, ma la vita è sempre sull'orlo della morte e un fuoco mezzo consumato è destinato a spegnersi come la fiamma più alta. Così lasciavo perdere, sperando nella clemenza del vento, che piuttosto mi desse pioggia per dissetarmi.

Una mattina di metà novembre il cielo era ormai spoglio di uccelli migratori e l'aria era carica della neve del Botte Donato.

Presto tutto, anche lì attorno, sarebbe stato bianco.

Stavo dando la caccia a un grande cervo, uno dei più grandi che avessi mai visto. Erano giorni che ci sfidavamo, mi attirava a scalare pareti verticali e scivolose di muschi, col fucile a tracolla; quando ero in cima, per un lungo istante mi aspettava. Lo sapevo io e lo sapeva lui: era il nostro appuntamento. Mi invitava sulla vetta di una roccia e poi, con uno scatto, scartava e spariva. Non l'avevo mai avuto a tiro per più di un secondo.

Nella nostra rincorsa eravamo arrivati fino al bosco di Fallistro, sul Monte Scuro, il bosco antico e sacro, quello con i giganteschi alberi vecchi centinaia d'anni. Quella mattina avevo visto prima le larghe corna ramificate, poi gli occhi che mi puntavano sicuri e pieni, dalla cima di una rupe.

Con poco sforzo mi ero arrampicata, senza corde a proteggermi. Il cervo era lì, mi aspettava. Nel momento in cui ho imbracciato il fucile era già scattato, in quattro balzi laterali è sparito nel bosco.

Da lì dentro, però, da quello stesso buio, nello stesso istante è comparso un bersagliere.

Mi ha visto, a cinquanta passi di distanza, nell'aperto della radura.

Io adesso ero di fronte a lui col fucile puntato.

Avrei potuto sparare ma sono scappata, come aveva fatto il grande cervo con me.

L'unica via di fuga era la rupe. *cliff*

Ho gettato il fucile e ho iniziato la discesa.

I bersaglieri allora hanno suonato il corno, l'adunata.

muster gatherer

Io velocissima mi sono precipitata giù, come uno stambecco.

La mano destra all'improvviso ha mancato una presa, ho rischiato di fare un volo di venti metri.

La roccia aguzza ha strappato la cammisa e i pantaloni e lacerato la carne del petto e delle ginocchia. Ho provato una fitta atroce, ma sono riuscita ad afferrarmi e a non cadere, mentre il sangue bagnava il panno e colava dentro gli stivali.

Non c'è riposo per i liberi, ho pensato, mentre forsennatamente cercavo di raggiungere terra, non c'è riposo per il nibbio e per l'astore: l'unico riposo è per le civette, di giorno, mentre gli onesti cacciano la vita alla luce del sole.

hawk

Con un ultimo salto ho raggiunto terra e mi sono messa a correre, ma ero già allo stremo delle forze.

Si apriva, davanti a me, il bosco di pini larici secolari da cui ero uscita. Era lì che dovevo arrivare, una volta dentro sarei stata al sicuro, da lì si arrivava alla capanna di zia Terremoto, alla mia nuova vita; di nuovo mi avrebbero cercata, indemoniati, come pazzi; di nuovo avrebbero tagliato alberi e bruciato il sottobosco, ma non mi avrebbero trovata.

Non mi sarei più fatta trovare.

Adesso però sentivo sempre più forte il desiderio, fosse anche per l'ultima volta, di guardare gli occhi che mi costringevano a nascondermi. Come potevo nascondermi da qualcuno che non vedevo?

Mi sono fermata, mi sono voltata e ho guardato in cima alla rupe.

Il sole era salito e, da dietro, illuminava una sagoma che immobile mi fissava. Quella luce. La luce che ogni giorno, da quando ero tornata sulla montagna, mi faceva rinascere, non poteva farmi male.

Ho stretto gli occhi e ho messo le mani a ripararli.

Ferraris era lì, con la sua giubba nera, senza cappello e il viso smunto da volpino.

Lo avrei riconosciuto tra cento.

Ci siamo guardati, immobili.

Io, sotto: la sua preda.

Lui, sopra: il predatore.

Non morirò, mi sono giurata. Non questa volta.

Poi, è stato un istante.

Alle spalle di Ferraris sono arrivati tre soldati con i fucili spianati.

Mi sono voltata, ho preso a correre verso gli alberi come mai avevo corso nella vita.

Bum.

È partito uno sparo, e ha rotto il silenzio.

Bum-bum.

Ne sono partiti due, ravvicinati.

Mi sono voltata ancora, stupita.

Ferraris aveva le braccia alzate, ai soldati stava facendo segno di non sparare.

Ma era tardi.

«Italiana!» ha gridato uno di loro, mentre continuavo a correre disperata, e sentivo quel suono rimbalzare dagli alberi alla parete di roccia alle mie spalle.

Bum.

Un colpo.

«Italiaaana!» è arrivato l'urlo di un altro soldato.

Italiana, ho pensato, e ho sorriso.

Bum. Bum.

Poi è stato come se un <u>macigno</u> mi stesse spezzando una gamba, caduto da un'altezza di mille metri, e un toro mi entrasse nel fianco.

D'un tratto mi sono accasciata a terra.

Ma mancava poco al bosco.

Lo vedevo, era lì.

Mi sono rialzata, e non so come ho ripreso a correre, poi mi sono riaccasciata, adesso mi aiutavo anche con le braccia per avanzare.

Bum. Bum.

Correvo a quattro zampe, come Bacca, dovevo raggiungere i larici, la mia salvezza, ma la fatica mi schiacciava per terra, sentivo il respiro nella testa, strisciavo e quello strisciare si amplificava, grattavo la terra e il respiro rimbombava, non mi lasciava in pace, il fianco era scavato dal corno del toro e la gamba ha fatto il suono del ramo secco che si spacca.

Bum.

«Italiaaana!» continuava il soldato, da lontano, mentre il compagno non si stancava di tirare.

Bum-bum.

«Italiaaaana!»

Ma quel suono era poco più di un'eco, ormai.

Mi sembrava di sentire la voce di Ferraris che gridava un ordine, che imponeva di cessare il fuoco, che imponeva di tacere. Sì, era lui, lo sentivo, stava urlando proprio quello.

Mi sono guardata alle spalle: per terra, sulla mia terra, avevo lasciato una striscia di sangue, denso come bava di lumaca.

Ho sorriso, ancora, e ho pensato a come ci si riduce, alla fine.

Bum. Bum. Bum.

Dalla rupe sono arrivati altri tre colpi, ed è stato come se il Monte Botte Donato mi fosse cascato addosso tutto intero.

Bum. Bum. Bum.

«Italiaaaana!»

Forse, ho pensato, adesso smetteranno.

Forse, ho pensato, adesso ci renderemo conto che un giorno siamo stati vivi.

Fausto Gullo, nipote della bambina rapita da Ciccilla e Pietro,
nominato ministro dell'Agricoltura del secondo governo Bado-
glio, fra l'estate del 1944 e la primavera del 1945 emana decre-
ti che concedono la terra ai contadini e che disciplinano, in senso
più favorevole ai lavoratori, i contratti di mezzadria e quelli colo-
nici, onorando così, ottant'anni dopo, il debito di Garibaldi. Per
aver riconosciuto i loro diritti, passerà alla storia come "ministro
dei contadini". Pare storicamente accertato che l'azione crimina-
le di Ciccilla e Pietro nei confronti della famiglia Gullo abbia in-
fluito sulla presa di posizione del nipote.

Nel museo di Antropologia criminale dell'Università di Torino
sono esposte due fotografie di Ciccilla, scattate dopo la cattura,
in cui appare col fucile e con il braccio fasciato, a causa del colpo
che ha ucciso il marito Pietro. Le fotografie appartengono all'ar-
chivio di Cesare Lombroso, sono materiale numerato in appoggio
alla teoria medico-antropologica del "delinquente per natura".

il mord è di crì lo sa prendere

Nota dell'autore

L'idea di questo romanzo è nata molti anni fa, quando da bambino mia nonna mi raccontò le gesta di un'ava che insieme al marito combatteva dai boschi come brigantessa.

Le prime fonti per tracciare la vita di Maria Oliverio sono stati gli articoli che Alexandre Dumas le dedicò su "L'Indipendente", il giornale che diresse dal 1860 al 1864. Nel 1864 Dumas ne scrisse anche la storia in sette puntate e aveva in progetto un romanzo che non completò. Quello stesso anno scrisse invece *Robin Hood. Il principe dei ladri*, che uscì postumo nel 1872, ispirato a Maria Oliverio e a suo marito Pietro Monaco.

Fondamentali sono stati gli studi accuratissimi di Peppino Curcio e i faldoni dei processi istruiti contro Maria Oliverio e la banda Monaco, depositati all'Archivio Centrale dello Stato di Roma, all'Archivio dello Stato Maggiore dell'Esercito di Roma e all'Archivio di Stato di Cosenza, che mi hanno consentito di ricostruire tutti gli eventi con la massima precisione, fino alla resa fedele di alcuni dialoghi. Detto questo, è pur sempre un romanzo.

Alcune scene della vita dei garibaldini sono ricavate dalle lettere, dai diari e dalle testimonianze di quel periodo, specialmente dalle memorie del bersagliere lombardo Carlo Margolfo e dai libri di Ippolito Nievo. L'incipit dell'ottavo capitolo è un omaggio a uno scritto di Albert Camus, *Retour à Tipasa*, in *Noces, suivi de L'été*. Alcune scene dei boschi sono invece un omaggio ad alcune pagine di Mario Rigoni Stern. Infine, sono debitore a Tommaso, che mi ha portato a camminare e a dormire sul Botte Donato e sulle montagne della Sila.

Questo romanzo è dedicato anche alla memoria e agli studi di Alessandro Leogrande, con cui non mi sarei mai stancato di parlare della faglia tra Nord e Sud. Io stesso di quella faglia sono l'esito, e quella faglia porto dentro.

Indice

Mondadori Libri S.p.A.

Questo volume è stato stampato
presso ELCOGRAF S.p.A.
Stabilimento - Cles (TN)

Stampato in Italia - Printed in Italy